檸檬樹

大家學 標準 日本語

每日一句

旅行會話篇

行動學習新版

出口仁——著

出版前言

「旅遊日語」就是當你短暫到日本，
幫助你解決「食、衣、住、行、育、樂」等生活問題；
或是讓你對日本的風俗民情，能夠有多一點的了解，
用來「溝通、發問、尋求協助」的實用日語。

　　到日本旅遊時，因為「食、衣、住、行、育、樂」的互動與接觸，我們需要開口說日語。也許是為了「解決住宿問題」「詢問交通路徑」「採購人氣伴手禮」等等。這時候，使用日語不是為了寒暄，而是為了「滿足自己的需要、解決眼前的問題」，這也是「旅遊日語」非常重要的「自救、自助」功能。

套用「固定文型」，有效達成「自救、自助」！

　　「文型」可說是「表達某種意思的特定公式」。掌握「文型」、放入「適當詞彙」，心裡的想法就能落實成為幫助自己的工具。

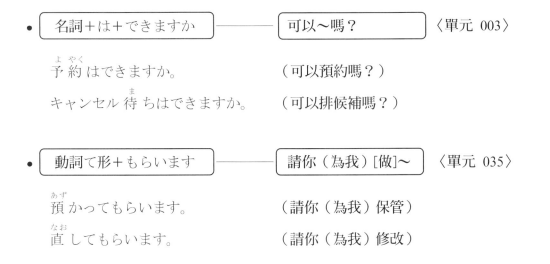

體驗「實境應答」，模擬如何「自救、自助」！

　　「表達自己的需求、尋求對方的協助」是一種互動，唯有「能表達自己想說的」並且「能聽懂對方回應的」才能夠達成雙向溝通。

作者出口仁老師，精心撰寫了 141 個「在日本旅行的實際會話場面」，並提示會話文的「使用文型」，透過「在日本旅行的假想體驗」，熟練「每日一句」和「會話練習」，學習「功能實用的旅遊日語」。

- [例如──希望公車司機到站時通知] 〈單元 008〉

旅客：<u>すみません</u>。 <u>あの</u>…。

司機：はい。 どうしましたか。

旅客：このバスが 東京 タワーに 着いたら 教えていただけますか。
（とうきょう）（つ）（おし）

司機：はい、わかりました。

> ※ 尋求協助時，先說「すみません」。
> ※「あの」是「喚起別人注意，開啟對話的發語詞」。
> ※「東京タワー」可以替換成其他地點。
> ※ 解說「使用文型」──〔た形〕＋ら 〔做〕～之後，～

滿載！旅遊日本的便利──補充「常用表現」

〈單元 059〉【 點飲料 】的常用表現：少冰／減糖／去糖
〈單元 067〉【追加餐點】的常用表現：再來一杯／再來一碗／要加麵
〈單元 093〉【消費票券】的種類：折價券／兌換券／禮券／摸彩券／優待券
〈單元 097〉【消費金額】的相關說法：含稅價格／不含稅價格／含服務費／加成費用

滿載！置身日本的想像──補充「旅遊小知識」

【日本電車的座位種類】：自由座／對號座／綠色車廂座位／面對面的四人座
【日本人拍照時的慣用說法】：要拍囉／來，笑一個。起～士。
【日本電車車站的常見出口名稱】：北口／中央口／南口／新南口

「旅行，是生命的養分」。到當地旅行，也是學習該語言不可或缺的養分。歷經真實的聽聞、運用、開口說，書本中學到的單字文法知識，都將融入旅程的美好回憶，成為你最深刻的記憶。祝福大家旅行愉快，學習愉快！

檸檬樹出版社 敬上

作者序

　　對於大家來說，到日本旅行的樂趣是什麼呢？欣賞美景、享受美食，或是選購電器製品、到藥妝店採買藥品或美妝保養品……。我想，每個人的樂趣應該各不相同。

　　但是，上面所列舉的種種，即使沒有出國去到日本，任何人也可以在自己的國家，藉由觀賞高畫質的 DVD，就能欣賞日本的美景；也可以在自己的國家，找一間正宗的日本料理店，就能品嚐道地的日本美食。至於想買的東西，應該也可以在自己的國家，就能買到從日本進口的商品。這些需求，不需要親自到日本也可能達成。但是能夠獲得和親自前往日本旅行一樣的滿足感嗎？我想，恐怕是不行的。

　　當飛機抵達日本，下飛機時所感受到的不同空氣；以及置身於周遭圍繞許多日本人的環境，感受耳邊所聽到的日語廣播。我想，這些細微的體驗，才是到日本旅行的醍醐味。

　　另外，如果沒有實際走一趟日本，就絕對無法體驗到的，就是和日本人的實際互動。我認為，有機會和日本人實際進行交流與溝通，是旅行的最大樂趣。在觀光景點、在百貨公司、在電車上、在用餐地點…，各種場合都有使用日語的機會。一旦發現自己所學的外語，能夠和以此為母語的當地人達成溝通，心中的喜悅與成就感，一定遠遠超過考試時得到好成績。

　　而且，和對方溝通時所使用的語彙，你會特別印象深刻。『學了就要用』，這是提升語言能力的鐵則。甚至可以說，沒有比「多說、多用」更有成效的學習方法了。

　　去日本旅行，絕對是實際練習日語的最好機會。本書收錄了許多當你到日本旅行時，『經常需要對日本人說』，或是『經常聽到日本人說』的各種會話表現方式。書中所介紹的「每日一句」及「會話練習」，一定有助於你在日本旅遊時，開啟溝通、展開交流。

一旦和日本人展開了對話，即使接下來所使用的日語不純熟、不輪轉，或是必須透過筆談，或是穿插比手劃腳的方式來進行溝通，那都無所謂。每一次每一次的交談，應該都會帶給你新的學習與發現。

　　書中所介紹的各種場面的會話表現，讀者可以原封不動地照著說出來，也可以替換掉某些單字之後，照著原本的文型，說出自己想表達的內容。如果本書的設計方式與內容，能夠成為大家前往日本旅遊時，和日本人交流的得力助手，那將是我最感欣慰的事。

　　在【行動學習新版】中，增加 APP 這個學習工具。APP 包含書籍全部內容，從 APP 可以聽 MP3 音檔。另外，更使用書裡的主題句，製作了「跟讀練習影音」。只要連結到 Youtube，就能夠隨時練習。「跟讀」對於提升日語「聽解力」以及「發音、語調、表達力」非常有幫助。請大家務必利用這次機會，試著挑戰「跟讀」看看。

作者　出口仁　敬上

介紹：行動學習 APP

- APP 名稱 ： 檸檬樹－大家學標準日本語【每日一句】旅行會話篇 APP

APP 完美整合〔書籍內容＋MP3 音檔〕達成最強的「隨身行動學習功能」！

將 大家學標準日本語【每日一句：旅行會話篇】 之「主題句、文型解析、使用文型、用法、會話練習、MP3」等內容，融合文字、圖像、音訊等元素，透過 APP 友善的操作介面，規劃流暢的學習動線，整合設計為『標準日本語行動教室』。

日常一機在手，可閱讀、可聽 MP3，享受科技帶來的學習便利、流暢、與舒適。

※〔APP 特色〕
- 【可跨系統使用】：iOS／Android 皆適用，不受中途換手機、換作業系統影響。
- 【可播放 MP3】：可「全單元播放音檔」或「逐句播放音檔」。
- 【自由設定 MP3 的 5 段語速】：最慢、稍慢、正常語速、稍快、最快。
- 【一單元一獨立畫面】：操作簡潔，完整掌握「主題句、文型、會話」等內容。
- 【可搜尋學習內容／標記書籤／做筆記】
- 【可調整字體大小】：進行個人化設定，舒適閱讀。
- 【提供手機/平板閱讀模式】：不同載具的最佳閱讀體驗。可離線使用。

※〔APP 安裝說明〕
1——取出隨書所附之「APP 啟用說明」：內含一組安裝序號。
　　掃描 QR code 連結至 App Store／Google Play 免費安裝：
　　檸檬樹－大家學標準日本語【每日一句】旅行會話篇 APP

2——安裝後，開啟 APP：
- iOS 　　　：點按〔取得完整版〕輸入〔序號〕點按〔確定〕，即完成安裝。
- Android OS：點按 APP 主畫面右上〔三點〕圖示，出現清單後，點按〔取得完整版〕
　　　　　　　輸入〔序號〕點按〔確定〕，即完成安裝。

3——本序號適用之裝置系統：
- iOS 　　　：支援最新的 iOS 版本以及前兩代
- Android OS：支援最新的 Android 版本以及前四代

介紹：跟讀練習影音

出口仁老師親授──跟讀的功能＆練習方法

使用全書主題句製作「Youtube 跟讀練習影音」，出口仁老師日文錄音，並親授「跟讀的功能
＆ 練習方法」。任何程度都能用自己跟得上的速度，循序漸進達成最終階段「高速跟讀」；
讓「閱讀的文字」和「聽到的發音」在腦海中產生連結〈不再「看得懂的字卻聽不懂」！〉
把自己的「讀解力」「語彙力」連結到「提升會話力」的層次！

【跟讀的功能】① 提升「發音、語調、表達力」

出聲讀日文句子的時候，應該許多人都不確定，自己的「發音、語調」是否正確，旁邊又沒
有人可以隨時糾正……。在嬰兒時期，我們「模仿大人說話」學習「說」；「跟讀」則是「模
仿你聽到的日文語音」學習說日語。

【跟讀的功能】② 提升「聽解力」

在自己的國家學日語，「聽、說、閱讀、寫作」之中，很容易偏重「閱讀」。或許「閱讀力」
不錯，但「聽力」可能很差，導致「讀解力優秀，會話力卻沒提升」──因為「閱讀的文字」
和「聽到的發音」在腦海中沒有產生連結。透過「跟讀」能夠讓「日語文章（視覺情報的日語）」
和「日語會話（聽覺情報的日語）」產生連動；你將感受到自己的「讀解力」「語彙力」反映在
「會話力」的進步。

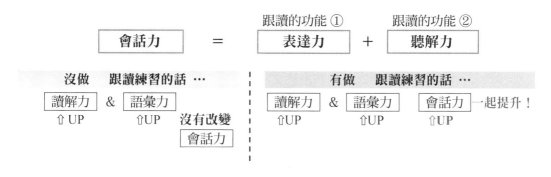

【跟讀的練習方法】※秒數只是舉例，可視個人情況調整

①【掌握內容】

第 1 階段 ┃ 聆 聽 ┃ 〈 一邊看 〉會話文。一邊聽日文語音，確認中譯。

②【循序漸進跟讀】

第 2 階段 ┃ 複 讀 ┃ 〈 可以看 〉會話文。日文語音結束後「1 秒」複讀。

第 3 階段 ┃ 低速跟讀 ┃ 〈儘量不看〉會話文。聽到日文語音後「2 秒」跟讀。

第 4 階段 ┃ 中速跟讀 ┃ 〈儘量不看〉會話文。聽到日文語音後「1 秒」跟讀。

跟讀方法
跟讀內容
完整影音

③【高速跟讀】

最終階段 ┃ 高速跟讀 ┃ 〈絕對不看〉會話文。聽到日文語音後「0.5 秒」跟讀。

說明：「Ⅰ類、Ⅱ類、Ⅲ類」動詞

第Ⅰ類動詞

● 「第Ⅰ類動詞」的結構如下，也有的書稱為「五段動詞」：

○○ます

　　↑　　い段 的平假名　　（ます前面，是「い段」的平假名）

● 例如：

会います（見面）、買います（買）、洗います（洗）、手伝います（幫忙）

※【あいうえお】：「い」是「い段」

- -

行きます（去）、書きます（寫）、置きます（放置）

※【かきくけこ】：「き」是「い段」

- -

泳ぎます（游泳）、急ぎます（急忙）、脱ぎます（脱）

※【がぎぐげご】：「ぎ」是「い段」

- -

話します（說）、貸します（借出）、出します（顯示出、拿出）

※【さしすせそ】：「し」是「い段」

- -

待ちます（等）、立ちます（站立）、持ちます（拿）

※【たちつてと】：「ち」是「い段」

- -

死にます（死）

※【なにぬねの】：「に」是「い段」

- -

遊びます（玩）、呼びます（呼叫）、飛びます（飛）

※【ばびぶべぼ】：「び」是「い段」

- -

読みます（閱讀）、飲みます（喝）、噛みます（咬）

※【まみむめも】：「み」是「い段」

- -

帰ります（回去）、売ります（賣）、入ります（進入）、曲がります（彎）

※【らりるれろ】：「り」是「い段」

第 II 類動詞：有三種型態

（1）○○ます

↑ え段 的平假名 （ます前面，是「え段」的平假名）

● 例如：

食べます（吃）、教えます（教）

....

（2）○○ます

↑ い段 的平假名 （ます前面，是「い段」的平假名）

● 這種型態的動詞，結構「和第 I 類相同」，但卻是屬於「第 II 類動詞」。這樣的動詞數量不多，初期階段要先記住下面這 6 個：

起きます（起床）、できます（完成）、借ります（借入）
降ります（下（車））、足ります（足夠）、浴びます（淋浴）

....

（3）○ます

↑ 只有一個音節 （ます前面，只有一個音節）

● 例如：見ます（看）、寝ます（睡覺）、います（有（生命物））
● 要注意，「来ます」（來）和「します」（做）除外。不屬於這種型態的動詞。

第 III 類動詞

来ます（來）、します（做）

※ します 還包含：動作性名詞（を）＋します、外來語（を）＋します

● 例如：

来ます（來）、します（做）、勉強（を）します（學習）、コピー（を）します（影印）

說明：動詞變化速查表

第 I 類動詞

●「第 I 類動詞」是按照「あ段～お段」來變化（這也是有些書本將這一類稱為「五段動詞」的原因）。下方表格列舉部分「第 I 類動詞」來做說明，此類動詞還有很多。

	会か買あら洗	行か書お置	泳いそ急ぬ脱	話はな貸だ出	待た立も持	死し	遊あそ呼と飛	読よ飲か噛	帰かえ売はい入	動詞變化的各種形
あ段	わ	か	が	さ	た	な	ば	ま	ら	+ない[ない形] +なかった[なかった形] +れます[受身形、尊敬形] +せます[使役形]
い段	い	き	ぎ	し	ち	に	び	み	り	+ます[ます形]
う段	う	く	ぐ	す	つ	ぬ	ぶ	む	る	[辭書形] +な[禁止形]
え段	え	け	げ	せ	て	ね	べ	め	れ	+ます[可能形] +ば[條件形] [命令形]
お段	お	こ	ご	そ	と	の	ぼ	も	ろ	+う[意向形]
音便	っ	い	い゛	し	っ	ん	ん゛	ん゛	っ	+て（で）[て形] +た（だ）[た形]

※ 第 I 類動詞：動詞變化的例外字

● 行きます（去）
　〔て形〕⇒ 行って　（若按照上表原則應為：行いて）　NG！
　〔た形〕⇒ 行った　（若按照上表原則應為：行いた）　NG！

● あります（有）
　〔ない　形〕⇒ ない　（若按照上表原則應為：あらない）　NG！
　〔なかった形〕⇒ なかった　（若按照上表原則應為：あらなかった）　NG！

第 II 類動詞

●「第 II 類動詞」的變化方式最單純，只要去掉「ます形」的「ます」，再接續不同的變化形式即可。

● 目前，許多日本人已經習慣使用「去掉ら的可能形：れます」，但是「正式的日語可能形」說法，還是「られます」。

		動詞變化的各種形

た 食べ	ない	[ない形]
	なかった	[なかった形]
おし 教え	られます	[受身形、尊敬形]
	させます	[使役形]
お 起き	ます	[ます形]
	る	[辭書形]
み 見	るな	[禁止形]
	られます（れます）	[可能形]（去掉ら的可能形）
ね 寝	れば	[條件形]
	ろ	[命令形]
． ． ． 等等	よう	[意向形]
	て	[て形]
	た	[た形]

第Ⅲ類動詞

●「第Ⅲ類動詞」只有兩種，但是變化方式非常不規則。尤其是「来ます」，動詞變化之後，漢字部分的發音也改變。努力背下來是唯一的方法！

来（き）ます	します	動詞變化的各種形
来（こ）ない	しない	[ない形]
来（こ）なかった	しなかった	[なかった形]
来（こ）られます	されます	[受身形、尊敬形]
来（こ）させます	させます	[使役形]
来（き）ます	します	[ます形]
来（く）る	する	[辭書形]
来（く）るな	するな	[禁止形]
来（こ）られます（来（こ）れます）	できます	[可能形]（去掉ら的可能形）
来（く）れば	すれば	[條件形]
来（こ）い	しろ	[命令形]
来（こ）よう	しよう	[意向形]
来（き）て	して	[て形]
来（き）た	した	[た形]

說明：各詞類的「丁寧體」與「普通體」

認識「丁寧體」與「普通體」

文體	給對方的印象	適合使用的對象
丁寧體	有禮貌又溫柔	● 陌生人 ● 初次見面的人 ● 還不是那麼熟的人 ● 公司相關事務的往來對象 ● 晚輩對長輩 （如果是對自己家裡的長輩，則用「普通體」）
普通體	坦白又親近	● 家人 ● 朋友 ● 長輩對晚輩

● 用了不恰當的文體，會給人什麼樣的感覺？

　該用「普通體」的對象，卻使用「丁寧體」→ 會感覺有一點「見外」

　該用「丁寧體」的對象，卻使用「普通體」→ 會感覺有一點「不禮貌」

● 「丁寧體」和「普通體」除了用於表達，也會運用在某些文型之中：

　運用在文型當中的「丁寧體」→ 稱為「丁寧形」

　運用在文型當中的「普通體」→ 稱為「普通形」

「名詞」的「丁寧體」與「普通體」（以「学生」為例）

名詞	肯定形		否定形	
現在形	学生です （是學生）	丁寧體	学生じゃありません （不是學生）	丁寧體
	学生[だ] ※ （是學生）	普通體	学生じゃない （不是學生）	普通體
過去形	学生でした （（過去）是學生）	丁寧體	学生じゃありませんでした （（過去）不是學生）	丁寧體
	学生だった （（過去）是學生）	普通體	学生じゃなかった （（過去）不是學生）	普通體

「な形容詞」的「丁寧體」與「普通體」（以「にぎやか」為例）

な形容詞	肯定形		否定形	
現在形	にぎやか<u>です</u> （熱鬧）	丁寧體	にぎやか<u>じゃありません</u> （不熱鬧）	丁寧體
	にぎやか[<u>だ</u>] ※ （熱鬧）	普通體	にぎやか<u>じゃない</u> （不熱鬧）	普通體
過去形	にぎやか<u>でした</u> （（過去）熱鬧）	丁寧體	にぎやか<u>じゃありませんでした</u> （（過去）不熱鬧）	丁寧體
	にぎやか<u>だった</u> （（過去）熱鬧）	普通體	にぎやか<u>じゃなかった</u> （（過去）不熱鬧）	普通體

※「名詞」和「な形容詞」的「普通形-現在肯定形」如果加上「だ」，聽起來或看起來會有「感慨或斷定的語感」，所以不講「だ」的情況比較多。

「い形容詞」的「丁寧體」與「普通體」（以「おいしい」為例）

い形容詞	肯定形		否定形	
現在形	おいしい<u>です</u> （好吃的）	丁寧體	おいしくない<u>です</u> （不好吃）	丁寧體
	おいしい （好吃的）	普通體	おいしくない （不好吃）	普通體
過去形	おいしかった<u>です</u> （（過去）是好吃的）	丁寧體	おいしくなかった<u>です</u> （（過去）是不好吃的）	丁寧體
	おいしかった （（過去）是好吃的）	普通體	おいしくなかった （（過去）是不好吃的）	普通體

※「い形容詞」一律去掉「です」就是「普通體」。

「動詞」的「丁寧體」與「普通體」（以「飲みます」為例）

動詞	肯定形		否定形	
現在形	の 飲みます （喝）	丁寧體	の 飲みません （不喝）	丁寧體
	の 飲む（＝辭書形） （喝）	普通體	の 飲まない（＝ない形） （不喝）	普通體
過去形	の 飲みました （（過去）喝了）	丁寧體	の 飲みませんでした （（過去）沒有喝）	丁寧體
	の 飲んだ（＝た形） （（過去）喝了）	普通體	の 飲まなかった（＝ない形的た形）※ （（過去）沒有喝） ※亦叫做「なかった形」	普通體

說明：日文的敬語表現

基本上，日文的「敬語表現」可以分成「尊敬表現」和「謙讓表現」。
兩者的差別是：

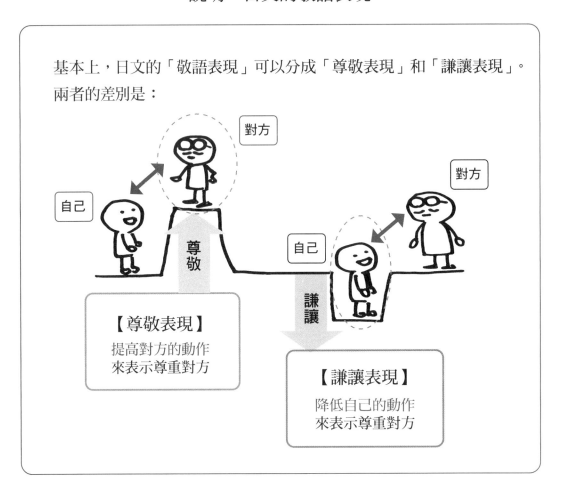

對方

自己

尊敬

自己

對方

謙讓

【尊敬表現】
提高對方的動作
來表示尊重對方

【謙讓表現】
降低自己的動作
來表示尊重對方

說明：尊敬表現

「尊敬表現」有六種型態：

（1）使用尊敬形

（2）お＋[動詞－ます形]＋に＋なります

（3）使用尊敬語

（4）お＋[動詞－ます形]＋です

（5）お＋[動詞－ます形]＋ください（要求的說法）

（6）[尊敬語的て形]＋ください（要求的說法）
　　　[お＋[動詞－ます形]＋に＋なって]＋ください（要求的說法）

接下來將以「読みます」（閱讀）為例，一一說明：

型態（1）：使用尊敬形

（例）部長は英語の新聞を読まれます。（部長會看英文報紙。）
　　ぶちょう　　えいご　　しんぶん　よ

　　　　【 ます形 】 読みます
　　　　【 尊敬形 】 読まれます ＝（受身形）

※【注意】
●動詞的「尊敬形」和「受身形」的動詞變化型態完全一樣，必須根據會話
　內容來判斷到底是「尊敬形」還是「受身形」。

型態（2）：お＋［動詞－ます形］＋に＋なります

（例）部長は英語の新聞をお読みになります。（部長會看英文報紙。）
　　ぶちょう　　えいご　　しんぶん　　よ

　　　　【 ます形 】 読みます
　　　　【尊敬表現】 お ＋ 読みます ＋ に ＋ なります

※【注意】
●「します、来ます、います、寝ます、見ます」等「ます的前面只有一個
　　　　　　き　　　　　　　ね　　　み
　音節的動詞」，不能套用這種型態的尊敬表現。

●如果是「利用します、見物します」等「兩個漢字組成的動作性名詞」，
　尊敬表現則為「ご＋ 漢字 ＋に＋なります」。

說明：尊敬表現

型態（3）：使用尊敬語

（例）部長は英語の新聞をご覧になります。（部長會看英文報紙。）

【ます形】 読みます
【尊敬語】 ご覧になります

※【注意】：「尊敬形」和「尊敬語」的差異
● 尊敬「形」：是動詞變化之一，所有的「人為的動詞」都有「尊敬形」。
● 尊敬「語」：則是該單字本身已包含「尊敬」的意思。
● 並非所有的動詞都有「尊敬語」，生活中常用的動詞才有「尊敬語」。

型態（4）：お＋［動詞－ます形］＋です

（例）部長は今、新聞をお読みです。（部長現在正在看報紙。）

【ます形】 読みます
【尊敬表現】 お＋読みます＋です

※【注意】
●「お＋[動詞－ます形]＋です」的尊敬表現，只適用表示「現在的狀態」。
●「します、来ます、います、寝ます、見ます」等「ます的前面只有一個音節的動詞」，不能套用這種型態的尊敬表現。
● 如果是「利用します、見物します」等「兩個漢字組成的動作性名詞」，尊敬表現則為「ご＋ 漢字 ＋です」。

說明：尊敬表現

型態（5）：お＋［動詞－ます形］＋ください（要求的說法）

（例）説明書をお読みください。（請您閱讀說明書。）

【 ます形 】 読みます
【尊敬表現】 お＋読みます＋ください

※【注意】
● 「します、来ます、います、寝ます、見ます」等「ます的前面只有一個音節的動詞」，不能套用這種型態的尊敬表現。
● 如果是「利用します、見物します」等「兩個漢字組成的動作性名詞」，尊敬表現則為「ご＋ 漢字 ＋ください」。

型態（6）：

［尊敬語的て形］＋ください（要求的說法）

［お＋［動詞ます形］＋に＋なって］＋ください（要求的說法）

（例）説明書をご覧になってください。（請您閱讀說明書。）

【 ます形 】 読みます
【 尊敬語 】 ご覧になります
【尊敬表現】 ご覧になって（て形）＋ ください

（例）説明書をお読みになってください。（請您閱讀說明書。）

【 ます形 】 読みます
【尊敬表現】 お＋読みます＋に＋なって＋ください

說明：謙讓表現

「謙讓表現」有兩種：（1）謙遜謙讓表現（2）鄭重謙讓表現

（1）謙遜謙讓表現

● 適用於：

　自己的動作「會」涉及到對話的另一方。

　翻譯時，可翻譯為：幫你 [做]〜、為你 [做]〜、[做]〜給你、向你 [做]〜……等等

●「謙遜謙讓表現」有兩種型態：

型態（1）：お＋ [動詞－ます形] ＋します

（例）コーヒーをお入れします。（（我）泡咖啡給（您）。）

　　　　　　【　　ます形　　】入れます
　　　　　　【謙遜謙讓表現】お ＋ 入れます ＋ します

※【說明】
● 自己的動作（泡咖啡給您）會涉及到對方（您），適用「謙遜謙讓表現」。

型態（2）：使用「謙遜謙讓語」

（例）明日、先生の研究室に伺ってもいいですか。

　　　（明天可以去拜訪老師的研究室嗎？）

　　　　　　【　　ます形　　】（相手の所へ）行きます（去對方那邊拜訪）
　　　　　　【謙遜謙讓語】伺います

※【說明】
● 自己的動作（去拜訪老師）會涉及到對方（老師），適用「謙遜謙讓表現」。
●「伺って（て形）＋も＋いいですか」表示「可以去拜訪嗎？」。

（2）鄭重謙讓表現

●適用於：

自己的動作「不會」涉及到對話的另一方。

●「鄭重謙讓表現」有兩種型態：

型態（1）：使用「使役て形」

使役て形 ＋いただきます（※ 此為不需要對方許可的動作，表示「我～」。）

（例）それでは、先に帰らせていただきます。

（那麼，（我）要先回去了。）

使役て形 ＋いただけませんか 或 使役て形 ＋いただきたいんですが
（※ 此為需要對方許可的動作，表示「能否請你讓我～」。）

（例）調子が悪いので、早く帰らせていただけませんか。
＝ 調子が悪いので、早く帰らせていただきたいんですが。

（因為身體不舒服，能不能請你讓我早點回去？）

【 　ます形 　】帰ります
【 　使役形 　】帰らせます
【鄭重謙讓表現】帰らせて（て形）＋いただきます 　（※動作不需對方許可）
　　　　　　　　帰らせて（て形）＋いただけませんか（※動作需對方許可）
　　　　　　　＝ 帰らせて（て形）＋いただきたいんですが

※【說明】
●自己的動作（回去）不會涉及到對方，適用「鄭重謙讓表現」。

型態（2）：使用「鄭重謙讓語」

（例）昼はハンバーガーをいただきました。（（我）中午吃了漢堡。）

【 　ます形 　】食べます
【鄭重謙讓語】いただきます

※【說明】
●自己的動作（吃漢堡）不會涉及到對方，適用「鄭重謙讓表現」。
●「いただきました」是「いただきます」的過去形。

常用「尊敬語、謙讓語」一覽表

☆：謙遜謙讓語　★：鄭重謙讓語　◎：謙遜・鄭重兩用

意義	尊敬語	丁寧體	謙讓語	
去	いらっしゃいます おいでになります	行（い）きます		
來	いらっしゃいます おいでになります お越（こ）しになります お見（み）えになります	来（き）ます	参（まい）ります	◎
有（人、生命物）	いらっしゃいます	います	おります	★
正在～、目前～	～ていらっしゃいます	～ています	～ております	★
吃	召（め）し上（あ）がります	食（た）べます	いただきます	◎
喝		飲（の）みます		
得到	✕	もらいます	いただきます	☆
得到～動作好處	✕	～てもらいます	～ていただきます	☆
給予	✕	あげます	差（さ）し上（あ）げます	☆
給予～動作好處	✕	～てあげます	～てさしあげます	☆
給我	くださいます	くれます	✕	
給我～動作好處	～てくださいます	～てくれます	✕	
說	おっしゃいます	言（い）います	申（もう）します	◎
			申（もう）し上（あ）げます	☆
看	ご覧（らん）になります	見（み）ます	拝見（はいけん）します	☆
做	なさいます	します	致（いた）します	◎
見面	✕	会（あ）います	お目（め）にかかります	☆
知道	ご存知（ぞんじ）です	知（し）っています	存（ぞん）じております	◎

意義	尊敬語	丁寧體	謙讓語	
覺得～	×	～と思^{おも}います	～と存^{ぞん}じます	★
知道了、了解	×	わかりました （引^ひき受^うけました）	承^{しょうち}知しました かしこまりました	◎ ☆
睡覺	お休^{やす}みになります	寝^ねます	×	
借入	×	借^かります	拝^{はいしゃく}借します	☆
閱讀	ご覧^{らん}になります	読^よみます	拝^{はいどく}読します	☆
問	お尋^{たず}ねになります	聞^ききます （質問^{しつもん}します）	伺^{うかが}います	☆
去對方那邊拜訪	×	（相手^{あいて}の所^{ところ}へ） 行^いきます	伺^{うかが}います	☆
來對方這邊拜訪	×	（相手^{あいて}の所^{ところ}へ） 来^きます	上^あがります	☆
通知	×	知^しらせます	お耳^{みみ}に入^いれます	☆
穿	お召^めしになります	着^きます	×	
給～看	×	（相手^{あいて}に）見^みせます	お目^めにかけます ご覧^{らん}に入^いれます	☆ ☆
買	お求^{もと}めになります	買^かいます	×	
接受～恩惠等等	×	（恩恵^{おんけい}など）を 受^うけます	お／ご～にあずかります	◎
喜歡	お気^きに召^めします お目^めに止^とまります	気^きに入^いります	×	
被吩咐	×	言^いい付^つかります （命令^{めいれい}されます）	仰^{おお}せ付^つかります	☆
吩咐	仰^{おお}せ付^つけます	言^いい付^つけます （命令^{めいれい}します）	×	

總整理：動詞「敬語表現」分類

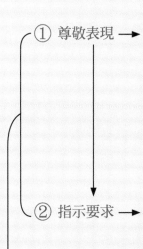

尊敬表現／對方的動作

① 尊敬表現 →
（1）尊敬形

（2）お＋[動詞－ます形]＋に＋なります

（3）尊敬語

（4）お＋[動詞－ます形]＋です
※只適用表示「現在的狀態」

② 指示要求 →
（5）お＋[動詞－ます形]＋ください

（6）[尊敬語的て形]＋ください
お＋[動詞－ます形]＋に＋なって＋ください

敬語表現

謙讓表現／自己的動作

① 謙遜謙讓表現 →
動作「會」涉及對方。
（1）お＋[動詞－ます形]＋します

（2）謙遜謙讓語

② 鄭重謙讓表現 →
動作「不會」涉及對方。
（1）[使役て形]＋いただきます
※動作「不需」對方許可

[使役て形]＋いただけませんか
※動作「需要」對方許可

[使役て形]＋いただきたいんですが
※動作「需要」對方許可

（2）鄭重謙讓語

目錄

【每日一句】
交通

001　請出示您的護照和機票。

002　請給我靠走道的座位。

003　我可以排候補嗎？

004　這個可以隨身登機嗎？

005　我可以把椅子稍微往後倒嗎？

006　這班公車有到新宿嗎？

007　往東京鐵塔的公車，間隔多久一班？

008　這班公車到了東京鐵塔時，可以告訴我一聲嗎？

009　車資是多少錢？

010　只販售當日券。

011　我想要買來回票。

012　這班電車會停『秋津站』嗎？

013　這個車廂是對號入座的嗎？

014　這個可以使用JR周遊券搭乘嗎？

015　計程車招呼站在哪裡？

016　坐計程車去的話，大概要多少錢？

017　（上計程車前）我只有一萬日圓紙鈔，找零沒有問題嗎？

018　因為依規定，後座的人也必須繫安全帶，所以請您繫上。

019　請問有租車服務嗎？

020　我需要提出什麼證明身分的東西嗎？

021　從這裡到東京鐵塔需要多久的時間？

022　走路可以到嗎？

023　98 高級汽油，請加滿。

【每日一句】
【住宿】

024　今天晚上還有空房嗎？

025　我想要住可以看到海的房間。

066 能不能幫我把盤子收走？

067 咖啡可以續杯嗎？

068 可以給我一個外帶的袋子嗎？

069 不好意思，能不能請你再快一點？

070 我只是看看而已，謝謝。

071 我的預算是兩萬日圓。

072 我想要買暈車藥。

073 我正在找要送給朋友的紀念品（名產）。

074 有沒有當地才有的名產呢？

075 這是哪一國製的？

076 有沒有別的顏色？

077 這個可以試穿嗎？

078 尺寸有點不合，太大了。

079 褲腳可以幫我弄短一點嗎？

080 這兩個價格為什麼差這麼多？

081 我要買這個。

082 觀光客購買可以免稅嗎？

083 能不能再便宜一點？

084 我想要辦一張集點卡。

085 可以寄送到海外嗎？

086 可以用貨到付款寄送嗎？

087 可以幫我包裝成送禮用的嗎？

088 再給我一個袋子好嗎？

089 這個東西我想退貨，可以嗎？

090 因為尺寸不合，可以換貨嗎？

091 退換貨時，請在一周內攜帶發票和商品過來。

092 請幫我分開結帳。

093 可以使用這個折價券嗎？

094 請問您要付現還是刷卡？

095 可以用信用卡付款嗎？

096 能不能給我收據？

097 請幫我找開，我需要紙鈔和零錢。

098 欸？是不是找錯錢了？

099 這是什麼的費用？

100 有沒有旅遊服務中心？

101 有這個城市的觀光導覽手冊嗎？

102 這附近有什麼知名景點嗎？

103 這裡可以拍照嗎？

104 這裡可以使用閃光燈嗎？

105 不好意思，可以麻煩你幫我拍照嗎？

106 只要按一下這個快門鍵就好。

107 可以把東京鐵塔也一起拍進去嗎？

108 我想要體驗一下茶道。

大家學標準日本語【每日一句】

旅行會話篇

交通
住宿
客房服務
預約
飲食
購物
結帳
觀光&拍照
活動&購票
詢問
換錢
意外&求助

請出示您的護照和機票。

パスポートとチケットを拝見します。

名詞： 護照	助詞： 表示並列	名詞： 機票	助詞：表示 動作作用對象	動詞：看 （見ます的謙讓語）

パスポート　と　チケット　を　拝見します。

我要看　護照和機票。

使用文型

[名詞] ＋ を ＋ 拝見します　　謙讓表現：請出示～

チケット（機票）	→ チケットを拝見します	（請出示機票）
切符（票）	→ 切符を拝見します	（請出示票）
免許証（駕照）	→ 免許証を拝見します	（請出示駕照）

用法　機場報到櫃台的地勤人員幫乘客辦理 Check-in 時，所使用的一句話。

會話練習

係員：こんにちは。パスポートとチケットを拝見します。
かかりいん　　　　　　　　　　　　　　　　　　　　　　　　　　はいけん
　　　　您好

欣儀：はい、これです。
きんぎ

係員：荷物の方をこちらに載せていただけますか*。
かかりいん　にもつ　ほう　　　　　　の
　　　　行李的部分　　　　　　　　　　　謙讓表現：可以請您放上去嗎？

欣儀：あ、はい。
きんぎ

使用文型

動詞

[て形] ＋ いただけますか　　謙讓表現：可以請您（為我）[做] ～嗎？

載せます（放上去）→ 載せていただけますか*（可以請您（為我）放上去嗎？）
　　　　　　　　　　　　の

撮ります（拍攝）　→ 撮っていただけますか　（可以請您（為我）拍攝嗎？）
　　　　　　　　　　　と

貸します（借出）　→ 貸していただけますか　（可以請您借我嗎？）
　　　　　　　　　　　か

「搭機 Check-in」的時候，地勤人員常說的話

您的登機證 → こちらがお客様の搭乗券です。
　　　　　　　　　　　きゃくさま　　とうじょうけん
　　　　　　　　（這是您的登機證。）

幾號登機門 → お客様の搭乗ゲートは１８番になります。
　　　　　　　　　きゃくさま　とうじょう　　　　　じゅうはちばん
　　　　　　　　（您的登機門是 18 號登機門。）

幾點登機　→ 10時15分までに搭乗ゲートにお越しください。
　　　　　　　　じゅうじ じゅうごふん　　　　とうじょう　　　　　　こ
　　　　　　　　（請在 10 點 15 分之前前往登機門。）

中譯　工作人員：您好。請出示您的護照和機票。
　　　欣儀：好的，是這個。
　　　工作人員：可以請您把行李放在這個上面嗎？
　　　欣儀：啊，好的。

請給我靠走道的座位。
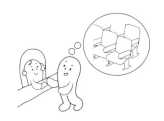
通路側の席をお願いします。

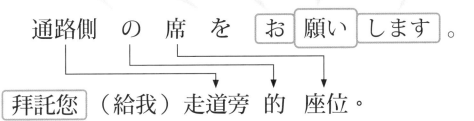

| 助詞：表示所屬 | 助詞：表示動作作用對象 | 接頭辭：表示美化、鄭重 | 動詞：拜託、祈願（願います⇒ます形除去[ます]） | 動詞：做 |

通路側　の　席　を　お　願い　します　。

拜託您　（給我）走道旁　的　座位。

使用文型

動詞

お＋[ます形]＋します　　謙讓表現：（動作涉及對方的）[做]～

願います（拜託）→ お願いします　　　　（我要拜託您）

直します（修改）→ お直しします　　　　（我要為您修改）

返します（歸還）→ お返しします　　　　（我要還給您）

用法　想要指定飛機等交通工具的座位時，可以說這句話。其他座位的說法如下：

窓側の席　　　　　　　　　　　　　　　（靠窗的座位）

非常口前の席（ＣＡの前の席）　　　　（逃生門前面的座位（和空服員面對面的座位））

スクリーン前の席（前が壁の席）　　　（大螢幕前的座位（前面是牆壁的座位））

前の方の席　　　　　　　　　　　　　　（前面的座位）

後の方の席　　　　　　　　　　　　　　（後面的座位）

並んだ席　　　　　　　　　　　　　　　（連在一起的座位）

會話練習

（チェックインカウンターで）
報到櫃台

係員：お席に ご希望はございますか*。
在座位方面；　您有什麼需求嗎？「ございます」是「あります」的「鄭重表現」
「に」表示
「方面」

欣儀：通路側の席をお願いします。

係員：通路側ですね。かしこまりました。
是靠走道的嗎？　　　　　　　　謙讓表現：知道了
「ね」表示「再確認」

使用文型

[名詞] ＋ に ＋ ご希望はございますか　在～方面，您有什麼需求嗎？

お席（座位）	→ お席にご希望はございますか*（在座位方面，您有什麼需求嗎？）
お部屋（房間）	→ お部屋にご希望はございますか（在房間方面，您有什麼需求嗎？）
配達時間（配送時間）	→ 配達時間にご希望はございますか（在配送時間方面，您有什麼需求嗎？）

中譯　（在報到櫃台）
工作人員：在座位方面您有什麼需求嗎？
欣儀：請給我靠走道的座位。
工作人員：是靠走道的嗎？我知道了。

我可以排候補嗎？

キャンセル待<ruby>ま</ruby>ちはできますか。

| 名詞：候補
（動詞 [待ちます] 的
名詞化） | 助詞：
表示主題 | 動詞：可以、能夠、會
（します⇒可能形） | 助詞：
表示疑問 |

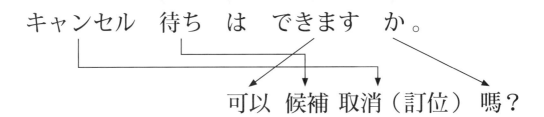

キャンセル　待ち　は　できます　か。

可以　候補　取消（訂位）　嗎？

使用文型

[名詞] ＋ は ＋ できますか　　可以～嗎？

キャンセル待ち（候補取消訂位）	→ キャンセル待<ruby>ま</ruby>ちはできますか（可以候補取消訂位嗎）
カード払い（刷卡付款）	→ カード払<ruby>ばら</ruby>いはできますか　　（可以刷卡付款嗎？）
予約（預約）	→ 予約<ruby>よやく</ruby>はできますか　　　　（可以預約嗎？）

用法　想要等待有人取消訂位時，可以說這句話。

會話練習

係員：すみません、チケットは完売してしまいました[＊]。
かかりいん　　　　　　　　　　　かんばい
不好意思　　　　　票　　　　　　　很遺憾賣完了

欣儀：そうですか。じゃあ、キャンセル待ちはできますか。
きんぎ
這樣子啊

係員：はい、できます。では、キャンセルが入り次第[＊]
かかりいん　　　　　　　　　　　　　　　はい　しだい
可以　　　　　　　　　　　　　一旦有取消，就馬上…

　　　ご連絡差し上げますので。
　　　れんらくさ　あ
　　　謙讓表現：和您聯絡；「ので」表示「宣言」

欣儀：よろしくお願いします。
きんぎ　　　　　　ねが
拜託您了

使用文型

動詞

[て形] ＋ しまいました　　　（無法挽回的）遺憾

完売します（賣完）	→ 完売してしまいました[＊]	（很遺憾賣完了）
遅れます（遲到）	→ 遅れてしまいました	（不小心遲到了）
縮みます（縮水）	→ 縮んでしまいました	（很遺憾縮水了）

動詞

[ます形] ＋ 次第　　一旦 [做] ～，就馬上～

入ります（得到）	→ キャンセルが入り次第[＊]	（一旦得到取消，就馬上～）
決まります（決定）	→ 決まり次第	（一旦決定，就馬上～）
着きます（抵達）	→ 着き次第	（一旦抵達，就馬上～）

中譯　工作人員：不好意思，票已經賣完了。
　　　欣儀：這樣子啊。那麼，我可以排候補嗎？
　　　工作人員：是的，可以的。那麼，一旦有人取消，我就會馬上和您聯絡。
　　　欣儀：拜託您了。

這個可以隨身登機嗎？

これは<ruby>機内<rt>きない</rt></ruby>に<ruby>持<rt>も</rt></ruby>ち<ruby>込<rt>こ</rt></ruby>めますか。

| 助詞：表示主題 | 助詞：表示進入點 | 動詞：帶進去（持ち込みます⇒可能形） | 助詞：表示疑問 |

| これ | は | 機内 | に | 持ち込めます | か。 |

這個 ↓ 可以帶進 飛機內 嗎？

相關表現

這樣大小的行李，可以隨身登機嗎？

※ 想詢問大型行李可否帶上飛機時，可以這樣說。

| 連體詞：這個 | 名詞：大小（い形容詞[大きい]的名詞化） | 助詞：表示所屬 | 助詞：表示主題 | 助詞：表示進入點 | 動詞：帶進去（持ち込みます⇒可能形） | 助詞：表示疑問 |

| この | 大きさ | の | 荷物 | は | 機内 | に | 持ち込めます | か。 |

這個　大小　的　行李　　可以帶進　飛機內　嗎？

用法 想要確認行李是否可以作為手提行李登機時，可以用這句話詢問。

會話練習

（チェックインカウンターで）
報到櫃台

欣儀：すみません、これは機内に持ち込めますか。
きんぎ　　　不好意思　　　　　　　　　き ない　　も こ

係員：ちょっとお調べしますＮね。
かかりいん　　　　　しら
謙讓表現：我為您調查；「ね」表示「親近‧柔和」

…すみません、お客様、このサイズだと
きゃくさま
如果是這個尺寸的話；「と」表示「條件表現」

預け荷物になってしまいますＮ。
あず に もつ
很遺憾會變成託運行李

欣儀：じゃ、預け荷物でいいです。
きんぎ　　　あず に もつ
用託運行李是沒問題的；「で」表示「手段、方法」

使用文型

動詞

お＋[ます形]＋します　　謙讓表現：（動作涉及對方的）[做]～

調べます（調查）	→ お調べしますＮ	（我為您調查）
直します（修改）	→ お直しします	（我為您修改）
運びます（搬運）	→ お運びします	（我為您搬運）

動詞

[て形]＋しまいます　　　（無法挽回的）遺憾

なります（變成）	→ 預け荷物になってしまいますＮ	（很遺憾會變成託運行李）
忘れます（忘記）	→ 忘れてしまいます	（會不小心忘記）
割れます（破掉）	→ 割れてしまいます	（會不小心破掉）

中譯

（在報到櫃台）
欣儀：不好意思，這個可以隨身登機嗎？
工作人員：我為您調查一下。
…不好意思，這位客人，如果是這個尺寸的話，很遺憾會變成託運行李。
欣儀：那麼，我要改成託運行李。

我可以把椅子稍微往後倒嗎？

ちょっと席を倒してもいいですか。

| 副詞：一下、
有點、稍微 | 助詞：
表示動作
作用對象 | 動詞：弄倒
（倒します
⇒て形） | 助詞：
表示
逆接 | い形容詞：
好、良好 | 助動詞：
表示斷定
（現在肯定形） | 助詞：
表示
疑問 |

ちょっと 席 を 倒して も いい です か。

（把）椅子 稍微 即使往後倒 也 是 可以 嗎？

使用文型

動詞　い形容詞　な形容詞

[て形 / −い＋くて / −な＋で / 名詞＋で] ＋も　即使～，也～

動	倒します（弄倒）	→ 倒しても	（即使弄倒，也～）
い	長い（長的）	→ 長くても	（即使很長，也～）
な	便利（な）（方便）	→ 便利でも	（即使方便，也～）
名	同伴者（同行者）	→ 同伴者でも	（即使是同行者，也～）

用法　在巴士或飛機上想把椅子往後倒時，可以跟後面的人說這句話。

會話練習

欣儀：<u>すみません</u>、ちょっと席を倒してもいいですか。
　　　不好意思

後の客：あ、<u>いいですよ</u>。<u>どうぞ</u>。
　　　　　可以喔；「よ」　　請
　　　　　表示「提醒」

欣儀：<u>失礼します</u>。
　　　不好意思

相關表現

搭乘電車或巴士時，可能說的話

稍微擠一下 → すみません、ちょっと詰めてもらえませんか。
（不好意思，可以稍微擠一下（坐過去一點）嗎？）

被濕傘碰到 → すみません、濡れた傘が私に当たってしまって…。
（不好意思，濕的雨傘碰到我了。）

發現有人掉東西 → ちょっと、何か落ちましたよ。
（喂，好像有什麼東西掉了喔。）

中譯
　　　欣儀：不好意思，我可以把椅子稍微往後倒嗎？
　　後面的乘客：啊，可以喔，請。
　　　欣儀：不好意思。

這班公車有到新宿嗎？
このバスは新宿行きですか。

連體詞： 這個	助詞： 表示主題	接尾辭： 往	助動詞：表示斷定 （現在肯定形）	助詞： 表示疑問

この	バス	は	新宿 行き	です	か。
↓	↓		↓	↓	
這個	公車		是 往 新宿		嗎？

使用文型

[地名] ＋ 行き　　往某地

新宿（新宿）	→ 新宿行き	（往新宿）
銀座（銀座）	→ 銀座行き	（往銀座）
浅草（淺草）	→ 浅草行き	（往淺草）

用法 想要確認公車或電車是否有開往目的地時，可以說這句話。

會話練習

欣儀（きんぎ）：<u>すみません</u>、このバスは新宿（しんじゅく）行（ゆ）きですか。
不好意思

係員（かかりいん）：はい、<u>新宿西口（しんじゅくにしぐち）行（ゆ）きです</u>。
往新宿西口

欣儀（きんぎ）：新宿西口（しんじゅくにしぐち）<u>が</u> <u>終点（しゅうてん）ですか</u>。
表示：焦點　　是終點站嗎？

係員（かかりいん）：はい、<u>そうです</u>。
沒錯

相關表現

日本電車車站的常見出口名稱

北口（きたぐち）（北口）、中央口（ちゅうおうぐち）（中央口）、南口（みなみぐち）（南口）、新南口（しんみなみぐち）（新南口）、

西口（にしぐち）（西口）、東南口（とうなんぐち）（東南口）、東口（ひがしぐち）（東口）…等等

八重洲口（やえすぐち）（八重洲口）、不忍口（しのばずぐち）（不忍口）

※ 有些電車車站的出口不一定用「東、西、南、北」區分，而是以走出車站後，和那個地方有關的
　名詞（不一定是地名）後面加上「口」。

中譯
　　　　欣儀：不好意思，這班公車有到新宿嗎？
　　工作人員：是的，是開往新宿西口。
　　　　欣儀：新宿西口是終點站嗎？
　　工作人員：是的，沒錯。

往東京鐵塔的公車，間隔多久一班？

とうきょう　　　　　　　　　ゆ　　　　　　　　　　　　　　　　　　　　　　　　かんかく　　　はし
東京タワー行きのバスはどのくらいの間隔で走って
いますか。

接尾辭：往　　　　助詞：
表示所屬　　　　助詞：表示主題

東京タワー　　行き　　の　　バス　　は

往　　東京鐵塔　　　　　　的　　公車

名詞（疑問詞）：　　助詞：　　助詞：　　動詞：跑、行駛　　補助動詞　　助詞：
多久、多少　　　　表示　　　表示　　　（走ります　　　　　　　　　表示疑問
　　　　　　　　　所屬　　　樣態　　　⇒て形）

どのくらい　　の　　間隔　　で　　走って　　います　　か。

多久　　　　的　　間隔 的狀態　　　　行駛　　　　呢？

使用文型

動詞

[て形]＋います　　目前狀態

はし
走ります（行駛）→ 走っています　　　　（目前是行駛的狀態）

まちが
間違います（弄錯）→ 間違っています　　（目前是弄錯的狀態）

と
止まります（停止）→ 止まっています　　（目前是停止的狀態）

用法　想要詢問公車的發車頻率時，可以說這句話。

會話練習

欣儀：あの、ちょっとすみません。東京タワー行きのバスは
　　　　　　　　　　　打擾一下

どのくらいの間隔で走っていますか。

係員：ここからは 昼間は20分間隔で 出ていますよ。こちら
　　　從這裡；「は」　　白天　　間隔20分鐘；　　　　發出的狀態
　　　表示「對比（區別）」　　　「で」表示「樣態」

に時刻表があります。
　　有時刻表

欣儀：あ、そうですか、どうも。
　　　　　這樣子啊　　　　謝謝

相關表現

[時間／數量] ＋ おきに　　「每隔～」的說法

| 20分（20分鐘）| → 20分おきに出ています。 | （每隔20分鐘發車。）|
| 3株（3株）| → 3株おきに赤い花を植えます。 | （每隔3株種1株紅花。）|

紅花　　　　紅花　　　　紅花　　　　紅花

🌼👑👑👑🌼👑👑👑🌼👑👑👑🌼

[時間／數量] ＋ ごとに　　「每～」的說法

| 20分（20分鐘）| → 20分ごとに出ています。 | （每20分鐘發車。）|
| 3株（3株）| → 3株ごとに赤い花を植えます。 | （每3株種1株紅花。）|

紅花　　　　紅花　　　　紅花　　　　紅花

🌼👑👑🌼👑👑🌼👑👑🌼👑👑🌼

※ 表示「時間的概念」時，「～おきに」和「～ごとに」是一樣的。

中譯　　欣儀：那個…，打擾一下。往東京鐵塔的公車，間隔多久一班？
　　工作人員：從這裡的話，白天是每隔20分鐘開出一班車喔。這裡有時刻表。
　　　　欣儀：啊，這樣子啊，謝謝。

這班公車到了東京鐵塔時，可以告訴我一聲嗎？

このバスが<ruby>東京<rt>とうきょう</rt></ruby> タワーに<ruby>着<rt>つ</rt></ruby>いたら<ruby>教<rt>おし</rt></ruby>えていただけますか。

連體詞： 這個	助詞： 表示主體	助詞： 表示到達點	動詞：到達 （着きます⇒た形＋ら）

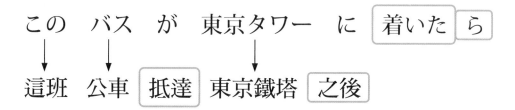

動詞：告訴、教 （教えます ⇒て形）	補助動詞： （いただきます ⇒可能形）	助詞： 表示疑問

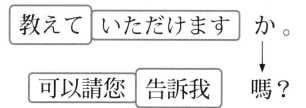

使用文型

動詞

[た形] ＋ ら 　[做] ～之後，～（順接確定條件）

着きます（到達）	→ <ruby>着<rt>つ</rt></ruby>いたら	（到達之後，～）
終わります（結束）	→ <ruby>授業<rt>じゅぎょう</rt></ruby> が <ruby>終<rt>お</rt></ruby>わったら	（課程結束之後，～）
なります（變成）	→ <ruby>３０歳<rt>さんじゅっさい</rt></ruby>になったら	（三十歲之後，～）

動詞

[て形] ＋いただきます　　謙讓表現：請您（為我）[做] ～

教えます（告訴）	→ 教え<ruby>教<rt>おし</rt></ruby>えていただきます	（請您告訴我）

教えます（告訴）　→ 教_{おし}えていただきます　　　　（請您告訴我）

説明します（說明）　→ 説明_{せつめい}していただきます　　（請您（為我）說明）

開けます（打開）　→ 開_あけていただきます　　　　（請您（為我）打開）

用法　希望司機在抵達目的地後，能知會自己一下時，可以說這句話。

會話練習

欣儀_{きんぎ}：すみません。あの…。
　　　　　不好意思　　喚起別人注意，開啟對話的發語詞

運転手_{うんてんしゅ}：はい。どうしましたか。
　　　　　　　　　　　　怎麼了嗎？

欣儀_{きんぎ}：このバスが東京_{とうきょう}タワーに着_ついたら教_{おし}えていただけますか。

運転手_{うんてんしゅ}：はい、わかりました。
　　　　　　　　　　　　知道了

相關表現

搭乘巴士時，可能說的話

哪一站下車　→ 浅草寺_{せんそうじ}に行_いきたい場合_{ばあい}はどの駅_{えき}で降_おりればいいですか。
　　　　　　　　（我想要去淺草寺的話，要在哪一站下車比較好？）

要去第二航廈　→ （空港_{くうこう}バスで）第二_{だいに}ターミナルへ行_いきます。
　　　　　　　　（（搭乘機場巴士）我要去第二航廈。）

暈車想吐　→ 吐_はきそうなので、何_{なに}か袋_{ふくろ}はありませんか。
　　　　　　　（好像快要吐了，有沒有袋子？）

中譯　欣儀：不好意思，那個…。
　　　司機：是的，怎麼了嗎？
　　　欣儀：這班公車到了東京鐵塔時，可以告訴我一聲嗎？
　　　司機：好的，我知道了。

車資是多少錢？
<ruby>運賃<rt>うんちん</rt></ruby>はいくらですか。

| 助詞：
表示主題 | 名詞（疑問詞）：
多少錢 | 助動詞：
表示斷定
（現在肯定形） | 助詞：
表示疑問 |

運賃　は　いくら　です　か。
車資　是　　多少錢　　　　呢？

使用文型

[名詞] ＋ は ＋ いくらですか　　～是多少錢？

運賃（車資）	→ <ruby>運賃<rt>うんちん</rt></ruby>はいくらですか	（車資是多少錢？）
レンタル料金（租金）	→ レンタル<ruby>料金<rt>りょうきん</rt></ruby>はいくらですか	（租金是多少錢？）
宿泊料（住宿費）	→ <ruby>宿泊料<rt>しゅくはくりょう</rt></ruby>はいくらですか	（住宿費是多少錢？）

用法　想要詢問公車、電車、計程車的車資時，可以說這句話。

會話練習

欣儀：このバスの運賃はいくらですか。

係員：このバスは２３区内、どこまで乗っても*200円ですよ。
東京 23 區之內　　　　　　　　　　　　不論搭乘到哪裡，都是 200 日圓

欣儀：そうなんですか、一区間でも200円ですか。
是那樣嗎？「んですか」　　　　　即使是一個區間，也…
表示「關心好奇、期待回答」

係員：ええ、そうなりますね。
是那樣；「ね」表示「親近・柔和」

使用文型

動詞	い形容詞	な形容詞

[疑問詞] ＋ [て形 / －い＋くて / －な＋で / 名詞＋で] ＋も
不論～，都～、不論～，也～

動	どこ（哪裡）、乗ります（搭乗）	→ どこまで乗っても200円です。*
		（不論搭到哪裡，都是 200 日圓。）
い	どんなに（多麼）、安い（便宜的）	→ どんなに安くても買いたくないです。
		（不論多麼便宜，都不想買。）
な	いくら（多麼）、綺麗（な）（漂亮）	→ いくら綺麗でも性格が悪い女性は嫌いです。
		（不論多麼漂亮，個性不好的女生也令人討厭。）
名	誰（誰）、犯人（犯人）	→ 誰が犯人でも、絶対に許しません。
		（不論誰是犯人，絕對都不會原諒。）

中譯
　　欣儀：這班公車的車資是多少錢？
工作人員：這班公車在東京 23 區之內，不論搭乘到任何地方都是 200 日圓喔。
　　欣儀：是那樣嗎？即使是一個區間也是 200 日圓嗎？
工作人員：嗯，是的。

只販售當日券。

当日券のみの販売となっております。

| 助詞：
表示限定 | 助詞：
表示所屬 | 助詞：
表示變化結果 | 動詞：變成
（なります
⇒て形） | 補助動詞：
（います的謙讓語） |

当日券　のみ　の　販売　と　なって　おります。

目前　是　只有當日券販賣　的狀態　。

使用文型

[名詞] ＋ と／に ＋ なります　　鄭重的斷定表現

※ 相較於「～になります」，「～となります」比較有強調「整個過程的最後結果」的語感

販売（販賣）　→ 当日券のみの販売となります　　（是只有當日券的販賣）

負担（負擔）　→ お客様の負担となります　　（是顧客的負擔）

対象（對象）　→ 保証の対象となります　　（是保固的對象）

動詞
[て形] ＋ おります　　目前狀態（謙讓表現）

なります（變成）　→ 販売となっております　　（目前是販賣的狀態）

知ります（知道）　→ 知っております　　（目前是知道的狀態）

覚えます（記住）　→ 覚えております　　（目前是記住的狀態）

用法　車站的站務人員遇到乘客詢問販賣哪些票券時，可能的回答方式之一。

欣儀：あのう、来週、この電車に乗って立川へ行こうと思ってる*

（きんぎ）　　　　（らいしゅう）　　　（でんしゃ）（の）（たちかわ）（い）　　（おも）

下周　　　　　　　搭乗　　　打算要去；「行こうと思っている」的省略説法

んですけど、今のうちに*切符が買えますか。

（いま）　　　　　　（きっぷ）（か）

「んです」表示「強調」；　趁現在的時候　　　　　可以買嗎？
「けど」表示「前言」，是
一種緩折的語氣

駅員：すみませんが、この電車は当日券のみの販売となっております。

（えきいん）　　　　　　　　（でんしゃ）　（とうじつけん）　　　（はんばい）

不好意思；「が」表示「前言」，是一種緩折的語氣

欣儀：そうなんですか。わかりました。

（きんぎ）

這樣子啊　　　　　　知道了

使用文型

| 動詞 |

[意向形] ＋ と ＋ 思っている　　打算 [做] ～

※ 此為「普通體文型」，「丁寧體文型」為「動詞意向形 ＋ と ＋ 思っています」。
※ 口語時，通常採用「普通體文型」説法，可省略「～と思っている」的「い」。

行きます（去）　　　→ 行こうと思って[い]る*　　　（打算去）

（おも）

キャンセルします（取消）　→ キャンセルしようと思って[い]る（打算取消）

（おも）

| 動詞 |　| い形容詞 | な形容詞 |

[辭書形・ない形 ／ －い ／ －な ／ 名詞＋の] ＋ うちに　趁～時候

| 動-辭書 | いHOW います（在）　→ 先生がいるうちに　　　（趁老師在的時候）

（せんせい）

| 動-ない | なります（變成）　→ 暗くならないうちに　　（趁還沒變暗的時候）

（くら）

| い | 涼しい（涼爽的）　→ 涼しいうちに　　　　（趁涼爽的時候）

（すず）

| な | 元気（な）（有精神）　→ 元気なうちに　　　　（趁有精神的時候）

（げんき）

| 名 | 今（現在）　→ 今のうちに*　　　　（趁現在的時候）

（いま）

中譯　　欣儀：那個…，我打算下周要搭乘這班電車去立川，可以趁現在買票嗎？
　　　　站務人員：不好意思，這班電車只販售當日券。
　　　　欣儀：這樣子啊。我知道了。

我想要買來回票。
往復切符を買いたいのですが。
_{おうふくきっぷ} _か

| 名詞：
來回 | 名詞：
票 | 助詞：
表示動作
作用對象 | 動詞：購買
（買います
⇒ます形
除去 [ます]） | 助動詞：
表示
希望 | 連語：の＋です＝んです
の…形式名詞
です…助動詞：表示斷定
（現在肯定形） | 助詞：
表示
前言 |

往復　切符　を　買い　たい　のです　が。

（我）想要 買　來回票。

使用文型

動詞

[ます形] ＋ たい　　想要 [做] ～

買います（買）	→ 買いたい	（想要買）
確認します（確認）	→ 確認したい	（想要確認）
聞きます（詢問）	→ 聞きたい	（想要詢問）

動詞／い形容詞／な形容詞＋な／名詞＋な

[　　　　普通形　　　　] ＋んです　　強調

※「んです」是「のです」的「縮約表現」。
※「な形容詞」、「名詞」的「普通形-現在肯定形」，需要有「な」再接續。
※「動詞ます形 ＋ たい」的「たい」是「助動詞」，變化上與「い形容詞」相同。

動	遅れます（遲到）	→ 遅れ<u>た</u>んです	（遲到了）
い	買いたい（想要買）	→ 買いたい<u>ん</u>です	（很想要買）
な	贅沢（な）（奢侈）	→ 贅沢<u>な</u>んです	（很奢侈）
名	欠陥商品（瑕疵品）	→ 欠陥商品<u>な</u>んです	（是瑕疵品）

用法　想買來回車票時，可以說這句話。

會話練習

欣儀：<u>舞浜駅まで</u> <u>大人二枚</u> お願いします*。
到舞濱車站　　全票兩張　　謙讓表現：我拜託您

駅員：はい。

欣儀：あ、往復切符を買いたいのですが。

駅員：はい。<u>大人二枚往復で</u>*合計２９２０円です。
來回；「で」　總共
表示「言及範圍」

使用文型

動詞

お＋[ます形]＋します　　謙讓表現：（動作涉及對方的）[做]～

願います（拜託）	→ お願いします*	（我要拜託您）
持ちます（拿）	→ お持ちします	（我要為您拿）
呼びます（呼叫）	→ お呼びします	（我為您呼叫）

[名詞]＋で　　表示言及範圍

往復（來回）	→ 往復で合計２９２０円です*	（包含來回總共 2920 日圓）
全部（全部）	→ 全部で500円です	（包含全部是 500 日圓）
二人（兩個人）	→ 二人で2400円です	（包含兩個人是 2400 日圓）

中譯　　欣儀：我要兩張到舞濱車站的全票。
站務人員：好的。
欣儀：啊，我想要買來回票。
站務人員：好的，兩張來回全票總共是 2920 日圓。

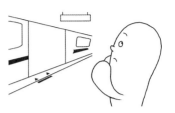

這班電車會停『秋津站』嗎？

この電車は<ruby>秋津<rt>あきつ</rt></ruby><ruby>駅<rt>えき</rt></ruby>に<ruby>止<rt>と</rt></ruby>まりますか。

| 連體詞：這個 | 助詞：表示主題 | 助詞：表示到達點 | 動詞：停 | 助詞：表示疑問 |

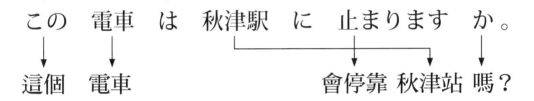

| この | 電車 | は | 秋津駅 | に | 止まります | か。 |
| 這個 | 電車 | | | | 會停靠 秋津站 | 嗎？ |

相關表現

「搭乘電車」的常用表現

幾號月台 → <ruby>新宿<rt>しんじゅく</rt></ruby><ruby>行<rt>ゆ</rt></ruby>きの<ruby>電車<rt>でんしゃ</rt></ruby>は<ruby>何番線<rt>なんばんせん</rt></ruby>ですか。
（往新宿的電車是在第幾月台？）

在～換車 → <ruby>国分寺<rt>こくぶんじ</rt></ruby><ruby>駅<rt>えき</rt></ruby>で<ruby>中央線<rt>ちゅうおうせん</rt></ruby>に<ruby>乗<rt>の</rt></ruby>り<ruby>換<rt>か</rt></ruby>えてください。
（請在國分寺車站換乘中央線。）

哪一個比較快 → <ruby>電車<rt>でんしゃ</rt></ruby>とバスとどちらが<ruby>速<rt>はや</rt></ruby>いですか。
（電車或公車哪一個比較快呢？）

用法 想知道電車是否會停靠自己要前往的車站時，可以用這句話詢問。

會話練習

欣儀：すみません、この電車は秋津駅に止まりますか。
　　　不好意思

駅員：いいえ。次の各駅停車の電車[*]に ご乗車ください[*]。
　　　　　下一班各站都停的電車　　　表示：進入點　尊敬表現：請您搭乘

欣儀：わかりました。どうも。
　　　　　　　　　　謝謝

使用文型

次 ＋ の ＋ [名詞]　　下一個～

各駅停車の電車（各站都停的電車）	→ 次の各駅停車の電車[*]（下一班各站都停的電車）
恋（戀愛）	→ 次の恋　　　　　　　（下一次戀愛）
問題（問題）	→ 次の問題　　　　　　（下一個問題）

ご ＋ [動作性名詞] ＋ ください　　尊敬表現：請您 [做]～

乗車（搭乘）	→ ご乗車ください[*]　　（請您搭乘）
利用（利用）	→ ご利用ください　　　（請您利用）
連絡（聯絡）	→ ご連絡ください　　　（請您聯絡）

中譯　　欣儀：不好意思，這班電車會停『秋津站』嗎？
　　　　站務人員：沒有停靠。請您搭乘下一班各站都停的電車。
　　　　　　欣儀：我知道了，謝謝。

這個車廂是對號入座的嗎？

この車両（しゃりょう）は指定席（していせき）ですか。

| 連體詞：這個 | 助詞：表示主題 | 助動詞：表示斷定（現在肯定形） | 助詞：表示疑問 |

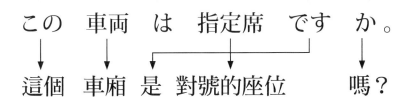

この　車両　は　指定席　です　か。
↓　　↓　　　↓　　↓　　　　　　↓
這個　車廂　是　對號的座位　　　嗎？

小知識

日本電車的座位種類

自由席（じゆうせき）	→ 自由座
指定席（していせき）	→ 對號的座位
グリーン席（せき）	→ 綠色車廂的座位（綠色車廂的座位比普通車廂的座位舒適、豪華，票價也比較高，類似高鐵的商務艙座位）
ボックスシート	→ 面對面的四人座
リクライニングシート	→ 可調整椅背傾斜的座位
喫煙席（きつえんせき）	→ 吸菸區的座位（現在吸菸區的座位非常稀少，大多全面禁煙，另外有極少數的電車是在車廂與車廂之間的走道設置吸菸區）

用法　搭乘新幹線等交通工具時，如果想要確認自己所在的車廂是否為對號入座的車廂，可以說這句話。

會話練習

欣儀(きんぎ)：<u>すみません</u>、この車両(しゃりょう)は指定席(してぃせき)ですか。
　　　　　不好意思

駅員(えきいん)：いいえ、<u>自由席(じゆうせき)ですよ</u>。
　　　　　　　　是自由座喔；「よ」表示「提醒」

欣儀(きんぎ)：じゃ、<u>空(あ)いてる*席(せき)</u>に<u>座(すわ)ってもだいじょうぶです*ね</u>。
　　　　　　空出來的座位；　　　　　　　　　　　可以坐吧？「ね」表示「再確認」
　　　　　　「空いている席」的省略說法

駅員(えきいん)：<u>ええ</u>、<u>そうです</u>。
　　　　　　　嗯～　　　是的

使用文型

動詞

[て形] ＋ いる　　目前狀態

※ 此為「普通體文型」，「丁寧體文型」為「動詞て形 ＋ います」。
※ 口語時，通常採用「普通體文型」說法，並可省略「動詞て形 ＋ いる」的「い」。

空(あ)きます（空）→ 空(あ)いて[い]る*　　　（目前是空置的狀態）

倒(たお)れます（倒塌）→ 木(き)が倒(たお)れて[い]る　　（樹目前是倒下的狀態）

届(とど)きます（送達）→ 届(とど)いて[い]る　　　（目前是已經送達的狀態）

動詞

[て形] ＋ も ＋ だいじょうぶです　　[做] ～也可以、
　　　　　　　　　　　　　　　　　　　　　　　[做] ～也沒問題

座(すわ)ります（坐）→ 座(すわ)ってもだいじょうぶです*　　（可以坐）

書(か)きます（寫）→ 鉛筆(えんぴつ)で書(か)いてもだいじょうぶです　（用鉛筆寫也可以）

捨(す)てます（丟棄）→ 捨(す)ててもだいじょうぶです　　（可以丟棄）

中譯　　欣儀：不好意思，這個車廂是對號入座的嗎？
　　　站務人員：不是，這裡是自由座喔。
　　　　　　欣儀：那麼，我可以坐空出來的座位吧？
　　　站務人員：嗯～，是的。

這個可以使用JR周遊券搭乘嗎？

これはＪＲパスで乗れますか。

助詞：表示主題	助詞：表示 手段、方法	動詞：搭乘 （**乗ります** ⇒可能形）	助詞： 表示疑問

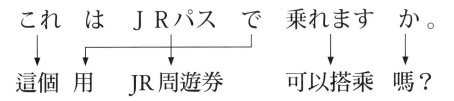

これ　は　　ＪＲパス　で　　乗れます　か。

這個　用　　JR周遊券　　　　可以搭乘　嗎？

使用文型

[名詞] ＋ で ＋ 乗れますか　　可以用～搭乘嗎？

ＪＲパス（JR周遊券）　→ ＪＲパスで乗れますか　　（可以用JR周遊券搭乘嗎？）

一日乗車券（一日票）　→ 一日乗車券で乗れますか（可以用一日票搭乘嗎？）

青春18切符（青春18車票）　→ 青春 18 切符で乗れますか（可以用青春18車票搭乘嗎？）

※「青春18切符」是在學校等機關放長假期間販售的一日票。一組有五張，可以在使用期限內由
單人任選五天使用；也可以多人同時在同一天使用（最多五人）。非學生身分也可以購買。

用法 想知道JR周遊券是否適用於電車或公車時，可以用這句話詢問。

會話練習

（バス乗り場で）
公車乘車處

欣儀：すみません、これはＪＲパスで乗れますか。
　　　不好意思

係員：ああ、これはＪＲパスでは乗れないんですよ。
　　　　　　　用JR周遊券；　　　　　　　不能搭乘喔；「んです」表示「強調」；
　　　　　　　「で」表示「手段、方法」　「よ」表示「提醒」
　　　　　　　「は」表示「對比（區別）」

　　　あそこでチケットをお求めください。
　　　　　　　　　　　　　　尊敬表現：請您購買

欣儀：そうですか。わかりました。
　　　　這樣子啊　　　　知道了

使用文型

動詞／い形容詞／な形容詞＋な／名詞＋な

[　　　　　普通形　　　　]＋んです　　強調

※ 此為「丁寧體文型」用法，「普通體文型」為「～んだ」，口語説法為「～の」。
※「な形容詞」、「名詞」的「普通形-現在肯定形」，需要有「な」再接續。

動	乗れます（能搭乗）	→ 乗れないんです	（不能搭乗）
動	少ない（少的）	→ 少ないんです	（很少）
な	上手（な）（擅長）	→ 上手なんです	（很擅長）
名	団体旅行（團體旅行）	→ 団体旅行なんです	（是團體旅行）

動詞

お＋[ます形]＋ください　　尊敬表現：請您[做]～

求めます（購買）	→ お求めください	（請您購買）
使います（使用）	→ お使いください	（請您使用）
伝えます（轉達）	→ お伝えください	（請您轉達）

中譯　（在公車乘車處）
　　　欣儀：這個可以使用JR周遊券搭乘嗎？
　　工作人員：啊～，這個不能用JR周遊券搭乘，請您在那邊買票。
　　　欣儀：這樣子啊。我知道了。

計程車招呼站在哪裡？

タクシー乗り場はどこですか。

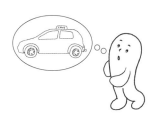

| 助詞：
表示主題 | 名詞（疑問詞）：
哪裡 | 助動詞：表示斷定
（現在肯定形） | 助詞：
表示疑問 |

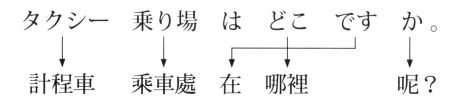

タクシー	乗り場	は	どこ	です	か。
計程車	乘車處	在	哪裡		呢？

使用文型

[地點] ＋ は ＋ どこですか　～在哪裡？

タクシー乗り場（計程車招呼站）	→ タクシー乗り場はどこですか（計程車招呼站在哪裡？）
病院（醫院）	→ 病院はどこですか　　　　（醫院在哪裡？）
駅（車站）	→ 駅はどこですか　　　　　（車站在哪裡？）

用法　想詢問計程車招呼站的地點時，可以說這句話。

會話練習

欣儀（きんぎ）：すみません、タクシー乗（の）り場（ば）はどこですか。

駅員（えきいん）：駅（えき）を出（で）て*、左側（ひだりがわ）にあります*よ。

> 離開車站；「を」
> 表示「離開點」；
> 「て形」表示「動作順序」

> 在左邊喔；「に」表示「存在位置」；「よ」表示「提醒」

欣儀（きんぎ）：そうですか。どうも。

> 這樣子啊　　　謝謝

使用文型

[地點] ＋ を ＋ 出て　　離開～

※ 此文型是「地點 ＋ を ＋ 出ます」的「て形」。

駅（車站）	→ 駅（えき）を出（で）て*	（離開車站）
会社（公司）	→ 会社（かいしゃ）を出（で）て	（離開公司）
教室（教室）	→ 教室（きょうしつ）を出（で）て	（離開教室）

[位置] ＋ に ＋ あります　　在～位置

左側（左邊）	→ 左側（ひだりがわ）にあります*	（在左邊）
2階（二樓）	→ 2階（にかい）にあります	（在二樓）
机の上（桌上）	→ 机（つくえ）の上（うえ）にあります	（在桌上）

※ 如果是「人・動物」在「～位置」，則要説「[位置] ＋ に ＋ います」：

課長（かちょう）は会議室（かいぎしつ）にいます。（課長在會議室。）

私（わたし）は駅（えき）にいます。　　　　（我在車站。）

中譯
欣儀：不好意思，請問計程車招呼站在哪裡？
站務人員：走出車站後，就在左邊喔。
欣儀：這樣子啊。謝謝。

坐計程車去的話，大概要多少錢？

タクシーで行ったらどのくらいの金額になりますか？

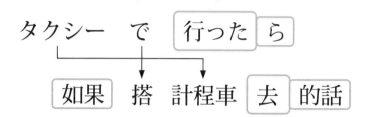

助詞：表示　　　動詞：去
手段、方法　　　（行きます⇒た形＋ら）

タクシー　で　｜行った｜ら｜

｜如果｜搭　計程車｜去｜的話

名詞（疑問詞）：　　助詞：　　　　助詞：表示　　　動詞：變成　　　助詞：表示疑問
多久、多少　　　　表示所屬　　　變化結果

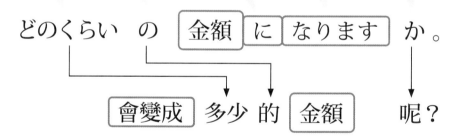

どのくらい　の　｜金額｜に｜なります｜か。

｜會變成｜多少　的　｜金額｜　　呢？

使用文型

｜動詞／い形容詞／な形容詞／名詞｜

[　た形／なかった形　]＋ら　　如果～的話

動	行きます（去）	→ 行ったら	（如果要去的話）
い	怖い（可怕的）	→ 怖かったら	（如果可怕的話）
な	丈夫（な）（堅固）	→ 丈夫だったら	（如果堅固的話）
名	限定品（限量商品）	→ 限定品だったら	（如果是限量商品的話）

動詞	い形容詞	な形容詞

[辭書形＋ように／－い＋く／－な＋に／名詞＋に]＋なります　變成

動	泳げます（能游泳）	→ 泳げるようになります	（變成能游泳）
い	軽い（輕的）	→ 軽くなります	（變輕）
な	上手（な）（擅長）	→ 上手になります	（變擅長）
名	金額（金額）	→ どのくらいの金額になります	（變成多少錢）

用法 事先確認計程車的車資時，可以說這句話。

會話練習

欣儀：清水寺に行きたいんですが、タクシーで行ったらどの
<small>想要去；「んです」表示「強調」；「が」表示「前言」，是一種緩折的語氣</small>

くらいの金額になりますか。

知人：ここからだと、2000円ぐらいで行けると思います*よ。
<small>從這裡出發的話　　　大約2000日圓；　　　　　　猜想可以抵達
「で」表示「所需數量」</small>

欣儀：そうですか。じゃ、タクシーで行ってみます。
<small>這樣子啊　　　　　　　　　去看看</small>

使用文型

動詞／い形容詞／な形容詞＋だ／名詞＋だ

[　　　　普通形　　　　]＋と＋思います　覺得～、認為～、猜想～

※「な形容詞」、「名詞」的「普通形-現在肯定形」，需要有「だ」再接續。

動	行けます（可以抵達）	→ 行けると思います*	（猜想可以抵達）
い	難しい（困難的）	→ 難しいと思います	（覺得困難）
な	にぎやか（な）（熱鬧）	→ にぎやかだと思います	（覺得熱鬧）
名	噂（傳聞）	→ 噂だと思います	（覺得是傳聞）

中譯 欣儀：我想要去清水寺，坐計程車去的話，大概要多少錢？
熟人：從這裡出發的話，我想大約2000日圓就可以了。
欣儀：這樣子啊。那麼，我坐計程車去看看。

（上計程車前）我只有一萬日圓紙鈔，找零沒有問題嗎？

（タクシー 乗車前） 1万円札しかないんですけど、
お釣り、だいじょうぶですか。

| 助詞：
表示限定 | い形容詞：沒有
（ない⇒普通形-現在肯定形）

動詞：有
（あります⇒ない形） | 連語：ん＋です
ん…形式名詞
（の⇒縮約表現）
です…助動詞：表示斷定
（現在肯定形） | 助詞：
表示前言 |

| 1万円札 | しか | ない | んです | けど、 |

只有 一萬日圓紙鈔，

| 接頭辭：
表示美化、
鄭重 | な形容詞：
沒問題、沒事 | 助動詞：
表示斷定
（現在肯定形） | 助詞：
表示疑問 |

お　釣り、　だいじょうぶ　です　か。
↓　　　　↓　　　　↓　　　　　　　　↓
找零　是　沒問題的　　　　　　嗎？

※「ない」除了是「い形容詞」，也是動詞「あります」的「ない形」。

使用文型

動詞

[辭書形／名詞]＋しか＋否定形　　只（有）～而已、只好～

動	帰ります（回去）	→ 帰るしかない	（只好回去）
名	1万円札（一萬日圓紙鈔）	→ 1万円札しかない	（只有一萬日圓紙鈔而已）
名	3時間（三小時）	→ 3時間しか寝ませんでした	（只睡了三小時）

動詞／い形容詞／な形容詞＋な／名詞＋な

[　　　　　普通形　　　　　]＋んです　　強調

※ 此為「丁寧體文型」用法，「普通體文型」為「～んだ」，口語説法為「～の」。
※「な形容詞」、「名詞」的「普通形-現在肯定形」，需要有「な」再接續。

動	買います（買）	→ 買ったんです	（買了）
い	1万円札しかない（只有一萬日圓紙鈔而已）	→ 1万円札しかないんです	（只有一萬日圓紙鈔而已）
な	便利（な）（方便）	→ 便利なんです	（很方便）
名	前売り券（預售票）	→ 前売り券なんです	（是預售票）

用法 搭計程車前，要確認司機能否找零時，可以用這句話詢問。

會話練習

運転手：どちらまで？
要到哪裡？「まで」表示「到達點」；「まで」後面省略了「行きますか」

欣儀：えっと、金閣寺まで*お願いします。1万円札しか
嗯…　　　　　　　到金閣寺　　　　　謙讓表現：我拜託您

ないんですけど、お釣り、だいじょうぶですか。

運転手：だいじょうぶですよ。
沒問題喔；「よ」表示「提醒」

使用文型

[地點]＋まで　　到～

金閣寺（金閣寺）	→ 金閣寺まで*	（到金閣寺）
東京駅（東京車站）	→ 東京駅まで	（到東京車站）
成田空港（成田機場）	→ 成田空港まで	（到成田機場）

中譯 司機：請問您要到哪裡？
欣儀：嗯…，我要到金閣寺，麻煩您了。我只有一萬日圓紙鈔，找零沒有問題嗎？
司機：沒問題喔。

因為依規定，後座的人也必須繫安全帶，所以請您繫上。

後部座席（こうぶ ざせき）でもシートベルトが義務付（ぎ む づ）けられています
ので、着用（ちゃくよう）お願（ねが）いします。

| 助詞：表示
動作進行地點 | 助詞：
表示並列 | | 助詞：表示焦點 |

後部座席　で　も　シートベルト　が

因為　在　後座　　也（是）　安全帶

| 動詞：規定必須
（義務付けます⇒受身形
[義務付けられます] 的て形） | 補助動詞 | 助詞：表示
原因理由 |

義務付けられて　います　ので　、

處於　被規定必須　的狀態

| 助詞：表示
動作作用對象
（口語時可省略） | 接頭辭：
表示美化、
鄭重 | 動詞：拜託、祈願
（願います
⇒ます形除去 [ます]） | 動詞：做 |

着用　[を]　お　願い　します　。

我拜託您　佩帶。

動詞

[て形] ＋ います　　目前狀態

義務付けられます（被規定必須）→ 義務付けられ<u>て</u>います（目前是被規定必須的狀態）

壊れます（損壊）　　　　　→ 壊れ<u>て</u>います　　　（目前是損壊的狀態）

外します（離開）　　　　　→ 席を外し<u>て</u>います　（目前是離開座位的狀態）

動詞／い形容詞／な形容詞＋な／名詞＋な

[　　　　普通形　　　　] ＋ ので　　因為～

※「な形容詞」、「名詞」的「普通形-現在肯定形」，需要有「な」再接續。

| 動 | 遅れます（遅到）　　　→ 遅れ<u>た</u>ので | （因為遅到了） |
| 動 |
い	眠い（想睡的）　　　　→ 眠い<u>の</u>で	（因為很想睡）
な	上手（な）（擅長）　　→ 上手<u>な</u>ので	（因為很擅長）
名	日帰り（當天來回）　　→ 日帰り<u>な</u>ので	（因為是當天來回）

動詞／い形容詞／な形容詞／名詞

[　　　　丁寧形　　　　] ＋ ので　　因為～

動　義務付けられています（目前是被規定必須的狀態）→ 義務付けられていますので
　　　　　　　　　　　　　　　　　　　（因為目前是被規定必須的狀態）

い　眠い（想睡的）　　　　→ 眠い<u>です</u>ので　（因為很想睡）

な　上手（な）（擅長）　　→ 上手<u>です</u>ので　（因為很擅長）

名　日帰り（當天來回）　　→ 日帰り<u>です</u>ので（因為是當天來回）

動詞

お ＋ [ます形] ＋ します　　謙讓表現：(動作涉及對方的) [做]～

願います（拜託）　　　→ お願いします　　　　　（我要拜託您）

持ちます（拿）　　　　→ お持ちします　　　　　（我要為您拿）

入れます（泡（咖啡））→ コーヒーをお入れします　（我泡咖啡給您）

用法　計程車司機要求乘客繫上安全帶時，所說的一句話。

會話練習

運転手：あ、お客さん。後部座席でもシートベルトが

義務付けられていますので、着用お願いします。

雅夫：あ、そうなんですか*。わかりました。
（是那樣啊！）（知道了）

運転手：すみませんね。

表示：親近・柔和

使用文型

動詞／い形容詞／な形容詞＋な／名詞＋な

[　　　　普通形　　　　]＋んですか　　關心好奇、期待回答

※ 此為「丁寧體文型」用法，「普通體文型」為「～の？」。
※「な形容詞」、「名詞」的「普通形-現在肯定形」，需要有「な」再接續。
※「副詞」需要有「な」再接續。

動	見ます（看）	→ 見たんですか	（看了嗎？）
い	恥ずかしい（害羞的）	→ 恥ずかしいんですか	（害羞嗎？）
な	ロマンチック（な）（浪漫）	→ ロマンチックなんですか	（浪漫嗎？）
名	デート（約會）	→ デートなんですか	（是約會嗎？）
副	そう（那樣）	→ そうなんですか*	（是那樣啊！）

小轎車內部的座位名稱

運転席（駕駛座）、助手席（副駕駛座）、後部座席（後座）、

チャイルドシート（兒童座椅）、トランクルーム（後車廂）

中譯　司機：啊，這位客人。因為依規定，後座的人也必須繫安全帶，所以請您繫上。
雅夫：啊，是那樣啊！我知道了。
司機：不好意思啊。

筆記頁

空白一頁，讓你記錄學習心得，也讓下一個單元，能以跨頁呈現，方便於對照閱讀。

がんばってください。

（請加油！）

請問有租車服務嗎？

レンタカーサービスはありますか。

| 助詞：表示主題 | 動詞：有、在 | 助詞：表示疑問 |

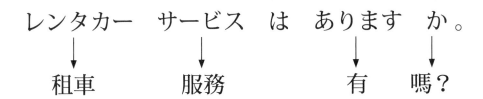

レンタカー	サービス	は	あります	か。
↓	↓		↓	↓
租車	服務		有	嗎？

使用文型

[名詞] ＋ サービス ＋ は ＋ ありますか　　有～服務嗎？

レンタカー（租車）　→ レンタカーサービスはありますか（有租車服務嗎？）

宅配（宅配）　→ 宅配<ruby>宅配<rt>たくはい</rt></ruby>サービスはありますか　　（有宅配服務嗎？）

ルーム（房間）　→ ルームサービスはありますか　　（有客房（送餐）服務嗎？）

用法　在日本想要開車時，可以用這句話詢問是否有提供租車服務。

會話練習

（<ruby>案内所<rt>あんないじょ</rt></ruby>で）
服務中心

<ruby>欣儀<rt>きんぎ</rt></ruby>：<u>この<ruby>街<rt>まち</rt></ruby>には</u>レンタカーサービスはありますか。
在這個城市；「に」表示「存在位置」；「は」表示「對比（區別）」

係員：ええ、ありますよ。こちらで申請できますが*、

有喔；「よ」表示「提醒」　　　　可以申請；「が」表示「前言」，是一種緩折的語氣

どうされますか。

您要怎麼做？

欣儀：じゃ、お願いします*。

謙讓表現：我拜託您

使用文型

動詞／い形容詞／な形容詞／名詞

[　　　丁寧形　　　] ＋ が　　表示前言

※ 助詞「が」在此表示「前言」。陳述重點在後句，但是直接説後句會覺得冒昧或意思不夠清楚
時，先講出來前句，讓句意清楚，並在前句句尾加「が」，再接續後句。

動	申請できます（可以申請）	→ こちらで申請できますが、どうされますか。*

（可以在這裡申請，您要怎麼做？）

い	暑い（炎熱的）	→ ちょっと暑いですが、クーラーつけましょうか。

（有一點熱，開冷氣吧。）

な	にぎやか（な）（熱鬧）	→ あちらの方はにぎやかですが、行ってみますか。

（那邊很熱鬧，要去看看嗎？）

名	2割引（8折）	→ この商品は2割引ですが、買ってみますか。

（這個商品打8折，要買看看嗎？）

動詞

お＋[ます形]＋します　　謙讓表現：(動作涉及對方的) [做]～

願います（拜託）	→ お願いします*	（我要拜託您）
包みます（包裝）	→ お包みします	（我要為您包裝）
待ちます（等待）	→ お待ちします	（我要等待您）

中譯　（在服務中心）

欣儀：請問這個城市有租車服務嗎？

工作人員：是的，有租車服務喔。可以在這邊申請，您要怎麼做？

欣儀：那麼，麻煩您了。

我需要提出什麼證明身分的東西嗎？

何か身分を証明するものが必要ですか。
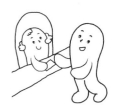

| 名詞（疑問詞）：
什麼、任何 | 助詞：
表示不特定 | 助詞：
表示動作
作用對象 | 動詞：證明
（証明します
⇒辭書形） | 助詞：表示焦點 |

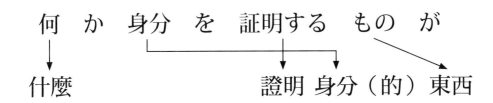

何　か　身分　を　証明する　もの　が

↓

什麼　　　　　　　證明 身分（的）東西

| な形容詞：
必要、需要 | 助動詞：
表示斷定
（現在肯定形） | 助詞：
表示疑問 |

必要　です　か。

是 需要的 嗎？

用法 使用租借服務，要確認是否需要證明身分的文件時，可以說這句話。

會話練習

欣儀：すみません、自転車をレンタルしたい*んですが。
　　　不好意思　　　腳踏車　　　想要租借；「んです」表示「強調」；
　　　　　　　　　　　　　　　「が」表示「前言」，是一種緩折的語氣

店員：はい、外国の方ですか。
　　　　　是外國人嗎？

欣儀：そうです。何か身分を証明するものが必要ですか。
　　　是的

店員：はい、パスポートか何か、今お持ちですか*。
　　　　　護照　　　表示：什麼的　　尊敬表現：有帶在身上嗎？
　　　　　　　　　　A或B

使用文型

動詞

[ます形]＋たい　　　想要[做]～

レンタルします（租借）	→ レンタルしたい*	（想要租借）
読みます（讀）	→ 読みたい	（想要讀）
聞きます（詢問）	→ 聞きたい	（想要詢問）

動詞

お＋[ます形]＋ですか　　尊敬表現：現在的狀態

※ 此文型有四種意思：

現在狀態	持ちます（帶）	→ お持ちですか*	（您有帶在身上嗎？）
現在正在	探します（尋找）	→ 何をお探しですか	（您正在找什麼嗎？）
現在（正）要	帰ります（回去）	→ あ、お帰りですか	（啊，您要回去嗎？）
現在～了	決まります（決定）	→ お決まりですか	（您決定了嗎？）

中譯　欣儀：不好意思，我想要租借腳踏車。
　　　店員：好的，您是外國人嗎？
　　　欣儀：是的。我需要提出什麼證明身分的東西嗎？
　　　店員：是的，您有攜帶護照或其他什麼證件嗎？

從這裡到東京鐵塔需要多久的時間？

ここから東京（とうきょう）タワーまでどのくらい時間（じかん）がかかりますか。

助詞：
表示起點

助詞：
表示終點

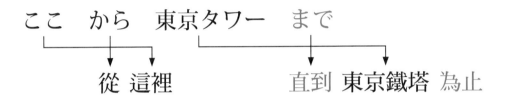

ここ　から　東京タワー　まで

從 這裡　　　　　直到 東京鐵塔 為止

名詞（疑問詞）：
多久、多少

助詞：
表示焦點

動詞：花費

助詞：
表示疑問

どのくらい　時間　が　かかります　か。

時間　　　　要花費 多久　呢？

用法　想要知道從目前所在地到某地的所需時間時，可以用這句話詢問。

會話練習

（タクシーで）
在計程車上

欣儀：あの…、ここから東京タワーまでどのくらい時間が
喚起別人注意，開啟對話的發語詞

かかりますか。

運転手：そうですね。道がこんでいなければ* 15分で着きますよ。
這個嘛；「ね」　　　　　如果路上不是塞車狀態的話　　　15分鐘就抵達囉；「で」表示
表示「感嘆」　　　　　　　　　　　　　　　　　　　　「所需數量」；「よ」表示「提醒」

欣儀：そうですか。わかりました。
這樣子啊

使用文型

動詞

[て形] ＋ いなければ　　如果目前不是～狀態的話

こみます（擁擠）	→ 道がこんでいなければ*	（如果目前路上不是塞車狀態的話）
結婚します（結婚）	→ 結婚していなければ	（如果目前不是結婚狀態的話）
閉まります（關閉）	→ ドアが閉まっていなければ	（如果目前門不是關閉狀態的話）

「搭計程車」的常用表現

請開快一點 → もう少し急いでもらえませんか。
（可以請你再稍微開快一點嗎？）

請開慢一點 → 車酔いするので、ゆっくり運転してください。
（因為暈車，請開慢一點。）

想開窗 → 窓を開けてもいいですか。　　（可以開窗嗎？）

要下車 → ここで止めてください。　　（請在這裡停車。）

中譯　（在計程車上）
欣儀：那個…，從這裡到東京鐵塔需要多久的時間？
司機：這個嘛。如果路上不塞車的話，15分鐘就抵達囉。
欣儀：這樣子啊。我知道了。

走路可以到嗎？

歩（ある）いて行（い）ける距離（きょり）ですか。

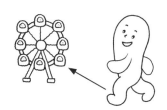

| 動詞：走路
（歩きます
⇒て形） | 動詞：去
（行きます
⇒可能形[行けます]
的辭書形） | 助動詞：表示斷定
（現在肯定形） | 助詞：
表示疑問 |

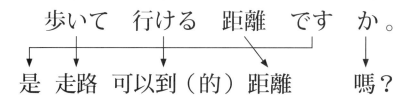

歩いて　行ける　距離　です　か。

是　走路　可以到（的）距離　　　嗎？

相關表現

詢問「程度」的相關表現

距離 → 歩（ある）いて行（い）ける距離（きょり）ですか。　　（是走路可以到的距離嗎？）

距離 → 電車（でんしゃ）で行（い）ける場所（ばしょ）ですか。　　（是搭電車可以到的地方嗎？）

金錢 → 一万円以内（いちまんえんいない）で遊（あそ）べますか。　　（是一萬日圓以內可以玩的嗎？）

時間 → 半日（はんにち）で全部見（ぜんぶみ）て回（まわ）れますか。　　（是半天可以走一遍看完的嗎？）

用法 想要確認到目的地的距離，能否在不使用交通工具的情況下步行前往時，可以說這句話。

會話練習

欣儀：あの、このお寺に行きたいんですが、歩いて行ける
距離ですか。

係員：歩いて行くと*1時間ぐらいかかってしまいます*よ。

欣儀：そうですか。じゃあ、どうしよう…。

係員：あちらのバス停から、このお寺に行くバスがありますよ。

使用文型

動詞／い形容詞／な形容詞＋だ／名詞＋だ

[　普通形（限：現在形）　] ＋ と、～　　順接恆常條件表現

※「な形容詞」、「名詞」的「普通形-現在肯定形」，需要有「だ」再接續。

動	歩いて行きます（走路去）	→ 歩いて行くと*	（走路去的話，就～）
い	近い（近的）	→ 近いと	（很近的話，就～）
な	変（な）（奇怪）	→ 変だと	（奇怪的話，就～）
名	免税（免税）	→ 免税だと	（是免税的話，就～）

動詞

[て形] ＋ しまいます　　無法抵抗、無法控制

かかります（花費）	→ かかってしまいます*	（不由得要花費～）
笑います（笑）	→ 笑ってしまいます	（會不由得笑出來）
赤くなります（變紅）	→ 顔が赤くなってしまいます	（臉會不由得變紅）

中譯
　　欣儀：那個…，我想要去這座寺廟，走路可以到嗎？
　　工作人員：走路去的話，大約要花費一個小時喔。
　　欣儀：這樣子啊。那麼，應該怎麼辦？
　　工作人員：從那個公車站有開往這座寺廟的公車喔。

交通 023

98高級汽油，請加滿。

ハイオク満タンでお願いします。
（まん）（ねが）

助詞： 表示樣態	接頭辭： 表示美化、 鄭重	動詞：拜託、祈願 （願います ⇒ます形除去 [ます]）	動詞： 做

ハイオク　満タン　で　お 願い します 。
↓　　　↓　　↓
高級汽油　加滿　的狀態　拜託您 。

使用文型

[動詞]

お＋[ます形]＋します　謙讓表現：（動作涉及對方的）[做]～

願います（拜託）	→ お願いします（ねが）	（我要拜託您）
伺います（詢問）	→ お伺いします（うかが）	（我要詢問您）
呼びます（呼叫）	→ お呼びします（よ）	（我為您呼叫）

用法　在加油站加油時，可以說這句話。

店員（てんいん）：<u>いらっしゃいませ</u>。今日（きょう）はどういたしますか。
歡迎光臨 　　　　　　　　　　　謙讓表現：我要為您做什麼（服務）呢？

欣儀（きんぎ）：ハイオク満（まん）タンでお願（ねが）いします。

店員（てんいん）：お支払（しはら）いはどうされますか。
付款 　　　　　　　尊敬表現：您要怎麼做？

欣儀（きんぎ）：現金（げんきん）で お願（ねが）いします。
用現金； 　　　　謙讓表現：我拜託您
「で」表示
「手段、方法」

相關表現

「在加油站」的常用表現

店員

灰皿（はいざら）とごみはだいじょうぶでしょうか。

（要不要幫你清理菸灰缸和垃圾？）

洗車（せんしゃ）／ 点検（てんけん）いかがですか。

（要不要洗車／檢查？）

客人

タイヤの空気圧（くうきあつ）見（み）てもらえませんか。

（可以幫我看輪胎的氣壓嗎？）

窓（まど）を拭（ふ）きたいので、タオル貸（か）してください。

（我想要擦窗戶，請借我毛巾。）

中譯 店員：歡迎光臨，今天需要我為您做什麼服務？
欣儀：98高級汽油，請加滿。
店員：請問您要如何付款？
欣儀：麻煩您，我要付現。

今天晚上還有空房嗎？

こんばん　　　あ　　　　　　　　　へ　や
今晩、空いている部屋はありますか。

動詞：空 （空きます ⇒て形）	補助動詞： （います ⇒辭書形）	助詞： 表示主題	動詞： 有、在	助詞： 表示疑問

今晩 、 | 空いて | いる | 部屋 　は 　あります 　か 。

今晩 | 處於空置狀態 | （的）房間 　　有 　　　嗎？

動詞

[て形] ＋います　　目前狀態

空きます（空）	→ 空いています	（目前是空置的狀態）
壊れます（損壞）	→ 壊れています	（目前是損壞的狀態）
届きます（送達）	→ 届いています	（目前是已經送達的狀態）

用法　在沒有預約的情況下，想要確認能否直接投宿飯店時，可以說這句話。

會話練習

（ホテルのフロントで）
　　　　　　　　櫃台

かかりいん
係員：いらっしゃいませ。
　　　　　歡迎光臨

欣儀：今晩、空いている部屋はありますか。

係員：シングルは満室になっておりまして[*]、
単人房　　　謙讓表現：因為是客滿的狀態；「おりまして」是「おります」的「て形」，表示「原因」

ツインルームでしたら[*]ご用意できますが。
如果是雙人房的話　　　　　謙讓表現：可以為您準備；
　　　　　　　　　　　　　「が」表示「前言」，是一種緩折的語氣

欣儀：じゃ、その部屋をお願いします。
　　　　　　請給我那個房間

使用文型

動詞

[て形] ＋ おりまして　　因為目前是～狀態（謙讓表現）

※ 此文型是「動詞て形 + おります」的「て形」。

なります（變成）	→ 満室になっておりまして[*]	（因為目前是客滿的狀態）
外します（離開）	→ 席を外しておりまして	（因為目前是離開座位的狀態）
取ります（取得）	→ 休みを取っておりまして	（因為目前是取得休假的狀態）

動詞／い形容詞／な形容詞／名詞

[　た形／なかった形　] ＋ ら　　如果～的話

※「～たら」的文型一般不需使用「～ました + ら」或「～でした + ら」的形式，只有想要加
　強鄭重語氣時，才會使用「～ましたら、～ませんでしたら」或「～でしたら、～じゃありま
　せんでしたら」。

動	捨てます（丟棄）	→ 捨てたら	（如果丟棄的話）
い	つまらない（無聊的）	→ つまらなかったら	（如果無聊的話）
な	上手（な）（擅長）	→ 上手だったら	（如果擅長的話）
名	ツインルーム（雙人房）	→ ツインルームでしたら[*]	（如果是雙人房的話）

※ 普通形為「ツインルームだったら」

中譯　（在飯店的櫃台）
　　　工作人員：歡迎光臨。
　　　　欣儀：今天晚上還有空房嗎？
　　　工作人員：因為單人房已經客滿，如果是雙人房的話，我可以為您準備。
　　　　欣儀：那麼，請給我那個房間。

我想要住可以看到海的房間。

海が見える部屋に泊まりたいんですが。

| 助詞：
表示
焦點 | 動詞：
看得見
（見えます
⇒辭書形） | 助詞：表示
動作歸著點 | 動詞：住宿
（泊まります
⇒ます形
除去[ます]） | 助動詞：
表示
希望 | 連語：ん＋です
ん…形式名詞
（の⇒縮約表現）
です…助動詞：表示斷定
（現在肯定形） | 助詞：
表示
前言 |

海 が 見える 部屋 に ｜泊まり｜ たい ｜んです｜ が 。

看得見 海（的）房間　　（我）想要 住。

※ 飯店房型的各種説法：シングル（單人）、ツイン（兩張單人床）、ダブル（標準雙人床）
　　セミダブル（比較小的雙人床）、夜景がきれいな部屋（夜景漂亮的房間）

使用文型

動詞

[ます形] ＋ たい　　想要[做]～

| 泊まります（住宿） | → 泊まりたい | （想要住宿） |
| 撮ります（拍攝） | → 写真を撮りたい | （想要拍照） |

動詞／い形容詞／な形容詞＋な／名詞＋な

[　　　　　普通形　　　　　] ＋んです　　強調

※ 此為「丁寧體文型」用法，「普通體文型」為「～んだ」，口語説法為「～の」。
※「な形容詞」、「名詞」的「普通形-現在肯定形」，需要有「な」再接續。
※「動詞ます形 ＋ たい」的「たい」是「助動詞」，變化上與「い形容詞」相同。

動	間違います（搞錯）	→ 間違ったんです	（搞錯了）
い	泊まりたい（想要住宿）	→ 泊まりたいんです	（很想要住宿）
な	親切（な）（親切）	→ 親切なんです	（很親切）
名	閑散期（淡季）	→ 閑散期なんです	（是淡季）

用法　預約、或是投宿飯店時，如果想住看得到海景的房間，可以説這句話。

會話練習

（ホテルに電話している）
正在講電話

欣儀：来週の水曜日から３泊したいんですが。
下周　　　從星期三開始　　想要住三個晚上；「んです」表示「強調」；
「が」表示「前言」，是一種緩折的語氣

係員：はい、お部屋のタイプはいかがいたしましょうか。
類型　　　　　　　謙讓表現：我要為您怎麼決定？

欣儀：えっと*、ダブルで海が見える部屋に泊まりたいんですが。
嗯…　　　標準雙人床；「で」表示「單純接續」

係員：はい。ご用意できます*。１８日から３泊、
謙讓表現：可以為您準備　　　　　　　三個晚上

ダブルで海が見える部屋でございますね？
是…房間對吧？「ね」表示「再確認」

使用文型

維持會話節奏的感嘆詞

表示思考一下	えっと（嗯…）	→ えっと、ダブルで…*	（嗯…，雙人床房間…）
表示不太同意	う～ん（嗯～）	→ う～ん、そうかなあ？	（嗯～，是這樣嗎？）
表示呼喚	あの（那個…）	→ あの、ちょっといいですか。	（那個…，可以打擾一下嗎？）
表示親密關係的呼喚	ねえ（喂）	→ ねえ、何してるの？	（喂，你在幹什麼？）

ご＋[動作性名詞]＋できます　謙讓表現：(動作涉及對方的) 可以 [做] ～

用意（準備）	→ ご用意できます*	（我可以為您準備）
案内（導覽）	→ ご案内できます	（我可以為您導覽）
紹介（介紹）	→ ご紹介できます	（我可以為您介紹）

中譯　（打電話到飯店）

欣儀：我想要從下周三開始連住三個晚上。

工作人員：好的，需要我為您決定什麼類型的房間？

欣儀：嗯…，我想要住可以看到海的雙人床房間。

工作人員：好的。我可以為您準備。是從18號開始連續三個晚上，可以看到海的雙人房對吧？

從那個房間能看到東京鐵塔嗎？
その部屋からは東京タワーが見えますか。

連體詞： 那個		助詞： 表示起點	助詞：表示 對比（區別）

その　部屋　から　は
↓　　↓　　↓　　　　↓
從　那個　房間　　　的話

	助詞：表示焦點	動詞： 看得見	助詞： 表示疑問

東京タワー　が　見えます　か。
↓　　　↓　　　　　　↓
看得見　東京鐵塔　　　　　嗎？

使用文型

[名詞] ＋ が ＋ 見えます　　看得見～

東京タワー（東京鐵塔）	→ 東京タワーが見えます	（看得見東京鐵塔）
海（海）	→ 海が見えます	（看得見海）
富士山（富士山）	→ 富士山が見えます	（看得見富士山）

用法 在飯店等投宿地點，想知道從房間裡可以看到什麼風景時，可以用這句話詢問。

會話練習

（電話でホテルを予約する）
でんわ　よやく
預約飯店

欣儀：来月の二日にツインルームを予約したい*のですが。
きんぎ　らいげつ　ふつか　　　　　　　　　　　　　　よやく
　　　下個月　　　　　兩張單人床的雙人房　　　想要預約　　　　「のです」表示「強調」；
　　　　　　　　　　　　　　　　　　　　　　　　　　　　　　　　「が」表示「前言」，
　　　　　　　　　　　　　　　　　　　　　　　　　　　　　　　　是一種緩折的語氣

係員：はい、ご用意できます*。
かかりいん　　　ようい
　　　　　　謙讓表現：可以為您準備

欣儀：その部屋からは東京タワーが見えますか。
きんぎ　　　へや　　　　とうきょう　　　　　み

係員：はい、ご覧いただけます。
かかりいん　　　らん
　　　　　　可以看見

使用文型

動詞

[ます形] ＋ たい　　想要 [做] ～

予約します（預約）	→ 予約したい*	（想要預約）
運転します（駕駛）	→ 運転したい	（想要駕駛）
習います（學習）	→ 習いたい	（想要學習）

ご ＋ [動作性名詞] ＋ できます　謙讓表現：（動作涉及對方的）可以[做]～

用意（準備）	→ ご用意できます*	（我可以為您準備）
説明（說明）	→ ご説明できます	（我可以為您說明）
案内（導覽）	→ ご案内できます	（我可以為您導覽）

中譯　（打電話預約飯店）
　　　　欣儀：我想要預約下個月二號，兩張單人床的雙人房。
　　工作人員：好的，我可以為您準備。
　　　　欣儀：從那個房間能看到東京鐵塔嗎？
　　工作人員：是的，可以看見。

可以換到別的房間嗎？

別の部屋に換わることはできますか。

助詞： 表示 所屬	助詞： 表示變化 結果	動詞：更換 （換わります ⇒辭書形）	形式 名詞	助詞： 表示對比 （區別）	動詞： 可以、能夠、會 （します⇒可能形）	助詞： 表示 疑問

別 の 部屋 に 換わる こと は できます か。

可以更換 成為 另外 的 房間 嗎？

使用文型

動詞

[辭書形＋こと／名詞]＋が＋できます 可以[做]～、能夠[做]～、會[做]～

※ 此文型基本上用「が」，上方主題句的重點在「能・不能」的疑問，所以用「は」。

| 動 | 換わります（更換）| → 換わることができます | （可以更換）|

| 名 | キャンセル（取消）| → キャンセルができます | （可以取消）|

用法　想更換飯店或旅館的房間時，可以說這句話。

會話練習

（ホテルの電話で）
使用飯店的電話

係員：はい。フロントです。
      您好   這裡是櫃台

欣儀：あの、さっき部屋に 変な虫が出てきて*…。別の部屋
      剛才   表示：出現點 奇怪的蟲   因為跑出來；
                                    「出てきて」是「出てきます」的
                                    「て形」，表示「原因」

に換わることはできますか。

係員：さようでございますか。では、５０６号室をご案内します*。
      這樣子啊；「でございます」是「です」的「鄭重表現」   謙讓表現：我來為您導覽

使用文型

動詞

[て形] ＋ きて   因為 [做] ～來（動作和移動）

出ます（出來） → 出てきて*   （因為出來）

生えます（生長） → 生えてきて   （因為生長出來）

入ります（進入） → 入ってきて   （因為進來）

お／ご＋[動作性名詞]＋します   謙讓表現：（動作涉及對方的）[做]～

案内（導覽） → ご案内します*   （我來為您導覽）

邪魔（打擾） → お邪魔します   （我要打擾您）

説明（說明） → ご説明します   （我來為您說明）

中譯（使用飯店的電話）

工作人員：您好，這裡是櫃台。

欣儀：那個…，剛才房間裡出現了奇怪的蟲…。可以換到別的房間嗎？

工作人員：這樣子啊。那麼，我帶您到506號房。

我想要多住一晚。

一泊延長したいんですが。
いっぱくえんちょう

| 動詞：延長
（延長します
⇒ます形除去［ます］） | 助動詞：
表示希望 | 連語：ん＋です
ん…形式名詞
（の⇒縮約表現）
です…助動詞：表示斷定
（現在肯定形） | 助詞：
表示前言 |

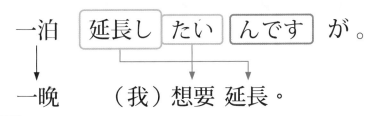

一泊　延長し　たい　んです　が。

↓

一晩　　（我）想要　延長。

使用文型

動詞

[ます形] ＋ たい　　想要 [做] ～

延長します（延長）	→ 延長したい	（想要延長）
試着します（試穿）	→ 試着したい	（想要試穿）
降ります（下（車））	→ 降りたい	（想要下（車））

動詞／い形容詞／な形容詞＋な／名詞＋な

[　　　　普通形　　　　]＋んです　　強調

※ 此為「丁寧體文型」用法，「普通體文型」為「～んだ」，口語說法為「～の」。
※「な形容詞」、「名詞」的「普通形-現在肯定形」，需要有「な」再接續。
※「動詞ます形 ＋ たい」的「たい」是「助動詞」，變化上與「い形容詞」相同。

動	予約します（預約）	→ 予約したんです	（預約了）
い	延長したい（想要延長）	→ 延長したいんです	（很想要延長）
な	派手（な）（花俏）	→ 派手なんです	（很花俏）
名	老舗（老店）	→ 老舗なんです	（是老店）

用法　想延長飯店的住宿時間時，可以說這句話。

會話練習

欣儀：あの、一泊延長したいんですが。
　　　喚起別人注意，開啟對話的發語詞

係員：６０７号室のオウ・キンギ様ですね。
　　　　　　　　　　　　　　　　　表示：再確認

少々 お待ちください*。予約状況を確認しますので*。
稍微　尊敬表現：請您等待　　　　　　　　　　　因為要確認

…はい、一泊延長できます。
　　　　可以延長一晩

欣儀：ああ、よかった。じゃあ、お願いします。
　　　　　　太好了　　　　　　謙讓表現：我拜託您

使用文型

動詞

お ＋ [ます形] ＋ ください　　尊敬表現：請您 [做]～

待ちます（等待）　→ お待ちください*　　　　　　（請您等待）
選びます（選擇）　→ お選びください　　　　　　（請您選擇）
確かめます（確認）→ お確かめください　　　　　（請您確認）

動詞／い形容詞／な形容詞／名詞

[　　　丁寧形　　　] ＋ ので　　因為～

動　確認します（確認）→ 確認しますので*　　　　（因為要確認）
い　遅い（慢的）　　　→ 遅いですので　　　　　（因為很慢）
な　地味（な）（樸素）→ 地味ですので　　　　　（因為很樸素）
名　人気商品（人氣商品）→ 人気商品ですので　　（因為是人氣商品）

中譯
　　欣儀：那個…，我想要多住一晚。
　　工作人員：您是 607 號房的王欣儀小姐對吧？請您稍候。我要確認預約狀況。
　　　　…好的，您可以多住一晚。
　　欣儀：啊～，太好了。那麼，拜託您了。

我要再住一天，可以嗎？

もう一泊（いっぱく）したいんですが、できますか。

| 副詞：
再 | 動詞：住一天
（一泊します
⇒ます形
除去[ます]） | 助動詞：
表示希望 | 連語：ん＋です
ん…形式名詞
（の⇒縮約表現）
です…助動詞：表示斷定
（現在肯定形） | 助詞：
表示
前言 | 動詞：可以、
能夠、會
（します
⇒可能形） | 助詞：
表示
疑問 |

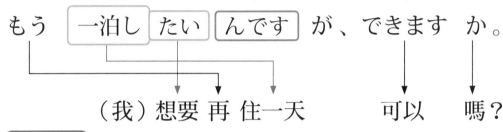

もう ［ 一泊し ］ ［ たい ］ ［ んです ］ が、できます か。

（我）想要 再 住一天　　　　可以　　嗎？

使用文型

動詞

[ます形] ＋ たいです　　想要[做]～

一泊します（住一天）	→ 一泊したい	（想要住一天）
書きます（寫）	→ 書きたい	（想要寫）
知ります（知道）	→ 知りたい	（想要知道）

動詞／い形容詞／な形容詞＋な／名詞＋な

[　　　　　普通形　　　　　] ＋んです　　強調

※ 此為「丁寧體文型」用法，「普通體文型」為「～んだ」，口語說法為「～の」。
※「な形容詞」、「名詞」的「普通形-現在肯定形」，需要有「な」再接續。
※「動詞ます形 ＋ たい」的「たい」是「助動詞」，變化上與「い形容詞」相同。

動	寝坊します（睡過頭）	→ 寝坊したんです	（睡過頭了）
い	一泊したい（想要住一天）	→ 一泊したいんです	（很想要住一天）
な	親切（な）（親切）	→ 親切なんです	（很親切）
名	満室（客滿）	→ 満室なんです	（是客滿）

用法　在飯店或旅館想要多住一天時，可以說這句話。意思同單元 028 的「一泊延長（いっぱくえんちょう）したいんですが」（我想要多住一晚）。

會話練習

欣儀：あの、もう一泊したいんですが、できますか。
きんぎ / いっぱく
喚起別人注意，開啟對話的發語詞

係員：お調べしますね。少々 お待ちください*。
かかりいん / しら / しょうしょう / ま
謙讓表現：我為您調查；　　稍微　　尊敬表現：請您等待
「ね」表示「親近・柔和」

…お客様、大変申し訳ございません、明日はすでに
きゃくさま / たいへんもう / わけ / あした
非常抱歉　　　　　　　　　　已經

予約が入っておりまして*…。
よやく / はい
謙讓表現：因為目前是有預約的狀態；「おりまして」是「おります」的「て形」，表示「原因」

欣儀：そうですか。何とかなりませんか。
きんぎ / なん
這樣子啊　　　　　真的沒辦法嗎？

使用文型

動詞

お ＋ [ます形] ＋ ください　　尊敬表現：請您 [做] ～

待ちます（等待）→ お待ちください*　　　　（請您等待）
ま
伝えます（轉達）→ お伝えください　　　　　（請您轉達）
つた
尋ねます（詢問）→ お尋ねください　　　　　（請您詢問）
たず

動詞

[て形] ＋ おりまして　　因為目前是～狀態（謙讓表現）

※ 此文型是「動詞て形 ＋ おります」的「て形」。

入ります（進入）→ 予約が入っておりまして*（因為目前是有預約的狀態）
よやく / はい
外出します（外出）→ 外出しておりまして　　　（因為目前是外出的狀態）
がいしゅつ
聞きます（聽）→ 聞いておりまして　　　　　（因為目前是有聽過的狀態）
き

中譯　　欣儀：那個…，我要再住一天，可以嗎？
　　工作人員：我為您調查。請您稍候。
　　　　　　…這位客人，非常抱歉，因為明天已經有人預約了…。
　　欣儀：這樣子啊。真的沒辦法嗎？

我可以延長居住天數到後天嗎？

明後日まで滞在を延長することができますか。
（あさって）（たいざい）（えんちょう）

助詞：
表示終點

明後日　まで

直到　後天

助詞：表示 動作作用對象	動詞：延長 （延長します ⇒辭書形）	形式名詞	助詞： 表示 焦點	動詞： 可以、能夠、會 （します⇒可能形）	助詞： 表示 疑問

滞在　を　延長する　こと　が　できます　か。

可以延長　停留　　　　　　　　　　嗎？

使用文型

動詞

[辭書形＋こと／名詞]＋が＋できます　可以[做]～、能夠[做]～、會[做]～

動　延長します（延長）→ 延長することができます　　（可以延長）
（えんちょう）

名　予約（預約）→ 予約ができます　　（可以預約）
（よやく）

用法　變更預定計畫，想在同一家飯店多停留一段時間時，可以用這句話詢問飯店人員。

會話練習

（ホテルのフロントで）
<u>櫃台</u>

欣儀：３０６号室の者なんですが、明後日まで滞在を延長

是306號房的人；「んです」表示「強調」；前面是「名詞的普通形-現在肯定形」，
需要有「な」再接續；「が」表示「前言」，是一種緩折的語氣

することができますか。

係員：少々 お待ちください[*]。

稍微　　　　尊敬表現：請您等待

…はい、できます。では明後日の正午１２時までに[*]

在中午 12 點之前

チェックアウトでよろしいですね。

退房是沒問題的吧？「で」表示「樣態」；「ね」表示「再確認」

欣儀：はい、それで お願いします。

以你講的那樣；　謙讓表現：我拜託您
「で」表示「樣態」

使用文型

動詞

お ＋ [ます形] ＋ ください　　尊敬表現：請您 [做] ～

待ちます（等待）	→ お待ちください[*]	（請您等待）
書きます（寫）	→ お書きください	（請您寫）
許します（原諒）	→ お許しください	（請您原諒）

[時間詞] ＋ までに　　在～之前

１２時（12點）	→ １２時までに[*]	（在 12 點之前）
月末（月底）	→ 月末までに	（在月底之前）
月曜日（星期一）	→ 月曜日までに	（在星期一之前）

中譯　（在飯店的櫃台）
　　　欣儀：我是 306 號房的客人，我可以延長居住天數到後天嗎？
　　工作人員：請您稍候。
　　　　　…是的，可以延長。那麼，在後天中午 12 點之前辦理退房是沒問題的吧？
　　　欣儀：好的，那就那樣，拜託您了。

我想借熨斗和燙衣板。

アイロンとアイロン<ruby>台<rt>だい</rt></ruby>を<ruby>借<rt>か</rt></ruby>りられますか。

助詞： 表示並列	助詞：表示動作 作用對象	動詞：借入 （借ります ⇒可能形）	助詞： 表示疑問

アイロン　と　アイロン台　を　借りられます　か。

可以借入 熨斗　和　燙衣板　　　　　　　嗎？

使用文型

[名詞] ＋ が（を）＋ 借りられます　　可以借入〜

※ 使用「動詞的可能形」時，要把表示「動作作用對象」的「を」改成「が」，但是當「想要『做』那件事」的情緒很強烈時，仍用「を」也可以。

アイロン台（燙衣板）	→ アイロン台を借りられます	（可以借入燙衣板）
充電器（充電器）	→ 充電器を借りられます	（可以借入充電器）
ドライヤー（吹風機）	→ ドライヤーを借りられます	（可以借入吹風機）

用法 在飯店或旅館想借用熨斗和燙衣板時，可以說這句話。

會話練習

（ホテルのフロントで）
　　　　　　櫃台

欣儀：あの、ちょっとすみません。
きんぎ　喚起別人注意，　　　　　打擾一下
　　　開啟對話的發語詞

係員：はい、いかがなさいましたか。
かかりいん　　　　　尊敬表現：您怎麼了嗎？

欣儀：アイロンとアイロン台を借りられますか。
きんぎ　　　　　　　　　だい　か

係員：はい、少々 お待ちください*。
かかりいん　　しょうしょう　ま
　　　　　　稍微　　尊敬表現：請您等待

使用文型

動詞

お ＋ [ます形] ＋ ください　　　尊敬表現：請您 [做] ～

待ちます（等待）	→ お待ちください*	（請您等待）
書きます（寫）	→ お書きください	（請您寫）
開けます（打開）	→ お開けください	（請您打開）

「喚起別人注意」的常用表現

| 有事要請問 | → あの、ちょっとお聞きしたいんですが。
（那個…，想要請問您一下。） |
| 喚起注意、
有事要拜託 | → ねえねえ、ちょっと。　※ 此句只限於朋友之間使用
（叫朋友引起對方注意的說法／喂喂，拜託一下。） |

中譯　（在飯店的櫃台）
　　　　　欣儀：那個…，打擾一下。
　　　工作人員：好的，您怎麼了嗎？
　　　　　欣儀：我想借熨斗和燙衣板。
　　　工作人員：好的，請您稍候。

我想要使用保險箱。

セーフティーボックスを使^{つか}いたいんですが。

| 助詞：
表示動作
作用對象 | 動詞：使用
（使います
⇒ます形
除去 [ます]） | 助動詞：
表示
希望 | 連語：ん＋です
ん…形式名詞
（の⇒縮約表現）
です…助動詞：表示斷定
（現在肯定形） | 助詞：
表示
前言 |

セーフティーボックス　を　使い　たい　んです　が。

想要 使用 保險箱。

使用文型

動詞

[ます形] ＋たい　　想要 [做] 〜

使います（使用）	→ 使^{つか}いたい	（想要使用）
探します（尋找）	→ 探^{さが}したい	（想要尋找）
連絡します（聯絡）	→ 連絡^{れんらく}したい	（想要聯絡）

動詞／い形容詞／な形容詞＋な／名詞＋な

[　　　　普通形　　　　] ＋んです　　強調

※ 此為「丁寧體文型」用法，「普通體文型」為「〜んだ」，口語説法為「〜の」。
※「な形容詞」、「名詞」的「普通形-現在肯定形」，需要有「な」再接續。
※「動詞ます形 ＋ たい」的「たい」是「助動詞」，變化上與「い形容詞」相同。

動	持って来ます（帶來）	→ 持^もって来^きたんです	（帶來了）
い	使いたい（想要使用）	→ 使^{つか}いたいんです	（很想要使用）
な	上手（な）（擅長）	→ 上手^{じょうず}なんです	（很擅長）
名	独身（單身）	→ 独身^{どくしん}なんです	（是單身）

用法　在飯店等場所，想要使用保險箱保管重要物品時，可以說這句話。

會話練習

係員（かかりいん）：はい、いかがなさいましたか。
尊敬表現：您怎麼了嗎？

欣儀（きんぎ）：セーフティーボックスを使（つか）いたいんですが。

係員（かかりいん）：はい、では、こちらのカギをお使（つか）いください*。
那麼　　　　　　　鑰匙　　尊敬表現：請您使用

欣儀（きんぎ）：どうも。
謝謝

使用文型

動詞

お + [ます形] + ください　　尊敬表現：請您 [做] ～

使います（使用）	→ お使（つか）いください*	（請您使用）
読みます（讀）	→ お読（よ）みください	（請您讀）
下がります（退後）	→ お下（さ）がりください	（請您退後）

住宿飯店時，常說的話

住宿者

タクシーを呼（よ）んでもらえますか。　　（可以請你為我叫計程車嗎？）

このホテルの住所（じゅうしょ）を教（おし）えてください。　　（請告訴我這個飯店的地址。）

飯店人員

部屋（へや）までお荷物（にもつ）をお運（はこ）びします。　　（我為您搬運行李到房間。）

外出（がいしゅつ）の際（さい）はフロントに鍵（かぎ）を渡（わた）してください。　　（外出時，請將鑰匙交到櫃台。）

中譯　工作人員：是的，您怎麼了嗎？
　　　　欣儀：我想要使用保險箱。
　　　工作人員：好的，那麼，請您用這把鑰匙。
　　　　欣儀：謝謝。

有送洗的服務嗎？

クリーニングのサービスがありますか。

| 助詞：表示所屬 | 助詞：表示焦點 | 動詞：有、在 | 助詞：表示疑問 |

クリーニング　の　サービス　が　あります　か。
↓　　　　　　　↓　　↓　　　　　　　↓　　　　↓
洗衣服　　　　的　　服務　　　　　　有　　　嗎？

使用文型

[名詞] ＋の＋サービス＋が＋ありますか　有〜服務嗎？

クリーニング（洗衣服）→ クリーニングのサービスがありますか
（有洗衣服的服務嗎？）

無料送迎（免費接送）→ 無料送迎のサービスがありますか
（有免費接送的服務嗎？）

マッサージ（按摩）→ マッサージのサービスがありますか
（有按摩的服務嗎？）

用法 想要確認飯店有沒有送洗衣物的服務時，可以說這句話。

會話練習

欣儀：あの、すみません。クリーニングのサービスが
喚起別人注意，　　不好意思
開啟對話的發語詞

ありますか。

係員：はい、ございます。…こちらが価格表です。
有；「ございます」　　　　　　　　價目表
是「あります」的「鄭重表現」

欣儀：じゃあ、このシャツとジーンズをお願いしたい*
襯衫和牛仔褲　　　　謙讓表現：想要拜託您；

んですが。
「んです」表示「強調」；「が」表示「前言」，是一種緩折的語氣

係員：かしこまりました。明日のお昼頃のお渡しになります。
謙讓表現：知道了　　　中午左右　交給您；　表示：鄭重的斷定表現
　　　　　　　　　　　　　　　　　　　「お」表示
　　　　　　　　　　　　　　　　　　　「美化、鄭重」

使用文型

[動詞]

お＋[ます形]＋したい　　謙讓表現：(動作涉及對方的) 想要 [做]～

願いします（拜託）	→ お願いしたい*	（我想要拜託您）
伺います（詢問）	→ お伺いしたい	（我想要詢問您）
伝えます（轉達）	→ お伝えしたい	（我想要轉達您）

中譯
　　　欣儀：那個…，不好意思，有送洗的服務嗎？
　　工作人員：是的，有這項服務。…這個是價目表。
　　　欣儀：那麼，我想要麻煩你們清洗這個襯衫和牛仔褲。
　　工作人員：我知道了。明天中午左右會交給您。

麻煩明天早上八點叫我起床好嗎？

明日8時にモーニングコールをお願いできますか。
（あしたはちじ）（ねが）

助詞： 表示動作進行時點		助詞： 表示動作作用對象

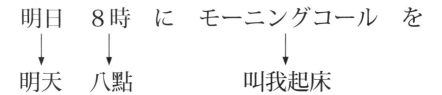

明日　8時　に　モーニングコール　を
↓　　↓　　　　　　　↓
明天　八點　　　　　叫我起床

接頭辭： 表示美化、 鄭重	動詞：拜託、祈願 （願います ⇒ます形除去[ます]）	動詞： 可以、能夠、會 （します ⇒可能形）	助詞： 表示疑問

お　願い　できます　か。
↓
可以拜託您　　　嗎？

使用文型

[動詞]

お＋[ます形]＋します　　謙讓表現：（動作涉及對方的）[做]～

願います（拜託）→ お願いします　　　（我要拜託您）（ねが）

調べます（調查）→ お調べします　　　（我要為您調查）（しら）

持ちます（拿）→ お持ちします　　　（我要為您拿）（も）

用法　在飯店打電話給櫃台人員，希望對方早上叫自己起床時，可以說這句話。

會話練習

（ホテルのフロントに電話する）
表示：動作的對方

係員：はい、フロントです。
（かかりいん）
您好 　　　　　這裡是櫃台

欣儀：あの、明日8時にモーニングコールをお願いできますか。
（きんぎ）　　　　（あしたはちじ）　　　　　　　　　　　　　　　　　　　　　（ねが）
喚起別人注意，開啟對話的發語詞

係員：はい、8時でございますね。かしこまりました。
（かかりいん）　　　（はちじ）
是八點對吧？「でございます」　　　　　　　　　　　　謙讓表現：知道了
是「です」的「鄭重表現」；
「ね」表示「再確認」

欣儀：よろしくお願いします。
（きんぎ）　　　　　　　（ねが）
拜託您了

相關表現

「答應、了解」的常用表現

| 吩咐等的回答 | → 承知しました。 | （我知道了。） |

| 包在我身上 | → お任せください。 | （請包在我身上。） |
（まか）

要求飯店提供服務

| 客房服務 | → ルームサービスをお願いできますか。 |
（ねが）
（可以提供客房（送餐）服務嗎？）

| 整理床鋪 | → ベッドメイキングをお願いできますか。 | （可以幫我整理床鋪嗎？） |
（ねが）

| 打掃房間 | → 部屋の清掃をお願いできますか。 | （可以幫我打掃房間嗎？） |
（へや）（せいそう）（ねが）

中譯

（打電話給飯店的櫃台）
工作人員：您好，這裡是櫃台。
　欣儀：那個…，麻煩明天早上八點叫我起床好嗎？
工作人員：好的，是八點對吧？我知道了。
　欣儀：拜託您了。

可以請你幫我保管行李到七點嗎？

7時まで荷物を預かってもらえますか。

助詞： 表示終點	助詞：表示 動作作用對象	動詞：替別人保管 （預かります ⇒て形）	補助動詞： （もらいます ⇒可能形）	助詞： 表示疑問

7時　まで　荷物　を　預かって　もらえます　か。

可以請你為我　保管　行李　直到　七點　嗎？

使用文型

動詞

[て形] ＋ もらいます　請你（為我）[做] 〜

預かります（替別人保管）	→ 預かってもらいます	（請你（為我）保管）
買います（買）	→ 買ってもらいます	（請你（為我）買）
直します（修改）	→ 直してもらいます	（請你（為我）修改）

用法　想請飯店幫忙暫時保管行李時，可以說這句話。

會話練習

（ホテルのフロントで）
　　　　　　櫃台

欣儀：すみません。
　　　不好意思

係員：はい。

欣儀：7時まで荷物を預かってもらえますか。

係員：はい。フロントでお預かりして*おきます*。
　　　　　　　　　　我會替您採取保管的措施：「お預かりして」是
　　　　　　　　　　「お預かりします」的「て形」

使用文型

動詞

お＋[ます形]＋します　謙讓表現：（動作涉及對方的）[做]～

※ 此文型是「お＋動詞ます形＋します」的「て形」。

預かります（替別人保管）	→ お預かりします*	（我要替您保管）
渡します（交付）	→ お渡しします	（我要交給您）
貸します（借出）	→ お貸しします	（我要借給您）

動詞

[て形]＋おきます　善後措施（為了以後方便）

お預かりします（我替您保管）	→ お預かりしておきます*	（我要替您採取保管的措施）
洗います（清洗）	→ 洗っておきます	（採取清洗的措施）
手配します（安排）	→ 手配しておきます	（採取安排的措施）

中譯　（在飯店的櫃台）
　　　　欣儀：不好意思。
　　　工作人員：是。
　　　　欣儀：可以請你幫我保管行李到七點嗎？
　　　工作人員：好的。我會替您放在櫃台保管。

101

我把鑰匙忘在房間了⋯。

部屋にかぎを忘れて出てしまったんですが⋯。

| 助詞：表示
動作歸著點 | 助詞：表示
動作作用對象 | 動詞：忘記
（忘れます⇒て形）
（て形表示附帶狀況） |

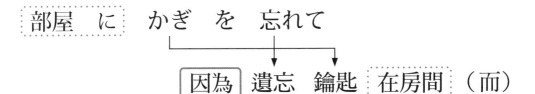

| 動詞：出去
（出ます
⇒て形） | 補助動詞：
無法挽回的遺憾
（しまいます
⇒た形） | 連語：ん＋です
ん⋯形式名詞
（の⇒縮約表現）
です⋯助動詞：表示斷定
（現在肯定形） | 助詞：
表示前言 |

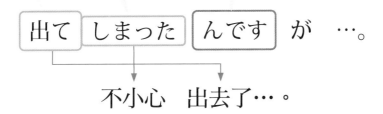

使用文型

動詞

[て形] ＋ しまいます　　（無法挽回的）遺憾

出ます（出去）	→ 出てしまいます	（會不小心出去）
寝坊します（睡過頭）	→ 寝坊してしまいます	（會不小心睡過頭）
遅れます（遲到）	→ 遅れてしまいます	（會不小心遲到）

動詞／い形容詞／な形容詞＋な／名詞＋な

[　　　　　普通形　　　　　]＋んです　　理由

※ 此為「丁寧體文型」用法，「普通體文型」為「～んだ」，口語説法為「～の」。
※「な形容詞」、「名詞」的「普通形-現在肯定形」，需要有「な」再接續。

動	出てしまいます（不小心出去）	→ 出てしまったんです（因為不小心出去了）
い	危ない（危險的）	→ 危ないんです（因為很危險）
な	下手（な）（笨拙）	→ 下手なんです（因為很笨拙）
名	非売品（非賣品）	→ 非売品なんです（因為是非賣品）

用法 離開飯店房間時忘記帶鑰匙，無法進入房間時，可以說這句話。

會話練習

（ホテルのフロントで）
櫃台

欣儀：すみません、部屋にかぎを忘れて出てしまったんですが…。
不好意思

係員：あ、わかりました。では鍵をお開けしますので
知道了　　　　　　　謙讓表現：我為您開門；「ので」表示「宣言」

お部屋までご一緒に。
我和您一起到房間；後面省略了「行きましょう」

欣儀：どうもすみません。
真不好意思

使用文型

動詞

お＋[ます形]＋します　　謙讓表現：（動作涉及對方的）[做]～

開けます（打開）	→ 鍵をお開けします*	（我為您開門）
持ちます（拿）	→ お持ちします	（我為您拿）
渡します（交付）	→ お渡しします	（我交付給您）

中譯 （在飯店的櫃台）
欣儀：不好意思，我把鑰匙忘在房間了…。
工作人員：啊，我知道了。那麼，我和您一起過去房間，我幫您開門。
欣儀：真不好意思。

空調沒有運轉…。

エアコンが動かないんですが。

| 助詞：
表示主體 | 動詞：動、運轉
（動きます
⇒ない形） | 連語：ん＋です
ん…形式名詞
（の⇒縮約表現）
です…助動詞：表示斷定
（現在肯定形） | 助詞：
表示前言 |

エアコン　が　動かない　んです　が。

↓

空調　　　因為　沒有運轉　。

使用文型

動詞／い形容詞／な形容詞＋な／名詞＋な

[　　　　普通形　　　　]＋んです　　理由

※ 此為「丁寧體文型」用法，「普通體文型」為「～んだ」，口語說法為「～の」。
※「な形容詞」、「名詞」的「普通形-現在肯定形」，需要有「な」再接續。

動	動きます（運轉）	→ 動かないんです	（因為沒有運轉）
い	まずい（難吃的）	→ まずいんです	（因為很難吃）
な	親切（な）（親切）	→ 親切なんです	（因為很親切）
名	観光客（觀光客）	→ 観光客なんです	（因為是觀光客）

[名詞]＋が＋動かないんですが　　～沒有運轉…

※ 句尾的「が」表示「前言」，有一種「怎麼辦？」，「要對方接話」的感覺。

エアコン（空調）	→ エアコンが動かないんですが	（空調沒有運轉…）
暖房（暖氣）	→ 暖房が動かないんですが	（暖氣沒有運轉…）
扇風機（電風扇）	→ 扇風機が動かないんですが	（電風扇沒有運轉…）

用法　飯店的空調沒有運轉時，可以跟飯店人員說這句話。

會話練習

（ホテルのフロントで）
櫃台

欣儀：すみません。
不好意思

係員：はい。いかがなさいましたか。
尊敬表現：您怎麼了嗎？

欣儀：部屋のエアコンが動かないんですが。
房間

係員：申し訳ありません。ただいま 係の者 を向かわせます。
不好意思　　　　　　立刻　　相關人員　叫…前去；
　　　　　　　　　　　　　　　　　　　　「を」表示「動作作用對象」

相關表現

「住宿問題」的常用表現

電視	→テレビがつかないんですが…。	（電視沒有畫面…。）
蓮蓬頭	→シャワーのお湯が熱くならないんですが…。	（蓮蓬頭的熱水不熱…。）
毛巾	→タオルがないんですが…。	（沒有毛巾…。）
衛生紙	→トイレットペーパーがないんですが…。	（沒有衛生紙…。）
床鋪	→ベッドが汚れているんですが…。	（床鋪髒掉了…。）

中譯　（在飯店的櫃台）
　　　　欣儀：不好意思。
　　　工作人員：是的，您怎麼了嗎？
　　　　欣儀：我房間的空調沒有運轉…。
　　　工作人員：不好意思，我立刻叫相關人員前去查看。

蓮蓬頭的熱水都不熱…。

シャワーのお湯が熱くならないんですが…。

助詞： 表示所屬	接頭辭： 表示美化、鄭重	助詞： 表示主體

シャワー　　の　　お　湯　　が
　　↓　　　　↓　　　　　↓
蓮蓬頭　　　的　　　　熱水

い形容詞：燙、熱 （熱い⇒副詞用法）	動詞：變成 （なります ⇒ない形）	連語：ん＋です ん…形式名詞 （の⇒縮約表現） です…助動詞：表示斷定 （現在肯定形）	助詞： 表示前言

熱く　ならない　んです　が　…。
　└───┴───┘
　　　↓　　　↓
因為　　沒有變 熱…。

使用文型

動詞	い形容詞	な形容詞

[辭書形＋ように／－い＋く／－な＋に／名詞＋に]＋なります　變成

動	使います（使用）	→ 使うようになります	（變成有使用的習慣）
い	熱い（熱的）	→ 熱くなります	（變熱）
な	優秀（な）（優秀）	→ 優秀になります	（變優秀）
名	医者（醫生）	→ 医者になります	（成為醫生）

動詞／い形容詞／な形容詞＋な／名詞＋な

[　　　　　　普通形　　　　　　]＋んです　　理由

※ 此為「丁寧體文型」用法，「普通體文型」為「～んだ」，口語說法為「～の」。
※「な形容詞」、「名詞」的「普通形-現在肯定形」，需要有「な」再接續。

動	なります（變成）	→	熱くならないんです	（因為沒有變熱）
い	若い（年輕的）	→	若いんです	（因為很年輕）
な	下手（な）（笨拙）	→	下手なんです	（因為很笨拙）
名	危険物（危險物品）	→	危険物なんです	（因為是危險物品）

用法 在飯店等設施，發現淋浴設備有問題時，可以跟工作人員說這句話。

會話練習

（ホテルのフロントで）
　　　　　櫃台

欣儀：あの、ちょっとすみません。
　　　喚起別人注意，　　　　　打擾一下
　　　開啟對話的發語詞

係員：はい、いかがなさいましたか。
　　　　　　　　　尊敬表現：您怎麼了嗎？

欣儀：シャワーのお湯が熱くならないんですが…。

係員：早速、係の者を向かわせますので、
　　　立刻　　　相關人員　要叫…前去；「を」表示「動作作用對象」；「ので」表示「宣言」

お部屋でお待ちいただけますか。
　　在房間　　謙讓表現：可以請您為我等待嗎？

中譯 （在飯店的櫃台）
　　　欣儀：那個…，打擾一下。
　　工作人員：好的，您怎麼了嗎？
　　　欣儀：蓮蓬頭的熱水都不熱…。
　　工作人員：我會立刻叫相關人員前去查看，可以請您在房間裡等候嗎？

我要預約明天晚上六點半兩位。

明日（あした）の晩（ばん）、6時半（ろくじはん）に2名（にめい）の予約（よやく）をしたいんですが。

6:30

助詞：表示所屬	助詞：表示動作進行時點	助詞：表示所屬	助詞：表示動作作用對象

明日　の　晩、　6時半　に　2名　の　予約　を
↓　　↓　↓　　　↓　　　　↓　　↓　↓
明天　的　晚上　六點半　　兩個人　的　預約

動詞：做
（します
⇒ます形
除去［ます］）

助動詞：
表示希望

連語：ん＋です
ん…形式名詞
（の⇒縮約表現）
です…助動詞：表示斷定
（現在肯定形）

助詞：
表示前言

し　たい　んです　が。
↓　　↓
想要　做。

使用文型

動詞

［ます形］＋たい　　想要［做］〜

します（做）	→ 予約（よやく）をしたい	（想要預約）
返品（へんぴん）します（退貨）	→ 返品したい	（想要退貨）
切（き）ります（剪）	→ 髪（かみ）を切りたい	（想要剪頭髮）

動詞／い形容詞／な形容詞＋な／名詞＋な

[　　　　　普通形　　　　　]＋んです　　　強調

※ 此為「丁寧體文型」用法，「普通體文型」為「～んだ」，口語說法為「～の」。
※「な形容詞」、「名詞」的「普通形-現在肯定形」，需要有「な」再接續。
※「動詞ます形 ＋ たい」的「たい」是「助動詞」，變化上與「い形容詞」相同。

動	失敗します（失敗）	→ 失敗したんです	（失敗了）
い	予約をしたい（想要預約）	→ 予約をしたいんです	（很想要預約）
な	まじめ（な）（認真）	→ まじめなんです	（很認真）
名	ガイド（導遊）	→ ガイドなんです	（是導遊）

用法 打電話到餐廳預約時，可以說這句話。

會話練習

（電話で）

店員：はい、ロイヤルホスト所沢店です。
您好　　　　　　　　　　這裡是 Royal Host 所澤店

欣儀：明日の晩、6時半に2名の予約をしたいんですが。

店員：はい。明日の晩、6時半に2名様ですね。
表示：再確認

ご予約 承りました。
已經受理您的預約了

欣儀：よろしくお願いします。
拜託您了

中譯 （在講電話）
店員：您好，這裡是 Royal Host 所澤店。
欣儀：我要預約明天晚上六點半兩位。
店員：好的。明天晚上六點半兩位嗎？已經受理您的預約了。
欣儀：拜託您了。

我想要相連的位子。
<ruby>並<rt>なら</rt></ruby>んだ<ruby>席<rt>せき</rt></ruby>を<ruby>取<rt>と</rt></ruby>りたいのですが。

| 動詞：排列
（並びます
⇒た形） | 助詞：
表示動作
作用對象 | 動詞：取得
（取ります
⇒ます形
除去[ます]） | 助動詞：
表示
希望 | 連語：の＋です＝んです
の…形式名詞
です…助動詞：表示斷定
（現在肯定形） | 助詞：
表示
前言 |

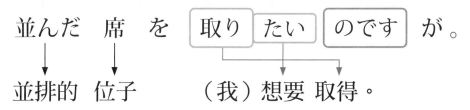

並んだ　席　を　取り　たい　のです　が。

並排的　位子　　　（我）想要 取得。

使用文型

動詞

[ます形]＋たい　想要[做]～

取ります（取得）	→ <ruby>取<rt>と</rt></ruby>りたい	（想要取得）
聞きます（詢問）	→ <ruby>聞<rt>き</rt></ruby>きたい	（想要詢問）
売ります（賣）	→ <ruby>売<rt>う</rt></ruby>りたい	（想要賣）

動詞／い形容詞／な形容詞＋な／名詞＋な

[　　　普通形　　　]＋んです　強調

※「んです」是「のです」的「縮約表現」。
※「な形容詞」、「名詞」的「普通形-現在肯定形」，需要有「な」再接續。
※「動詞ます形 + たい」的「たい」是「助動詞」，變化上與「い形容詞」相同。

動	言います（說）	→ <ruby>言<rt>い</rt></ruby>ったんです	（說了）
い	取りたい（想要取得）	→ <ruby>取<rt>と</rt></ruby>りたいんです	（很想要取得）
な	複雑（な）（複雜）	→ <ruby>複雑<rt>ふくざつ</rt></ruby>なんです	（很複雜）
名	19歳（19歲）	→ まだ１９<ruby>歳<rt>じゅうきゅうさい</rt></ruby>なんです	（現在才19歲）

用法　選位子時，如果想要兩個連在一起的座位時，可以說這句話。

會話練習

係員：お席のほうは何かご希望がありますか。
かかりいん　せき　　　　　　　なに　　きぼう
位子方面　　　　　　　　　您有什麼要求嗎？

欣儀：並んだ席*を取りたいのですが。
きんぎ　なら　せき　　と

係員：はい、かしこまりました。
かかりいん
謙讓表現：知道了

使用文型

[動詞] ＋ [名詞]　　表示目前狀態

動態動詞：例如「走ります」（跑步）

[　　　て形 ＋ いる ＋ 名詞　　　]→ 走っている人　　　（在跑步的人）
はし　　　ひと

靜態動詞：例如「優れます」（優秀）

[　　　　た形 ＋ 名詞　　　　]→ 優れた人材　　　（優秀的人才）
すぐ　　じんざい

靜態動詞：例如「並びます」（排列）

[　　　　た形 ＋ 名詞　　　　]→ 並んだ席*　　　（相連的座位）
なら　せき

同時屬於「動態動詞」和「靜態動詞」：例如「着ます」（穿）

[　　　て形 ＋ いる ＋ 名詞　　　]→ シャツを着ている人　（穿著襯衫的人）
き　　　ひと

[　　　　た形 ＋ 名詞　　　　]→ シャツを着た人　（穿著襯衫的人）
き　　ひと

中譯　工作人員：位子方面，您有什麼要求嗎？
　　　　　欣儀：我想要相連的位子。
　　　　　工作人員：好的，我知道了。

我是已經有預約的王某某。

予約した王ですが。
よやく　おう

動詞：預約	助動詞：	助詞：
（予約します	表示斷定	表示前言
⇒た形）	（現在肯定形）	

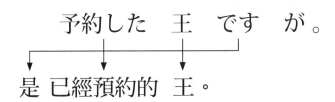

予約した　王　です　が。

是 已經預約的　王。

使用文型

動詞

[た形] + 人名 + ですが　　是做了～的某人

予約します（預約）　→ 予約した王ですが　　　　（是預約的王）
　　　　　　　　　　　　　よやく　おう

電話します（打電話）→ 電話した陳ですが　　　　（是打電話的陳）
　　　　　　　　　　　　　でんわ　　ちん

書きます（寫）　　　→ 手紙を書いた林ですが　　（是寫信的林）
　　　　　　　　　　　　　てがみ　か　りん

用法　前往事前預約好的商家時，可以跟店員說這句話，店員就會為你服務。

會話練習

店員（てんいん）：<u>いらっしゃいませ</u>。
歡迎光臨

欣儀（きんぎ）：予約（よやく）した王（おう）ですが。

店員（てんいん）：<u>オウ様（さま）でございますね</u>。<u>こちらの席（せき）</u>へ<u>どうぞ</u>。
是王小姐嗎？「でございます」　　　　這邊的座位　　請往…「へ」表示「方向」
是「です」的「鄭重表現」；
「ね」表示「再確認」

欣儀（きんぎ）：はい。

相關表現

「預約」的常用表現

是否有預約

店員（てんいん）：ご予約（よやく）はいただいておりますでしょうか。
（店員：您有預約嗎？）

客（きゃく）：予約（よやく）はしてないんですけど…。
（客人：我沒有預約…。）

取消預約

客（きゃく）：すみませんが、予約（よやく）をキャンセルしたいのですが…。
（客人：不好意思，我想要取消預約…。）

中譯　店員：歡迎光臨。
欣儀：我是已經有預約的王某某。
店員：您是王小姐嗎？請前往這邊的座位。
欣儀：好的。

我可以取消預約嗎？

予約をキャンセルしたいんですが、
できますか。

| 助詞：
表示動作
作用對象 | 動詞：取消
（キャンセルします
⇒ます形除去[ます]） | 助動詞：
表示
希望 | 連語：ん+です
ん…形式名詞
（の⇒縮約表現）
です…助動詞：表示斷定
（現在肯定形） | 助詞：
表示前言 |

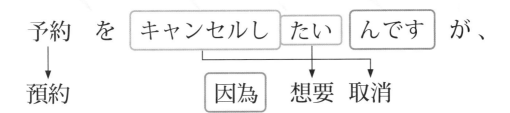

予約　を　キャンセルし　たい　んです　が、

↓　　　　　　　　　　　　　　↓　　↓

預約　　　　　　　　　　因為　想要　取消

| 動詞：
可以、能夠、會
（します⇒可能形） | 助詞：
表示疑問 |

できます　か。

↓　　　　↓

可以　　嗎？

使用文型

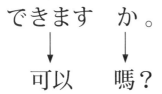

[ます形] + たい　　想要[做]～

キャンセルします（取消）	→ キャンセルしたい	（想要取消）
稼ぎます（賺錢）	→ 稼ぎたい	（想要賺錢）
消します（關掉）	→ 消したい	（想要關掉）

動詞／い形容詞／な形容詞＋な／名詞＋な

[　　　　　　普通形　　　　　　]＋んです　　理由

※ 此為「丁寧體文型」用法，「普通體文型」為「～んだ」，口語説法為「～の」。
※「な形容詞」、「名詞」的「普通形-現在肯定形」，需要有「な」再接續。
※「動詞ます形 ＋ たい」的「たい」是「助動詞」，變化上與「い形容詞」相同。

動	食べられます（敢吃）	→ 食べられないんです	（因為不敢吃）
い	キャンセルしたい（想要取消）	→ キャンセルしたいんです	（因為想要取消）
な	上手（な）（擅長）	→ 上手なんです	（因為很擅長）
名	小学生（小學生）	→ まだ 小学生なんです	（因為還是小學生）

用法　因為情況有變化，想要取消預約時，可以說這句話。（※預約之後，如果沒有如期前往，又沒有事先取消的話，會對商家造成困擾。所以如果要取消預約，一定要事先聯絡才好。）

會話練習

（電話で）

係員：はい、ホテル吉野でございます＊。
　　　您好　　這裡是吉野飯店；「でございます」是「です」的「鄭重表現」

欣儀：もしもし、私、来月の10日に部屋を予約した台湾人なんですが…。
　　　喂喂　　　　　　　　　　　預約了房間　「んです」表示「強調」，前面是「名詞的普通形-現在肯定形」，需要有「な」再接續；「が」表示「前言」，是一種緩折的語氣

係員：はい。オウキンギ様ですね。
　　　是王欣儀小姐，對吧；「ね」表示「再確認」

欣儀：予約をキャンセルしたいんですが、できますか。

使用文型

はい、＋［名稱］＋でございます　　鄭重表現：您好，這裡是～

| ホテル吉野（吉野飯店） | → はい、ホテル吉野でございます＊（您好，這裡是吉野飯店） |
| 丸一商社（丸一貿易公司） | → はい、丸一商社でございます（您好，這裡是丸一貿易公司） |

中譯　（在講電話）
　　工作人員：您好，這裡是吉野飯店。
　　　欣儀：喂喂，我是已經預訂了下個月十號的房間的台灣人…。
　　工作人員：是，您是王欣儀小姐，對吧？
　　　欣儀：我可以取消預約嗎？

哪一帶的餐廳比較多呢？

レストランが<ruby>多<rt>おお</rt></ruby>いのはどの<ruby>辺<rt>へん</rt></ruby>ですか。

助詞： 表示焦點	い形容詞： 很多	形式名詞： 代替名詞	助詞： 表示 主題	名詞（疑問詞）： 哪邊、哪一帶	助動詞： 表示斷定 （現在肯定形）	助詞： 表示 疑問

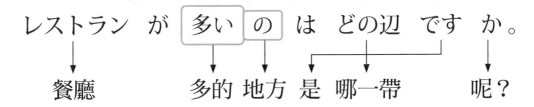

レストラン　が　[多い]　[の]　は　どの辺　です　か。

餐廳　　　　　　多的　地方　是　哪一帶　　　　呢？

動詞／い形容詞／な形容詞＋な／名詞＋な

[　　　普通形　　　]＋の＋[は / が /を / に 等等]

代替名詞的「の」

※「な形容詞」、「名詞」的「普通形-現在肯定形」，需要有「な」再接續。

動	行きます（去）	→ <ruby>行<rt>い</rt></ruby>くのは<ruby>誰<rt>だれ</rt></ruby>ですか（の＝人）	（要去的人是誰？）
い	多い（多的）	→ <ruby>多<rt>おお</rt></ruby>いのはどの<ruby>辺<rt>へん</rt></ruby>ですか（の＝ところ）	（多的地方是哪一帶？）
な	綺麗（な）（漂亮）	→ <ruby>一番<rt>いちばん</rt></ruby><ruby>綺麗<rt>きれい</rt></ruby>なのは<ruby>誰<rt>だれ</rt></ruby>ですか（の＝人）	（最漂亮的人是誰？）
名	独身（單身）	→ <ruby>独身<rt>どくしん</rt></ruby>なのは<ruby>誰<rt>だれ</rt></ruby>ですか（の＝人）	（單身的人是誰？）

用法 想要詢問哪裡有比較多的餐廳時，可以說這句話。

會話練習

<ruby>欣儀<rt>きんぎ</rt></ruby>：レストランが<ruby>多<rt>おお</rt></ruby>いのはどの<ruby>辺<rt>へん</rt></ruby>ですか。

係員：そうですね。この辺だと やっぱり駅の近くが
かかりいん　　　　　　　　　へん　　　　　　　　　　　えき　ちか
這個嘛;「ね」表示「感嘆」　這一帶的話;　　　　還是
　　　　　　　　　　　　　　「と」表示「條件表現」

多いと思いますが。
おお　　おも
覺得很多;「が」表示「前言」，是一種緩折的語氣

欣儀：駅はどの方向ですか。
きん ぎ　えき　　　　ほうこう
　　　　　　　　　　在哪個方向？

係員：ホテルを出て、左へ50メートルほど行くと*交差点
かかりいん　　　　　で　　ひだり　　ごじゅう　　　　　　　い　　　こう さ てん
表示：離開點　　　　　　　　走50公尺左右的話就…　　　十字路口

がありますので、その交差点を右に曲がって
　　　　　　　　　　　　こう さ てん　みぎ　ま
因為有…　　　　　　　　　　　　　　　　　右轉

まっすぐ行くと*駅に突き当たります。
　　　　い　　　　えき　つ　あ
直走的話，就…　　　走到底就是車站;「に」表示「到達點」

使用文型

| 動詞／い形容詞／な形容詞＋だ／名詞＋だ |

[普通形（限：現在形）] ＋ と、～　　順接恆常條件表現

※「な形容詞」、「名詞」的「普通形-現在肯定形」，需要有「だ」再接續。

動 行きます（去）→ 50メートルほど行くと交差点があります。*
ごじゅう　　　　　　い　　　こう さ てん
（走50公尺左右的話，就有十字路口。）

動 行きます（去）→ まっすぐ行くと駅に突き当たります。*
　　　　　　　　　い　　　えき　つ　あ
（直走的話，走到底就是車站。）

い 熱い（燙的）→ 猫舌だから熱いと飲めません。
ねこじた　　あつ　　の
（因為是怕燙的人，燙的話就無法喝。）

な 綺麗（な）（漂亮）→ 女性は綺麗だと得します。
じょせい　き れい　　とく
（女性漂亮的話，就吃香。）

名 子供（小孩子）→ 子供だと半額になります。
こ ども　　　　はんがく
（是小孩子的話，就半價。）

中譯
　　欣儀：哪一帶的餐廳比較多呢？
工作人員：這個嘛，我覺得這一帶還是車站附近多。
　　欣儀：車站在哪個方向？
工作人員：離開飯店，往左走50公尺左右就有一個十字路口，在十字路口往
　　　　　右轉，再直走到底就是車站了。

這附近有沒有平價一點的餐廳？

近くにそれほど高くないレストランが
ありますか。

| 助詞：表示
存在位置 | 助詞：
表示程度 | い形容詞：貴、高
（高い
⇒現在否定形-くない） | 助詞：
表示焦點 |

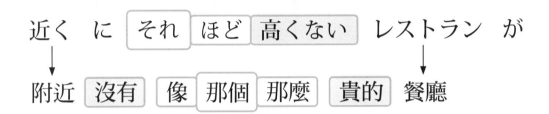

近く	に	それ	ほど	高くない	レストラン	が
↓						↓
附近	沒有	像	那個	那麼	貴的	餐廳

| 動詞：有、在 | 助詞：
表示疑問 |

あります	か。
↓	↓
有	嗎？

使用文型

 それほど ＋ [否定形]　沒有那麼～（＝そんなに ＋ 否定形）

高い（貴的）	→ それほど高くない	（沒有那麼貴）
難しい（困難的）	→ それほど難しくない	（沒有那麼困難）
にぎやか（な）（熱鬧）	→ それほどにぎやかじゃない	（沒有那麼熱鬧）

用法　在陌生的地方，想要知道附近有沒有價錢合宜的餐廳時，可以用這句話詢問。

會話練習

欣儀：ちょっと お聞きしますが。
　　　稍微　　　謙讓表現：我要詢問您；「が」表示「前言」，是一種緩折的語氣

係員：はい、何でしょう。
　　　　　　什麼事情呢？

欣儀：近くにそれほど高くないレストランがありますか。

係員：ホテルを出て、右に 200メートルほど 行きますと*
　　　離開飯店；「を」表示　　表示：目的地　　200公尺左右　　　去的話，就…
　　　「離開點」

　　　和食レストランがございます が…。
　　　日式餐廳　　　　　　　　有；「ございます」　　表示「前言」，是一種緩折的語氣
　　　　　　　　　　　　　　　是「あります」的
　　　　　　　　　　　　　　　「鄭重表現」

動詞／い形容詞／な形容詞＋だ／名詞＋だ

[　　普通形（限：現在形）　　]＋と、〜　　順接恆常條件表現

※ 此文型常用「普通形」，上方會話句使用「丁寧形」是為了加強「鄭重語氣」。
※「な形容詞」、「名詞」的「普通形-現在肯定形」，需要有「だ」再接續。

動　行きます（去）→ 200メートルほど行くと、和食レストランがござ
　　　　　　　　　　いますが…。
　　　　　　　　　　（走200公尺左右的話，就會有日式餐廳…。）

い　小さい（小的）→ 靴の先が小さいと、外反母趾になりやすいです。
　　　　　　　　　　（鞋尖小的話，就容易變成拇趾外翻。）

な　簡単（な）（簡單）→ テストが簡単だと、達成感がありません。
　　　　　　　　　　（考試簡單的話，就沒有成就感。）

名　学生（學生）→ 学生だと、半額になります。
　　　　　　　　　（是學生的話，就半價。）

中譯　　欣儀：請問一下。
　　　工作人員：是的，什麼事情呢？
　　　　　欣儀：這附近有沒有平價一點的餐廳？
　　　工作人員：離開飯店，往右邊走200公尺左右的話，就有一家日式餐廳。

這附近有<u>中式餐廳</u>嗎？

この辺_{へん}に<u>中華料理_{ちゅうかりょうり}のレストラン</u>は
ありませんか。

助詞：
表示存在位置

助詞：
表示所屬

助詞：
表示主題

この辺　に　　中華料理　　の　　レストラン　　は

在 這附近　　　　中華料理　　的　　　　餐廳

動詞：有、在
（あります
⇒現在否定形）

助詞：
表示疑問

ありません　か。

沒有　　嗎？

用法　鎖定料理的種類，想要確認附近有沒有該類餐廳時，可以說這句話。

會話練習

（ホテルで）
在飯店

欣儀<ruby>欣儀<rt>きんぎ</rt></ruby>：あの、<u>ちょっと<ruby>聞<rt>き</rt></ruby>きたい</u>＊んですけど。
　　　　　　　　　想要請問一下　　　　　　「んです」表示「強調」；
　　　　　　　　　　　　　　　　　　　　「けど」表示「前言」，是一種緩折的語氣

<ruby>係員<rt>かかりいん</rt></ruby>：<u>はい</u>。
　　　　　好的

<ruby>欣儀<rt>きんぎ</rt></ruby>：この<ruby>辺<rt>へん</rt></ruby>に<ruby>中華料理<rt>ちゅう か りょう り</rt></ruby>のレストランはありませんか。

<ruby>係員<rt>かかりいん</rt></ruby>：<u><ruby>中華料理<rt>ちゅう か りょう り</rt></ruby>ですか</u>…、あ、<u>バーミヤンというレストラン</u>＊
　　　　　中華料理啊　　　　　　　　　　　叫做 Bamiyan 的餐廳

　　　　があ<u>りますよ</u>。
　　　　　　　表示：提醒

使用文型

動詞

[ます形] ＋ たい　　想要 [做] ～

<ruby>聞<rt>き</rt></ruby>きます（詢問）	→ <ruby>聞<rt>き</rt></ruby>きたい＊	（想要詢問）
<ruby>乗<rt></rt></ruby>ります（搭乘）	→ <ruby>乗<rt>の</rt></ruby>りたい	（想要搭乘）
<ruby>両替<rt></rt></ruby>します（換錢）	→ <ruby>両替<rt>りょうがえ</rt></ruby>したい	（想要換錢）

[名稱] ＋ という～　　叫做～名稱的～

バーミヤン（Bamiyan）	→ バーミヤンというレストラン＊	（叫做 Bamiyan 的餐廳）
週刊文春（周刊文春）	→ <ruby>週刊文春<rt>しゅうかんぶんしゅん</rt></ruby>という<ruby>雑誌<rt>ざっし</rt></ruby>	（叫做周刊文春的雜誌）
ブレイク工業（Break工業）	→ ブレイク<ruby>工業<rt>こうぎょう</rt></ruby>という<ruby>会社<rt>かいしゃ</rt></ruby>	（叫做 Break 工業的公司）

中譯　（在飯店）
　　　　欣儀：那個…，我想要請問一下。
　　工作人員：好的。
　　　　欣儀：這附近有中式餐廳嗎？
　　工作人員：中華料理啊…，啊，有一家叫做 Bamiyan 的餐廳喔。

在哪裡可以吃到平價的日本料理呢？

手ごろな値段で食べられる日本食の
お店がありますか。

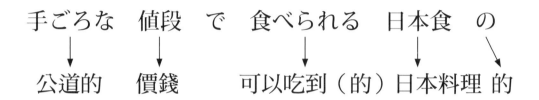

な形容詞：	助詞：表示	動詞：吃	助詞：
公道、合適	所需數量	（食べます	表示所屬
（名詞接續用法）		⇒可能形 [食べられます] 的	
		辭書形）	

手ごろな　　値段　　で　　食べられる　　日本食　　の
　↓　　　　　↓　　　　　　　↓　　　　　　↓　　　　↘
公道的　　　價錢　　　　可以吃到（的）日本料理　的

接頭辭：	助詞：	動詞：有、在	助詞：
表示美化、	表示焦點		表示疑問
鄭重			

お　　店　　が　　あります　　か。
　　　↓　　　　　　↓　　　　　↓
　　　店　　　　　有　　　　　嗎？

用法　想知道哪裡有平價的日本料理店時，可以用這句話詢問。

會話練習

欣儀：この辺で、手ごろな値段で食べられる日本食のお店が
　　　　　這一帶

ありますか。

係員：日本食だと*…、ああ、あのデパートの地下に
　　　　　日本料理的話　　　　　　　　　　　百貨公司　　地下街

和食レストランがありますが…。
　　　日式餐廳　　　　　　　　　　　　表示：前言，是一種緩折的語氣

欣儀：あ、そうですか。行ってみます*。ありがとうございます。
　　　　　　　這樣子啊　　　　去…看看

使用文型

動詞／い形容詞／な形容詞＋だ／名詞＋だ

[　　　普通形（限：現在形）　　]＋と、～　　　條件表現

※「な形容詞」、「名詞」的「普通形-現在肯定形」，需要有「だ」再接續。

動	押します（按壓）	→ 押すと	（按壓的話，就～）
い	まずい（難吃的）	→ まずいと	（難吃的話，就～）
な	不便（な）（不方便）	→ 不便だと	（不方便的話，就～）
名	日本食（日本料理）	→ 日本食だと*	（是日本料理的話，就～）

動詞

[て形]＋みます　　[做]～看看

行きます（去）	→ 行ってみます*	（去～看看）
試着します（試穿）	→ 試着してみます	（試穿看看）
聞きます（詢問）	→ 聞いてみます	（問看看）

中譯　　欣儀：這一帶，在哪裡可以吃到平價的日本料理呢？
　　　工作人員：如果是日本料理的話…啊～，那家百貨公司的地下街有日式餐廳…。
　　　欣儀：啊，這樣子啊。我去看看。謝謝你。

123

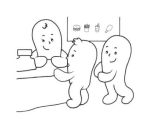

請問您要內用還是外帶？

こちらでお<ruby>召<rt>め</rt></ruby>し<ruby>上<rt>あ</rt></ruby>がりですか。

それともお<ruby>持<rt>も</rt></ruby>ち<ruby>帰<rt>かえ</rt></ruby>りですか。

助詞：表示 動作進行地點	接頭辭： 表示美化、 鄭重	動詞：吃、喝 （召し上がります ⇒ます形 除去[ます]）	助動詞： 表示斷定 （現在肯定形）	助詞： 表示疑問

こちら　で　お　召し上がり　です　か。

在　這裡　　用餐　　　　　　嗎？

接續詞：還是 （二選一）	接頭辭： 表示美化、 鄭重	動詞：帶回 （持ち帰ります ⇒ます形 除去[ます]）	助動詞： 表示斷定 （現在肯定形）	助詞： 表示疑問

それとも　お　持ち帰り　です　か。

還是　　　　帶回去　　　　　呢？

使用文型

動詞

お ＋ [ます形] ＋ ですか　　尊敬表現：現在的狀態

※ 此文型有四種意思：

現在狀態	持ちます（帶）	→ お<ruby>持<rt>も</rt></ruby>ちですか	（您有帶在身上嗎？）
現在正在	探します（尋找）	→ お<ruby>探<rt>さが</rt></ruby>しですか	（您正在找嗎？）
現在（正）要	召し上がります（吃、喝）	→ お<ruby>召<rt>め</rt></ruby>し<ruby>上<rt>あ</rt></ruby>がりですか	（您要用餐嗎？）
		※ 上方的「お持ち帰りですか」也屬此類。	
現在～了	決まります（決定）	→ お<ruby>決<rt>き</rt></ruby>まりですか	（您決定了嗎？）

用法　服務生接待顧客點餐時，會用這句話確認是要在店內用餐還是要外帶。

會話練習

欣儀：えっと、ダブルチーズバーガーを一つとコーラの
　　　嗯…　　　　　　　　雙層起士漢堡　　　　　　　　表示：並列

　　　Mサイズ を一つください。
　　　中杯　　　請給我一杯

店員：ポテトはいかがですか？*
　　　要不要來份薯條？

欣儀：あ、要りません。
　　　　　不用

店員：合計４９０円です。こちらでお召し上がりですか。
　　　總共

　　　それともお持ち帰りですか。

欣儀：ここで食べます。
　　　在這裡吃

使用文型

[名詞] ＋ は ＋ いかがですか？　　要不要～？

ポテト（薯條）	→ ポテトはいかがですか？*	（要不要來份薯條？）
ビール（啤酒）	→ ビールはいかがですか？	（要不要來杯啤酒？）
ジュース（果汁）	→ ジュースはいかがですか？	（要不要來杯果汁？）

「速食店」的常用詞彙

餐具 → ストロー（吸管）、トレイ（餐盤）

餐點 → ライスバーガー（米漢堡）、フィレオフィッシュ（麥香魚）、
　　　照り焼き（照燒）、ナゲット（雞塊）、フライドチキン（炸雞）、
　　　セットメニュー（套餐）

飲料 → Ｓサイズ（小杯）、Ｍサイズ（中杯）、Ｌサイズ（大杯）、
　　　アイス（冰的）、ホット（熱的）

中譯　　欣儀：嗯…，請給我一個雙層起士漢堡和一杯中杯可樂。
服務生：要不要來份薯條？
　　　欣儀：啊，不用。
服務生：總共是 490 日圓。請問您要內用還是外帶？
　　　欣儀：我要內用。

要等多久呢？
どのくらい待ちますか。

名詞（疑問詞）：
多久、多少　　動詞：等待　　助詞：表示疑問

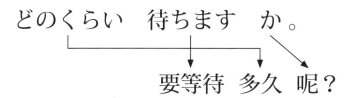

要等待　多久　呢？

使用文型

動詞

どのくらい ＋ [ます形] ＋ か　　要 [做] ～多久？

待ちます（等待）	→ どのくらい待ちますか	（要等待多久？）
泊まれます（可以住宿）	→ どのくらい泊まれますか	（可以住多久？）
かかります（花費）	→ どのくらい時間がかかりますか	（要花費多久時間？）

用法　餐廳客滿，想知道需要等多久時，可以用這句話詢問。

會話練習

店員：ただ今、満席でして、少々 お待ちいただく
　　　現在　　因為客滿　　　　稍微　　謙讓表現：請您等待

ことになります*が。
「…ことになります」表示「就是說…」；「が」表示「前言」，是一種緩折的語氣

欣儀：どのくらい待_まちますか。

店員_{てんいん}：そうですね…。20分_{にじゅっぷん}ほど かかるかもしれません[*]が。

這個嘛；「ね」表示「感嘆」　　20分鐘左右　　或許會花費；「が」表示「前言」，是一種緩折的語氣

欣儀_{きんぎ}：そうですか、じゃ、待_まちます。

這樣子啊

動詞

[辭書形] ＋ ことになります　　就是說～（前述狀況所導致的結果）

お待_まちいただきます（請您等待）　→ お待_まちいただくことになります。[*]

（就是說要請您等待。）

一泊_{いっぱく}します（住一晚）　→ 台風_{たいふう}で飛行機_{ひこうき}が飛_とばなければ、ここにもう一泊_{いっぱく}することになります。

（如果因為颱風飛機停飛的話，就是說要在這裡再住一晚。）

キャンセルします（取消）　→ 参加希望者_{さんかきぼうしゃ}がなかなか集_{あつ}まらない。このままではキャンセルすることになります。

（報名的人遲遲沒有額滿，這樣下去的話，就是說要取消了。）

動詞／い形容詞／な形容詞／名詞

[　　　　普通形　　　　] ＋ かもしれません　　或許～、有可能～

※ 此為「丁寧體文型」用法，「普通體文型」為「～かもしれない」；口語時為「～かも」。

動	かかります（花費）	→ かかるかもしれません[*]	（或許會花費）
い	暑_{あつ}い（炎熱的）	→ 暑_{あつ}いかもしれません	（或許會很熱）
な	上手_{じょうず}（な）（擅長）	→ 上手_{じょうず}かもしれません	（或許很擅長）
名	噂_{うわさ}（傳聞）	→ 噂_{うわさ}かもしれません	（有可能是傳聞）

中譯　服務生：因為現在客滿，要請您稍候。
　　　欣儀：要等多久呢？
　　　服務生：這個嘛…或許要等 20 分鐘左右。
　　　欣儀：這樣子啊，那麼，我要等。

我要非吸菸區的座位。

きんえんせき
禁煙席をお願いします。
          ねが

助詞：表示 動作作用對象	接頭辭： 表示美化、 鄭重	動詞：拜託、祈願 （願います ⇒ます形除去 [ます]）	動詞：做

禁煙席　を　[お 願い] [します] 。

[拜託您] （給我）禁菸座位。

使用文型

動詞

お ＋ [ます形] ＋ します　謙讓表現：（動作涉及對方的）[做] ～

願います（拜託）　→ お願いします　　　　（我要拜託您）
                      ねが

書きます（寫）　→ お書きします　　　　（我要為您寫）
                  か

渡します（交付）　→ お渡しします　　　　（我交付給您）
                    わた

用法　想使用非吸菸區的座位時，可以說這句話。

會話練習

店員（てんいん）：<u>いらっしゃいませ</u>、<u>何名様（なんめいさま）ですか</u>。
歡迎光臨　　　　　　　　　幾位？

欣儀（きんぎ）：二人（ふたり）です。

店員（てんいん）：<u>おタバコは</u> <u>お吸（す）いになりますか</u>*。
表示：對比（區別）　　　尊敬表現：您抽（菸）嗎？

欣儀（きんぎ）：いいえ、禁煙席（きんえんせき）をお願（ねが）いします。

使用文型

動詞

お＋[ます形]＋に＋なりますか　　尊敬表現：[做]〜嗎？

吸います（抽（菸））	→ お吸（す）いになりますか*	（要抽（菸）嗎？）
使います（使用）	→ お使（つか）いになりますか	（要使用嗎？）
試します（嘗試）	→ お試（ため）しになりますか	（要嘗試嗎？）

在餐廳的常用表現

需要小盤子	→ 小皿（こざら）をもらえますか。	（可以給我小盤子嗎？）
需要菜單	→ もう一度（いちど）メニューを見（み）せてください。	（請再讓我看一次菜單。）
分開結帳	→ 会計（かいけい）は別々（べつべつ）でお願（ねが）いします。	（我要分開結帳。）

中譯　服務生：歡迎光臨，請問幾位？
　　　欣儀：兩位。
　　　服務生：請問您抽菸嗎？
　　　欣儀：不，我要非吸菸區的座位。

人數是兩大一小。
<ruby>大<rt>おとな</rt></ruby><ruby>人<rt></rt></ruby><ruby>二人<rt>ふたり</rt></ruby><ruby>子供<rt>こども</rt></ruby><ruby>一人<rt>ひとり</rt></ruby>です。

助動詞：表示斷定
（現在肯定形）

大人　二人　子供　一人　です。

是　大人　兩個人　小孩　一個人。

使用文型

「說明人員構成份子」的說法

大人（大人）、子供（小孩）	→ <ruby>大人<rt>おとな</rt></ruby><ruby>二人<rt>ふたり</rt></ruby><ruby>子供<rt>こども</rt></ruby><ruby>一人<rt>ひとり</rt></ruby>です	（兩個大人，一個小孩）
男（男人）、女（女人）	→ <ruby>男<rt>おとこ</rt></ruby><ruby>五人<rt>ごにん</rt></ruby><ruby>女<rt>おんな</rt></ruby><ruby>三人<rt>さんにん</rt></ruby>です	（五個男人，三個女人）
先生（老師）、生徒（學生）	→ <ruby>先生<rt>せんせい</rt></ruby><ruby>四人<rt>よにん</rt></ruby><ruby>生徒<rt>せいと</rt></ruby><ruby>六十人<rt>ろくじゅうにん</rt></ruby>です	（四個老師，六十個學生）

用法 在餐廳、電影院、或是遊樂設施提到與自己同行的人數時，可以說這句話。

會話練習

店員（てんいん）：<u>いらっしゃいませ</u>。<u>何名様（なんめいさま）ですか</u>。
歡迎光臨　　　　　　　　　幾位？

欣儀（きんぎ）：大人二人子供一人（おとなふたりこどもひとり）です。

店員（てんいん）：<u>ベビーチェア</u>を<u>お使（つか）いになりますか</u>*。
嬰兒座椅　　　　　尊敬表現：您要使用嗎？

欣儀（きんぎ）：じゃあ、<u>持（も）ってきてもらえますか</u>*。
可以請你為我拿來嗎？

使用文型

動詞

お ＋ [ます形] ＋ に ＋ なりますか　　尊敬表現：[做] 〜嗎？

使います（使用）	→ お使（つか）いになりますか*	（要使用嗎？）
読みます（讀）	→ お読（よ）みになりますか	（要讀嗎？）
帰ります（回去）	→ お帰（かえ）りになりますか	（要回去嗎？）

動詞

[て形] ＋ もらえますか　　可以請你（為我）[做] 〜嗎？

持ってきます（拿來）	→ 持（も）ってきてもらえますか*	（可以請你（為我）拿來嗎？）
買います（買）	→ 買（か）ってもらえますか	（可以請你（為我）買嗎？）
閉めます（關閉）	→ 閉（し）めてもらえますか	（可以請你（為我）關閉嗎？）

中譯　服務生：歡迎光臨。請問幾位？
　　　欣儀：人數是兩大一小。
　　　服務生：您要使用嬰兒座椅嗎？
　　　欣儀：那麼，可以請你為我拿來嗎？

飲食
051

今天的推薦菜單是什麼？

今日のおすすめメニューは何ですか。
きょう　　　　　　　　　　　　なん

助詞： 表示所屬	助詞： 表示主題	名詞（疑問詞）： 什麼、任何	助動詞： 表示斷定 （現在肯定形）	助詞： 表示 疑問

今日　の　おすすめ　メニュー　は　何　です　か。

今天　的　推薦　菜單　是　什麼　呢？

相關表現

點餐的時候，常說的話

客人

今日の日替わりランチは何ですか。　（今天的每日午餐是什麼？）
きょう　ひ が　　　　　　　　なん

人気のあるメニューはどれですか。　（受歡迎的菜色是哪一道？）
にん き

服務生

こちらは期間限定のメニューです。　（這個是期間限定的菜單。）
　　　き かんげんてい

こちらは旬の食材を使った料理です。　（這個是使用當季食材的料理。）
　　　　しゅん　しょくざい　つか　　りょうり

用法 想請服務生推薦好吃的菜色時，可以說這句話。

會話練習

店員：こちら、メニューです。
　　　　　　　　菜單

欣儀：今日のおすすめメニューは何ですか。

店員：本日のおすすめは和風パスタです。
　　　　今天　　　　　　　　和風義大利麵

欣儀：じゃ、それをお願いします*。
　　　　那麼　　　　請給我那個

[名詞] ＋ を ＋ お願いします　　請給我～

それ（那個）	→ それをお願いします*	（請給我那個）
紅茶（紅茶）	→ 紅茶をお願いします	（請給我紅茶）
灰皿（菸灰缸）	→ 灰皿をお願いします	（請給我菸灰缸）

中譯　服務生：這是菜單。
　　　　　　欣儀：今天的推薦菜單是什麼？
　　　　　服務生：今天的推薦料理是和風義大利麵。
　　　　　　欣儀：那麼，請給我那個。

有沒有什麼本地菜呢？

<ruby>何<rt>なに</rt></ruby>か <ruby>郷土料理<rt>きょうどりょうり</rt></ruby>はありますか。

名詞（疑問詞）： 什麼、任何	助詞：表示 不特定	助詞： 表示主題	動詞： 有、在	助詞： 表示疑問

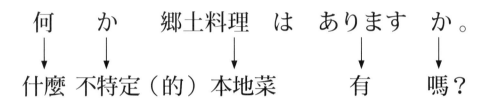

何　　　か　　　郷土料理　は　あります　か。
↓　　　↓　　　　↓　　　　　　↓　　　↓
什麼　不特定（的）本地菜　　　有　　嗎？

何か ＋ [名詞] ＋ は ＋ ありますか　　有沒有什麼～呢？

郷土料理（本地菜）	→ <ruby>何<rt>なに</rt></ruby>か <ruby>郷土料理<rt>きょうどりょうり</rt></ruby>はありますか（有沒有什麼本地菜呢？）
飲み物（飲料）	→ <ruby>何<rt>なに</rt></ruby>か<ruby>飲<rt>の</rt></ruby>み<ruby>物<rt>もの</rt></ruby>はありますか　　（有沒有什麼飲料呢？）
書く物（寫的東西）	→ <ruby>何<rt>なに</rt></ruby>か<ruby>書<rt>か</rt></ruby>く<ruby>物<rt>もの</rt></ruby>はありますか　　（有沒有什麼可以寫的東西呢？）

用法 詢問有沒有當地才有的特色料理時，可以說這句話。

會話練習

店員：ご注文はお決まりですか。
　　　　点餐　　　尊敬表現：決定了嗎？「お＋動詞ます＋です」在此表示「現在～了」

欣儀：何か郷土料理はありますか。

店員：泥鰌を使った柳川鍋はいかがでしょうか*。
　　　　用泥鰍當作食材的柳川鍋　　　覺得怎麼樣？「でしょうか」表示「鄭重問法」

欣儀：え…、泥鰌…。や、やめておきます*…。
　　　　　　　　　　重覆「やめて」的「や」，　採取放棄的措施
　　　　　　　　　　表示「心裡的動搖」

使用文型

[名詞] ＋ は ＋ いかがでしょうか　　覺得～怎麼樣？

柳川鍋（柳川鍋）	→ 柳川鍋はいかがでしょうか*	（覺得柳川鍋怎麼樣？）
ラーメン（拉麺）	→ ラーメンはいかがでしょうか	（覺得拉麵怎麼樣？）
コーヒー（咖啡）	→ コーヒーはいかがでしょうか	（覺得咖啡怎麼樣？）

動詞

[て形] ＋ おきます　　善後措施（為了以後方便）

やめます（放棄）	→ やめておきます*	（採取放棄的措施）
洗います（清洗）	→ 洗っておきます	（採取清洗的措施）
拭きます（擦拭）	→ 拭いておきます	（採取擦拭的措施）

中譯　服務生：請問點餐決定好了嗎？
　　　　欣儀：有沒有什麼本地菜呢？
　　　服務生：您覺得以泥鰍為食材的柳川鍋怎麼樣呢？
　　　　欣儀：啊…泥鰍…。還、還是算了…。

有沒有比較推薦的輕食類的東西？

軽^{かる}いものでおすすめはありませんか。

い形容詞： 份量不多	助詞： 表示言及範圍	助詞： 表示主題	動詞：有、在 （あります ⇒現在否定形）	助詞： 表示疑問

軽い　もの　で　おすすめ　は　ありません　か。

↓　　　↘　　　↓　　　　　　↓　　　↓

份量不多的　東西　推薦食物　　　　　沒有　　嗎？

相關表現

形容食物的說法

軽^{かる}いもの	（份量不多的食物）
腹持^{はら も}ちがいいもの	（吃了之後飽足感持續比較久的食物）
がっつりしたもの	（很有份量的食物（像牛排那樣的））
歯^はごたえがいいもの	（有咬勁的食物）
濃厚^{のうこう}な味^{あじ}のもの	（味道濃厚的食物）
さっぱりした味^{あじ}のもの	（味道清爽的食物）
新鮮^{しんせん}なもの	（新鮮的食物）
熱^{あつ}いもの	（熱的食物）
冷^{つめ}たいもの	（冷的食物）
子供向^{こ ども む}けのもの	（適合小孩的食物）
塩分控^{えんぶんひか}え目^めのもの	（低鹽的食物）
旬^{しゅん}のもの	（當季的食物）

用法 肚子不是很餓，但是想吃點東西時，可以用這句話詢問服務生。

會話練習

店員：<u>いらっしゃいませ</u>。こちら<u>メニュー</u>です。
　　　歡迎光臨　　　　　　　　　　菜單

欣儀：軽いものでおすすめはありませんか。

店員：こちらの<u>フレンチパスタ</u>は<u>量も少なめです</u>が。
　　　　法式義大利麵　　　　　份量也是少量的；「が」表示「前言」，
　　　　　　　　　　　　　　　是一種緩折的語氣

欣儀：じゃ、<u>それで</u>。
　　　　那個；「で」表示「樣態」；後面省略了「お願いします」

相關表現

「詢問店員」的常用表現

電器賣場　→ 軽くて、薄いデジタルカメラはありませんか。
　　　　　　（有輕巧、薄型的數位相機嗎？）

服飾店　→ 今、流行している色は何色ですか。
　　　　　　（現在流行的顏色是什麼色？）

旅遊服務中心　→ この近くで人気のスポットはどこですか。
　　　　　　（這附近的人氣景點是哪裡？）

中譯　服務生：歡迎光臨。這是菜單。
　　　　　欣儀：有沒有比較推薦的輕食類的東西？
　　　　　服務生：這個法式義大利麵的份量也是少量的。
　　　　　欣儀：那麼，我要那個。

有兒童菜單嗎？
子供向けのメニューはありますか。

接尾辭： 針對	助詞： 表示所屬	助詞： 表示主題	動詞：有、在	助詞： 表示疑問

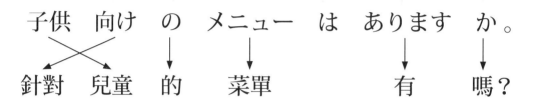

子供　向け　の　メニュー　は　あります　か。

針對　兒童　的　菜單　　　　　有　　嗎？

使用文型

[名詞A] ＋ 向け ＋ の ＋ [名詞B]　　針對 A 的 B

子供（兒童）、メニュー（菜單）	→ 子供向けのメニュー	（針對兒童的菜單）
大人（大人）、講座（講座）	→ 大人向けの講座	（針對大人的講座）
外国（外國）、製品（產品）	→ 外国向けの製品	（針對外國的產品）

用法　確認有沒有專門為兒童準備的餐點時，可以用這句話詢問。

會話練習

店員（てんいん）：<u>いらっしゃいませ</u>、こちらが<u>メニュー</u>です。
歓迎光臨　　　　　　　　　　　　菜單

欣儀（きんぎ）：<u>あの</u>、子供向け（こどもむけ）のメニューはありますか。
喚起別人注意，開啟對話的發語詞

店員（てんいん）：<u>お子様向け（おこさまむけ）</u>は、<u>こちらのページにございます</u>*。
針對兒童；「は」表示　　在這一頁；「にございます」是「にあります」的「鄭重表現」
「對比（區別）」

欣儀（きんぎ）：じゃあ、この<u>お子様（おこさま）ランチ</u> <u>Bセットを一つ（ひとつ）ください</u>*。
兒童餐　　　　　　請給我一份 B 套餐

それから…
還有

使用文型

[地點] ＋ に ＋ ございます　　鄭重表現：在～某地

※ 一般說法：地點 ＋ に ＋ あります

ページ（頁）	→ こちらのページにございます*	（在這一頁）
後ろ（後面）	→ バス停（てい）の後ろ（うしろ）にございます	（在公車站的後面）
台所（廚房）	→ 台所（だいどころ）にございます	（在廚房）

[名詞] ＋ を ＋ [數量詞] ＋ ください　　請給我～份～某物

Bセット（B套餐）、一つ（一份）	→ Bセットを一つ（ひとつ）ください*	（請給我一份B套餐）
紙袋（紙袋）、二つ（兩個）	→ 紙袋（かみぶくろ）を二つ（ふた）ください	（請給我兩個紙袋）
前売り券（預售票）、三枚（三張）	→ 前売り券（まえうりけん）を三枚（さんまい）ください	（請給我三張預售票）

中譯　服務生：歡迎光臨，這是菜單。
　　　　欣儀：那個…，有兒童菜單嗎？
　　　　服務生：兒童菜單在這一頁。
　　　　欣儀：那麼，請給我一份兒童餐的B套餐，還有…

這道菜裡面，有什麼東西呢？

この料理の中には何が入っていますか。

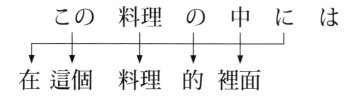

連體詞： 這個	助詞： 表示所在	助詞：表示 存在位置	助詞： 表示主題

この　料理　の　中　に　は

在 這個　料理　的　裡面

名詞（疑問詞）： 什麼、任何	助詞： 表示 主體	動詞： 進入、進去 （入ります ⇒て形）	補助動詞	助詞： 表示疑問

何　が　入って　います　か。

什麼東西　　是有放進去的　　呢？

使用文型

動詞

[て形] ＋います　　目前狀態

入ります（進去）	→ 入っています	（目前是放進去的狀態）
故障します（故障）	→ 故障しています	（目前是故障的狀態）
消えます（（燈）關）	→ 消えています	（目前是關著的狀態）

用法　想確認料理當中使用了哪些食材時，可以用這句話詢問服務生。

會話練習

（メニューを指して）
菜單　　　　　指著

欣儀：この料理の中には何が入っていますか。

店員：レバーと韮、にんにく、生姜などが入っています。
　　　　肝　　韮菜　　　大蒜　　　　　　　之類的　　　目前是放進去的狀態

欣儀：レバーって*何ですか？
　　　　　所謂的「liver」　　是什麼東西？

店員：豚の肝臓です。
　　　豬

使用文型

[名詞] ＋って　　所謂的～（＝ [名詞] ＋ というのは）

レバー（肝）　　　→ レバーって*　　　　　　　（所謂的「肝」）
　　　　　　　　　　（＝レバーというのは）

食べ放題（吃到飽）　→ 食べ放題って　　　　　　（所謂的「吃到飽」）
　　　　　　　　　　（＝食べ放題というのは）

生け花（插花）　　　→ 生け花って　　　　　　　（所謂的「插花」）
　　　　　　　　　　（＝生け花というのは）

中譯　（指著菜單）
　　欣儀：這道菜裡面，有什麼東西呢？
　　服務生：放了肝和韮菜、大蒜、生薑之類的東西。
　　欣儀：所謂的「liver」是什麼東西？
　　服務生：是豬的肝臟。

這道菜有使用牛肉嗎？

この料理には牛肉が使われていますか。

牛肉

連體詞：這個	助詞：表示存在位置	助詞：表示對比（區別）	助詞：表示焦點	動詞：使用（使います⇒受身形 [使われます] 的て形）	補助動詞	助詞：表示疑問

この	料理	に	は	牛肉	が	使われて	います	か。
這個	料理		的話	牛肉		有被使用著		嗎？

使用文型

動詞

[て形] ＋ います　目前狀態

使われます（被〜使用）	→ 使われています	（目前是被使用的狀態）
覚えます（記住）	→ 覚えています	（目前是記住的狀態）
故障します（故障）	→ 故障しています	（目前是故障的狀態）

用法　事先確認有沒有自己不能吃的食材時，可以說這句話。

會話練習

欣儀（きんぎ）：<u>すみません</u>、この料理には牛肉（ぎゅうにく）が使（つか）われていますか。
不好意思

店員（てんいん）：はい、<u>牛肉（ぎゅうにく）が使（つか）われていない方（ほう）がよろしいですか</u>*。
沒有被使用著比較好嗎？「よろしい」是「いい」的「鄭重表現」

欣儀（きんぎ）：<u>ええ</u>、牛肉（ぎゅうにく）は<u>食（た）べられないので</u>*…。
是的　　　　　　　　　因為不能吃

店員（てんいん）：じゃあ、<u>こちらはいかがですか</u>。使（つか）われているのは
覺得怎麼樣？　被使用著的食材；「の」表示「代替名詞」，等同「食材」；「は」表示「主題」

豚肉（ぶたにく）です。
豬肉

使用文型

| 動詞 | 動詞 | 動詞 |

[辭書形／た形／ない形]＋方がよろしいですか [做]／[不做]～比較好嗎？

辭書	移動します（移動）	→ タクシーで移動（いどう）する方（ほう）がよろしいですか（搭計程車比較好嗎？）
た形	捨てます（丟棄）	→ 捨（す）てた方（ほう）がよろしいですか（丟棄比較好嗎？）
ない	使われています（被使用著）	→ 使（つか）われていない方（ほう）がよろしいですか*（沒有被使用著比較好嗎？）

| 動詞／い形容詞／な形容詞＋な／名詞＋な |

[　　　　　普通形　　　　　]＋ので　因為～

※「な形容詞」的「普通形-現在肯定形」，需要有「な」再接續。

動	食べられます（能吃）	→ 食（た）べられないので*（因為不能吃）
い	恥ずかしい（丟臉的）	→ 恥（は）ずかしいので（因為很丟臉）
な	下手（な）（笨拙）	→ 下手（へた）なので（因為很笨拙）
名	人気商品（人氣商品）	→ 人気商品（にんきしょうひん）なので（因為是人氣商品）

中譯　欣儀：不好意思，這道菜有使用牛肉嗎？
服務生：是的，沒有使用牛肉比較好嗎？
欣儀：是的，因為我不能吃牛肉…。
服務生：那麼，您覺得這個怎麼樣？使用的食材是豬肉。

143

總共點餐以上這些東西。
<ruby>注<rt>ちゅうもん</rt></ruby>文は<ruby>以上<rt>いじょう</rt></ruby>です。

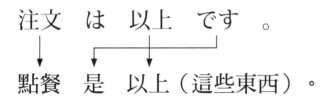

助詞：
表示主題

助動詞：表示斷定
（現在肯定形）

注文　は　以上　です　。

點餐　是　以上（這些東西）。

使用文型

[名詞] ＋ は ＋ 以上です　　～是以上這些東西

注文（點餐）→ <ruby>注文<rt>ちゅうもん</rt></ruby>は<ruby>以上<rt>いじょう</rt></ruby>です　　（點餐是以上這些東西）

発言（發言）→ <ruby>発言<rt>はつげん</rt></ruby>は<ruby>以上<rt>いじょう</rt></ruby>です　　（發言是以上這些東西）

報告（報告）→ <ruby>報告<rt>ほうこく</rt></ruby>は<ruby>以上<rt>いじょう</rt></ruby>です　　（報告是以上這些東西）

用法　在餐廳點完所有想點的餐點時，可以用這句話作為結尾。

會話練習

欣儀：…あと、コーヒーを一つください*。
　　　（きんぎ）
　　　　　　　另外　　　　　　　　請給我一杯咖啡

店員：かしこまりました。
　　　（てんいん）
　　　　　　　謙讓表現：知道了

欣儀：注文は以上です。
　　　（きんぎ）（ちゅうもん）（いじょう）

店員：はい、では、ご注文を繰り返します。…
　　　（てんいん）　　　　　　（ちゅうもん）（く かえ）
　　　　　　　　　那麼　　　　　我複述一次您點的東西

使用文型

[名詞] ＋ を ＋ [數量詞] ＋ ください　　請給我～份～某物

※ 在一般談話中，如果不用說，對方就知道你需要的數量，就可以不用說「數量詞」，直接說
　「[名詞] ＋ を ＋ ください」（請給我～）。

コーヒー（咖啡）、一つ（一杯）　→ コーヒーを一つください*（請給我一杯咖啡）
　　　　　　　　　　　　　　　　　　　　（ひと）

フォーク（叉子）、二本（兩支）　→ フォークを二本ください　（請給我兩支叉子）
　　　　　　　　　　　　　　　　　　　　（に ほん）

スリッパ（拖鞋）、一足（一雙）　→ スリッパを一足ください　（請給我一雙拖鞋）
　　　　　　　　　　　　　　　　　　　　（いっそく）

點餐後，服務生常說的話

確認點餐　→ ○○、××、△△、以上でよろしいですか。
　　　　　　　　　　　　　　　　（いじょう）
　　　　　（○○、××、△△，點餐的內容是以上這些東西可以嗎？）

飲料何時上　→ 飲み物は、食後になさいますか。
　　　　　　　（の もの）（しょくご）
　　　　　（飲料要在餐後送上嗎？）

上菜　→ お待たせいたしました。こちら、[料理名稱]です。
　　　　　（ま）
　　　　（讓您久等了，這是[料理名稱]。）

中譯　　欣儀：…另外，請給我一杯咖啡。
　　　　服務生：我知道了。
　　　　　欣儀：總共點餐以上這些東西。
　　　　服務生：好的，那麼，我複述一次您點的東西。…

那，就先給我啤酒好了。

とりあえずビールください。

副詞：姑且、總之

助詞：
表示動作作用對象
（口語時可省略）

補助動詞：請
（くださいます
⇒命令形［くださいませ］
除去［ませ］）

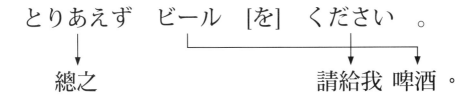

とりあえず　ビール　[を]　ください　。

總之　　　　　　　　　　　　　　請給我 啤酒 。

使用文型

[名詞] ＋ を ＋ ください　　請給我～

食物	ご飯（白飯）	→ ご飯（はん）をください	（請給我白飯）
	ラーメン（拉麵）	→ ラーメンをください	（請給我拉麵）
	サラダ（沙拉）	→ サラダをください	（請給我沙拉）
飲料	ビール（啤酒）	→ ビールをください	（請給我啤酒）
	紅茶（紅茶）	→ 紅茶（こうちゃ）をください	（請給我紅茶）
	コーヒー（咖啡）	→ コーヒーをください	（請給我咖啡）
用品	爪切り（指甲刀）	→ 爪切り（つめきり）をください	（請給我指甲刀）
	ハンガー（衣架）	→ ハンガーをください	（請給我衣架）

用法　在居酒屋之類的餐廳，想要先點啤酒時，可以說這句話。

店員：<u>ご注文</u>はお<u>決まりですか</u>※。
點餐　　　　　　尊敬表現：決定了嗎？

欣儀：とりあえずビールください。

店員：<u>銘柄</u>は<u>何</u>になさいますか。
品牌　　　　尊敬表現：您要選哪一種？

欣儀：じゃあ、キリン<u>一番搾り</u>を<u>中ジョッキ</u>で。
中杯　　　　表示：樣態

使用文型

動詞

お ＋ [ます形] ＋ ですか　　尊敬表現：現在的狀態

※ 此文型有四種意思：

現在狀態	持ちます（帶）	→ お持ちですか	（您有帶在身上嗎？）
現在正在	探します（尋找）	→ 何をお探しですか	（您正在找什麼嗎？）
現在（正）要	帰ります（回去）	→ あ、お帰りですか	（啊，您要回去嗎？）
現在～了	決まります（決定）	→ お決まりですか※	（您決定了嗎？）

日本常見的酒類

| 日本酒・清酒（日本酒） | → 熱燗（熱的酒）、冷や（常溫的酒）、冷酒（冰的酒） |
| ワイン（葡萄酒） | → 赤ワイン（紅酒）、白ワイン（白酒） |

其他：焼酎（日本製造的蒸餾過的酒）、酎ハイ（蒸餾過的酒加入汽水）、

梅酒（梅酒）、ビール（啤酒）、ウィスキー（威士忌）、

ブランデー（白蘭地）、サワー（沙瓦）、カクテル（雞尾酒）、

紹興酒（紹興酒）、高粱酒（高粱酒）

中譯　服務生：請問點餐決定好了嗎？
　　　　欣儀：那，就先給我啤酒好了。
　　　服務生：您要選哪一種牌子的？
　　　　欣儀：那麼，我要中杯的 KIRIN 一番榨。

麻煩你，我要去冰。

氷抜きでお願いします。
こおり ぬ　　　　　　　ねが

| 助詞：
表示樣態 | 接頭辭：
表示美化、
鄭重 | 動詞：拜託、祈願
（願います
⇒ます形除去[ます]） | 動詞：做 |

| 氷抜き | で | お | 願い | します | 。 |
| 去冰 | 狀態 | | 拜託您 | | 。 |

使用文型

動詞

お＋[ます形]＋します　　謙讓表現：（動作涉及對方的）[做]〜

願います（拜託）	→ お願いします	（我要拜託您）
持ちます（拿）	→ お持ちします	（我要為您拿）
貸します（借出）	→ お貸しします	（我要借給您）

用法　點冷飲時，如果不想要加冰塊的話，可以說這句話。

欣儀 _{きんぎ}：アイスティー_を一つ_{ひと}ください。
　　　　　冰紅茶

店員 _{てんいん}：はい。

欣儀 _{きんぎ}：あ、氷抜き_{こおり ぬ}でお願い_{ねが}します。

店員 _{てんいん}：かしこまりました。
　　　　　謙讓表現：知道了

相關表現

「點飲料」的常用表現

少冰 → 氷少なめ_{こおりすく}でお願い_{ねが}します。　　　　（我要冰塊少一點。）

減糖 → 砂糖少なめ_{さとうすく}でお願い_{ねが}します。　　　　（我要砂糖少一點。）

去糖 → 砂糖抜き_{さとうぬ}でお願い_{ねが}します。　　　　　（我要去糖。）

中譯　欣儀：請給我一杯冰紅茶。
　　　　服務生：好的。
　　　　欣儀：啊，麻煩你，我要去冰。
　　　　服務生：我知道了。

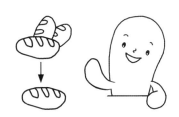

飲食 060

份量可以少一點嗎？
少なめにしてもらえますか。

| 名詞：少一些 （い形容詞［少ない］ 的名詞化） | 助詞：表示 決定結果 | 動詞：做 （します ⇒て形） | 補助動詞： （もらいます ⇒可能形） | 助詞： 表示 疑問 |

少なめ に して もらえます か 。

可以請你為我做成　　少一點　嗎？

使用文型

動詞　　　　い形容詞　　な形容詞
[辭書形＋ように／ーい＋く／ーな＋に／名詞＋に]＋します
　　　　　　決定要〜、做成〜、決定成〜

動	使います（使用）	→ 階段を使うようにします	（決定要（盡量）使用樓梯）
い	熱い（熱的）	→ 熱くします	（要做成熱的）
な	静か（な）（安靜）	→ 静かにしてください	（請安靜）
名	少なめ（少一點）	→ 少なめにします	（要做成少一點）

動詞
[て形]＋もらいます　　請你（為我）［做］〜

〜にします（做成〜）	→ 少なめにしてもらいます	（請你（為我）做成少一點）
買います（買）	→ 買ってもらいます	（請你（為我）買）
払います（付錢）	→ 払ってもらいます	（請你（為我）付錢）

用法 希望餐點的份量少一點時，可以說這句話。如果要說「份量可以多一點嗎？」，則是「多めにしてもらえますか」。「份量可以減半嗎？」，則是「半分にしてもらえますか」。

會話練習

欣儀：<ruby>欣<rt>きん</rt></ruby><ruby>儀<rt>ぎ</rt></ruby>：<u>ハンバーグ<ruby>定食<rt>ていしょく</rt></ruby>を<ruby>一<rt>ひと</rt></ruby>つ</u>*。
請給我一份漢堡排定食；「一つ」後面省略了「ください」

店員：<ruby>店員<rt>てんいん</rt></ruby>：はい。<u>かしこまりました。</u>
謙讓表現：知道了

欣儀：<ruby>欣儀<rt>きんぎ</rt></ruby>：あと、ご<ruby>飯<rt>はん</rt></ruby>は<ruby>少<rt>すく</rt></ruby>なめにしてもらえますか。
　　　另外　　　白飯

店員：<ruby>店員<rt>てんいん</rt></ruby>：はい、<u><ruby>半分<rt>はんぶん</rt></ruby>ぐらい</u>*でよろしいですか。
一半左右的份量可以嗎？「で」表示「樣態」

使用文型

[名詞] ＋ を ＋ [數量詞] ＋ [ください]　　請給我～份～某物

※ 口語時可省略「ください」。

ハンバーグ定食（漢堡排定食）、一つ（一份）	→ ハンバーグ<ruby>定食<rt>ていしょく</rt></ruby>を<ruby>一<rt>ひと</rt></ruby>つ*（請給我一份漢堡排定食）
紙（紙）、二枚（兩張）	→ <ruby>紙<rt>かみ</rt></ruby>を<ruby>二枚<rt>にまい</rt></ruby>　　　　　　（請給我兩張紙）
ラーメン（拉麵）、三杯（三碗）	→ ラーメンを<ruby>三杯<rt>さんばい</rt></ruby>　　　　（請給我三碗拉麵）

[數量詞] ＋ ぐらい　　～左右

半分（一半）	→ <ruby>半分<rt>はんぶん</rt></ruby>ぐらい*　　　　（一半左右）
一時間（一小時）	→ <ruby>一時間<rt>いちじかん</rt></ruby>ぐらい　　　（一小時左右）
千円（一千日圓）	→ <ruby>千円<rt>せんえん</rt></ruby>ぐらい　　　　（一千日圓左右）

中譯　　欣儀：我要一份漢堡排定食。
　　　服務生：好的。我知道了。
　　　　欣儀：另外，飯的份量可以少一點嗎？
　　　服務生：好的，一半左右的份量可以嗎？

這不是我點的東西。

これ、私（わたし）の注文（ちゅうもん）したものではありません。

助詞：表示主體	動詞：訂、點（菜）	連語：表示否定
（の＝が）	（注文します⇒た形）	（現在否定形）

これ、私　の　注文した　もの　ではありません。

這個 不是 我　　點購的　東西。

相關表現

餐廳用餐時，常說的話

客人

追加（ついか）で注文（ちゅうもん）したいんですが。　（我想要追加點餐。）

おしぼりをもう一（ひと）つもらえますか。　（可以再給我一條濕毛巾嗎？）

服務生

こちら、お下（さ）げしてもよろしいですか。　（這個可以為您撤走嗎？）

相席（あいせき）になりますが、よろしいですか。　（要和其他客人併桌，可以嗎？）

用法　在餐廳等場所，服務生送上來的東西跟自己點的不一樣時，可以說這句話。

會話練習

店員：お待たせいたしました[*]。唐揚げ定食です。
　　　謙讓表現：讓您久等了　　　　　　炸雞定食

欣儀：?、……これ、私の注文したものではありません。

店員：あ、そうですか。すみませんでした。
　　　　　這樣子啊　　　　　對不起

使用文型

動詞

お＋［ます形］＋いたしました　謙讓表現：(動作涉及對方的) ［做］〜了

待たせます（讓〜等待）	→ お待たせいたしました[*]	（我讓您等待了）
調べます（調査）	→ お調べいたしました	（我為您調査了）
伝えます（轉達）	→ お伝えいたしました	（我為您轉達了）

比較「道歉」的程度差異

ごめん	（抱歉，屬於口語用法）
ごめんなさい	（抱歉）
すみません	（對不起）
すみませんでした	（對不起，包含告一段落的語感）
どうもすみません	（很對不起）
申し訳ありません	（真對不起）
誠に申し訳ございません	（實在是對不起）

輕 ～ 強

※「すみません」除了道歉的意思之外，還有「不好意思、借過、請問、謝謝」等意思。

中譯　服務生：讓您久等了。這是炸雞定食。
　　　　欣儀：?……這不是我點的東西。
　　　服務生：啊，這樣子啊。對不起。

飲食
062

我點的菜還沒有來耶。
注文した料理がまだ来ないんですが…。

| 動詞：訂、點（菜）（注文します⇒た形） | 助詞：表示主體 | 副詞：還、尚未 | 動詞：來（来ます⇒ない形） | 連語：ん＋です ん…形式名詞（の⇒縮約表現）です…助動詞：表示斷定（現在肯定形） | 助詞：表示前言 |

注文した　料理　が　まだ　来ない　んです　が…。
↓　　　　↓　　　　↓　　↓
點購的　料理　　　還　　沒來。

使用文型

動詞／い形容詞／な形容詞＋な／名詞＋な

[　　　　普通形　　　　]＋んです　　強調

※ 此為「丁寧體文型」用法，「普通體文型」為「～んだ」，口語説法為「～の」。
※「な形容詞」、「名詞」的「普通形-現在肯定形」，需要有「な」再接續。

動	来ます（來）	→ 来ないんです	（沒有來）
い	少ない（少的）	→ 少ないんです	（很少）
な	複雑（な）（複雑）	→ 複雑なんです	（很複雑）
名	俳優（演員）	→ 俳優なんです	（是演員）

用法　自己點的料理遲遲沒有送上來時，可以跟服務生這樣反應。

會話練習

欣儀：あの、店員さんちょっと。
　　　喚起別人注意，　　　麻煩一下
　　　開啟對話的發語詞

店員：はい。

欣儀：注文した料理がまだ来ないんですが…。

店員：すみません。今すぐ 厨房のほうに 確認を取りますので。
　　　不好意思　　　馬上　　廚房方面；「に」　　取得確認；「ので」表示「宣言」
　　　　　　　　　　　　　表示「動作的對方」

相關表現

「用餐抱怨」的常用表現

有怪味 → 何か変な味がするんですが…。
　　　　　（好像有什麼奇怪的味道…。）

和照片不符 → メニューの写真と全然違うんですが…。
　　　　　　　（和菜單的照片完全不一樣…。）

沒煮熟 → 十分に火が通ってないみたいですが…。
　　　　　（好像沒有完全煮熟的樣子…。）

中譯　欣儀：那個…，服務生，麻煩一下。
　　　服務生：是。
　　　　欣儀：我點的菜還沒有來耶。
　　　服務生：不好意思。我馬上向廚房確認。

這道菜好像有點不熟的樣子…。

この料理、生焼けっぽいんですが…。
（りょうり）（なまや）

| 連體詞：這個 | 接尾辭：
好像、有點、容易～ | 連語：ん＋です
ん…形式名詞
（の⇒縮約表現）
です…助動詞：表示斷定
（現在肯定形） | 助詞：
表示
前言 |

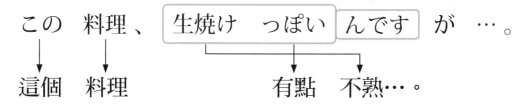

この　料理、　　生焼け　っぽい　んです　が　…。

↓　　↓

這個　料理　　　　　　　　　　　　　有點　不熟…。

使用文型

| 動詞 | い形容詞 | な形容詞 |

[ます形／－い／－な／名詞]＋っぽい　　好像、有點、容易～

動	怒ります（生氣）	→ 怒りっぽい（おこ）	（容易生氣）
い	安い（便宜的）	→ 安っぽい（やす）	（看起來便宜）
な	有名（な）（有名）	→ 有名っぽい（ゆうめい）	（好像很有名）
名	生焼け（不熟）	→ 生焼けっぽい（なまや）	（有點不熟）

動詞／い形容詞／な形容詞＋な／名詞＋な

[　　　　　普通形　　　　　]＋んです　　強調

※ 此為「丁寧體文型」用法，「普通體文型」為「～んだ」，口語説法為「～の」。
※「な形容詞」、「名詞」的「普通形-現在肯定形」，需要有「な」再接續。
※「っぽい」是「接尾辭」，變化上與「い形容詞」相同。

動	忘れます（忘記）	→ 忘れたんです（わす）	（忘記了）
い	生焼けっぽい（有點不熟）	→ 生焼けっぽいんです（なまや）	（有點不熟）
な	貴重（な）（珍貴）	→ 貴重なんです（きちょう）	（很珍貴）
名	定休日（公休日）	→ 定休日なんです（ていきゅうび）	（是公休日）

用法　送上來的料理沒有完全煮熟時，可以跟服務生這樣反應。

會話練習

欣儀：<u>すみません</u>、この料理、生焼けっぽいんですが。
　　　不好意思

店員：<u>そうですか</u>、すみません。では<u>もう少し</u>
　　　這樣子啊　　　　　　　　　　　　　再稍微…

　　　<u>火を通します</u>ので、<u>お待ちください</u>*。
　　　因為要烹煮　　　　　　尊敬表現：請您等待

欣儀：はい、<u>お願いします</u>*。
　　　謙讓表現：我拜託您

【動詞】
お ＋ [ます形] ＋ ください　　尊敬表現：請您 [做] ～

待ちます（等待）	→ お待ちください*	（請您等待）
書きます（寫）	→ お書きください	（請您寫）
伝えます（轉達）	→ お伝えください	（請您轉達）

【動詞】
お ＋ [ます形] ＋ します　　謙讓表現：(動作涉及對方的) [做] ～

願います（拜託）	→ お願いします*	（我要拜託您）
持ちます（拿）	→ お持ちします	（我要幫您拿）
包みます（包裝）	→ お包みします	（我為您包裝）

中譯
　　欣儀：不好意思，這道菜好像有點不熟的樣子…。
服務生：這樣子啊，不好意思。那麼，因為要再烹煮一下，請您稍候。
　　欣儀：好的，拜託您了。

157

可以稍微再煮熟一點嗎？

もうちょっと火を通してください。

副詞：再～一些　　副詞：一下、　　連語：弄熟、烤熟、煮熟　　補助動詞：請
　　　　　　　　　　有點、稍微　　　（火を通します　　　　（くださいます
　　　　　　　　　　　　　　　　　　⇒て形）　　　　　　　　⇒命令形 [くださいませ]
　　　　　　　　　　　　　　　　　　　　　　　　　　　　　　除去 [ませ]）

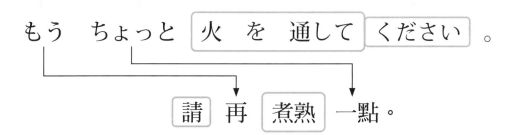

使用文型

動詞

[て形] ＋ ください　　請 [做] ～

火を通します（煮熟）	→ 火を通してください	（請煮熟）
開けます（打開）	→ 開けてください	（請打開）
考えます（考慮）	→ 考えてください	（請考慮）

用法　希望餐廳的料理再煮熟一點時，可以跟服務生這樣要求。

會話練習

欣儀：すみません。
きん ぎ
不好意思

店員：はい。ただ今 まいります。
てんいん
いま
馬上　謙讓表現：過來

欣儀：…この料理、もうちょっと火を通してください。
きん ぎ
りょう り
這道料理
ひ とお

店員：かしこまりました。少々 お待ちください*。
てんいん
しょうしょう
ま
謙讓表現：知道了　　　稍微　　尊敬表現：請您等待

動詞

お ＋ [ます形] ＋ ください　　尊敬表現：請您 [做] ～

待ちます（等待）　→ お待ちください*　　　　（請您等待）
ま

召し上がります（享用）　→ お召し上がりください　（請您享用）
め あ

許します（原諒）　→ お許しください　　　　（請您原諒）
ゆる

「牛排幾分熟」的常用表現

レア（三分熟）、ミディアムレア（五分熟）、ミディアム（七分熟）、
ウェルダン（全熟）

服務生　ステーキの焼き加減はどういたしましょうか。
や かげん
（牛排的生熟程度要怎麼為您處理？）

客人　ミディアムでお願いします。
ねが
（我要七分熟。）

中譯　　欣儀：不好意思。
服務生：是的，我馬上過來。
　欣儀：…這道料理，可以稍微再煮熟一點嗎？
服務生：我知道了。請您稍候。

不好意思，可以幫我換盤子嗎？

すみません、お皿を取り換えて
もらえますか。

招呼用語	接頭辭： 表示美化、鄭重	助詞：表示動作 作用對象

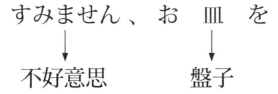

すみません、 お 皿 を
↓ ↓
不好意思 盤子

動詞：更換 （取り換えます ⇒て形）	補助動詞： （もらいます ⇒可能形）	助詞： 表示疑問

取り換えて	もらえます	か 。
可以請你為我	更換	→ 嗎？

使用文型

動詞

[て形] ＋もらいます　　請你（為我）[做]～

取り換えます（更換）	→ 取り換えてもらいます	（請你（為我）更換）
持ちます（拿）	→ かばんを持ってもらいます	（請你（為我）拿包包）
紹介します（介紹）	→ 紹介してもらいます	（請你（為我）介紹）

用法　希望餐廳服務生將桌上的盤子換成乾淨的盤子時，可以說這句話。

會話練習

欣儀：すみませーん。
　　　不好意思～

店員：はい。
　　　是

欣儀：すみません、お皿を取り換えてもらえますか。

店員：かしこまりました。今、新しいものをお持ちします*。
　　　謙讓表現：知道了　　　　　　　新的盤子　　　謙讓表現：我為您拿

使用文型

動詞

お＋[ます形]＋します　　謙讓表現：（動作涉及對方的）[做]～

持ちます（拿）　→　お持ちします*　　　（我為您拿）

直します（修改）　→　お直しします　　　（我為您修改）

伝えます（轉達）　→　お伝えします　　　（我為您轉達）

中譯　　欣儀：不好意思～。
　　　服務生：是。
　　　欣儀：不好意思，可以幫我換盤子嗎？
　　　服務生：我知道了，我現在就去為您拿新盤子。

能不能幫我把盤子收走？
お皿を下げていただけませんか。

接頭辭： 表示美化、 鄭重	助詞： 表示動作 作用對象	動詞：撤下 （下げます ⇒て形）	補助動詞： （いただきます ⇒可能形 [いただけます] 的現在否定形）	助詞： 表示疑問

お　皿　を　│下げて│　│いただけません│　か。

│不可以請您為我│　│撤下│　盤子　　嗎？

使用文型

動詞

[て形] ＋ いただきます　　謙讓表現：請您（為我）[做] ～

下げます（撤下）→ 下げていただきます　　（請您（為我）撤下）

開けます（打開）→ 開けていただきます　　（請您（為我）打開）

閉めます（關閉）→ 閉めていただきます　　（請您（為我）關閉）

用法　在餐廳用餐，想要請服務生撤下用不到的盤子時，可以說這句話。

會話練習

欣儀：<u>すみません</u>。<u>お皿を下げていただけませんか</u>。
不好意思　　　　　　　　　　「お皿を下げてもらえませんか」也可以

店員：はい。

欣儀：<u>どうも</u>。
謝謝

相關表現

「用餐時」的拜託說法

※ 以客人身分來說，表示拜託時，使用「動詞て形 + もらえませんか」就可以。如果對服務生表示更有禮貌，則用「動詞て形 + いただけませんか」（如主題句）。

請人拍照 → すみません、私たちの写真を撮ってもらえますか。
（不好意思，可以幫我們拍照嗎？）

換盤子 → すみません、きれいなお皿に取り換えてもらえますか。
（不好意思，可以幫我換乾淨的盤子嗎？）

要打包 → すみません、持ち帰り用に包んでもらえますか。
（不好意思，可以幫我包成外帶用的嗎？）

※ 因為食品安全的考量，日本有很多餐廳是禁止打包的。

中譯　　欣儀：不好意思，能不能幫我把盤子收走？
服務生：好的。
欣儀：謝謝。

咖啡可以續杯嗎？

コーヒーのおかわりをいただけますか。

| 助詞：
表示所屬 | 助詞：表示
動作作用對象 | 動詞：得到、收到
（いただきます
⇒可能形）
（もらいます的
謙讓語） | 助詞：
表示疑問 |

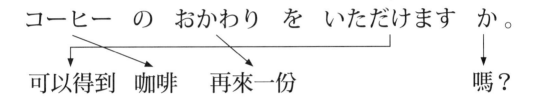

コーヒー　の　おかわり　を　いただけます　か。

可以得到　咖啡　再來一份　　　　　　　　　　　嗎？

使用文型

[名詞] ＋ を ＋ いただけますか　可以給我〜嗎？

おかわり（再來一份）	→ おかわりをいただけますか	（可以再來一份嗎？）
水（水）	→ 水をいただけますか	（可以給我水嗎？）
領収書（收據）	→ 領収書をいただけますか	（可以給我收據嗎？）

用法　咖啡等飲料想要續杯時，可以說這句話。

會話練習

欣儀（きんぎ）：すみません。
不好意思

店員（てんいん）：はい。

欣儀（きんぎ）：コーヒーのおかわりをいただけますか。

店員（てんいん）：はい。カップをこちらにお願（ねが）いします*。
杯子　　　　　　麻煩您放在這裡

使用文型

動詞

お＋[ます形]＋します　謙讓表現：(動作涉及對方的) [做]～

願います（拜託）→ お願（ねが）いします*　　（我要拜託您）

持ちます（拿）→ お持（も）ちします　　（我為您拿）

渡します（交付）→ お渡（わた）しします　　（我要交給您）

「追加餐點」的常用表現

啤酒 → ビール、もう一本（いっぽん）／ 一杯追加（いっぱいついか）で[お願（ねが）いします]。
（再來一瓶／一杯啤酒。）

白飯 → ご飯（はん）のおかわり、少（すく）な目（め）でもらえますか。
（再來一碗白飯，份量可以少一點嗎？）

拉麵 → 替玉（かえだま）ください。
（我要再加麵。）

中譯　欣儀：不好意思。
服務生：是。
欣儀：咖啡可以續杯嗎？
服務生：好的。請把杯子放在這裡。

可以給我一個外帶的袋子嗎？

持ち帰り袋をいただけますか。

助詞： 表示動作作用對象	動詞：得到、收到 （いただきます ⇒可能形） （もらいます的 謙讓語）	助詞： 表示疑問

持ち帰り袋　を　いただけます　か　。

可以得到 外帶的袋子 嗎？

使用文型

[名詞] ＋ を ＋ いただけますか　　可以給我～嗎？

持ち帰り袋（外帶袋子）	→ 持ち帰り袋をいただけますか	（可以給我外帶袋子嗎？）
フォーク（叉子）	→ フォークをいただけますか	（可以給我叉子嗎？）
箸（筷子）	→ 箸をいただけますか	（可以給我筷子嗎？）

動詞　　動詞

[ます形 ＋ ます形 ＋ 名詞] 的單字

持ちます（拿）、帰ります（回去）	→ 持ち帰り袋	（外帶的袋子）
預けます（存放）、払います（支付）	→ 預け払い機	（存提款機）
取ります（取出）、出します（拿出來）	→ 取り出し口	（取出口）
使います（使用）、捨てます（丟棄）	→ 使い捨てカメラ	（一次性相機）

用法　在餐廳或速食店用餐，想把吃不完的料理帶走時，可以說這句話。

欣儀：はあ、<u>お腹いっぱい</u>…。…<u>あの</u>、<u>すみません</u>。
きん ぎ　　　　　　　なか
　　　　　　　　　　肚子好飽　　　　　喚起別人注意，　不好意思
　　　　　　　　　　　　　　　　　　開啟對話的發語詞

店員：はい。
てんいん

欣儀：持ち帰り袋をいただけますか。
きん ぎ　も　　かえ　ぶくろ

店員：<u>申し訳ありません</u>。<u>当店では</u> <u>お持ち帰りは</u>
てんいん　もう　わけ　　　　　　　とうてん　　　　　　も　　かえ
　　　　　真對不起　　　　　　　　在本店；「で」　外帶；「は」表示「對比（區別）」
　　　　　　　　　　　　　表示「動作進行地點」；
　　　　　　　　　　　　　「は」表示「對比（區別）」

<u>できない</u> <u>決まりになっておりまして</u>*…。
　　　　　き
不可以　　　鄭重謙讓表現：因為按照規定是…；「おりまして」是
　　　　　「おります」的「て形」，表示「原因」

使用文型

[動詞]　　　　[動詞]

[辭書形 ／ ない形] ＋ 決まり ＋ に ＋ なっております
　　　　　鄭重謙讓表現：按照規定 [做]、不 [做]～

※ 一般説法：[動詞辭書形 ／ ない形] ＋ 決まり ＋ に ＋ なっています

[辭書] 締める（繋）→ ネクタイを締める決まりになっております
　　　　　　　　　　　　　　　　　し　　き
　　　　　　　　　　　　　　（按照規定要繋領帶）

[ない] できます（可以）→ できない決まりになっております*
　　　　　　　　　　　　　　　　　き
　　　　　　　　　　　　　　（按照規定不可以）

「用餐」的其他規定

持ち込み禁止　　　　　（禁帶外食）
も　こ　きんし

食べ残し禁止　　　　　（禁止剩下食物）
た　のこ　きんし

子供半額料金　　　　　（小孩子半價收費）
こ どもはんがくりょうきん

中譯　欣儀：啊～，肚子好飽…。…那個…，不好意思。
　　　　服務生：是。
　　　　欣儀：可以給我一個外帶的袋子嗎？
　　　　服務生：真對不起。因為我們店裡規定不能外帶…。

不好意思，能不能請你再快一點？

すみませんが、急^{いそ}いでもらえますか。

| 招呼用語 | 助詞：
表示前言 | 動詞：急、趕快
（急ぎます⇒て形） | 補助動詞：
（もらいます
⇒可能形） | 助詞：
表示疑問 |

すみません　が、　急いで　もらえます　か。

不好意思　　　可以請你　趕快　　　　　　嗎？

使用文型

動詞

[て形] ＋ もらいます　　請你（為我）[做] 〜

急ぎます（趕快）　→ 急^{いそ}いでもらいます　　　（請你（為我）趕快）

買います（買）　→ 買^かってもらいます　　　（請你（為我）買）

掃除します（打掃）　→ 掃除^{そうじ}してもらいます　　　（請你（為我）打掃）

用法　時間不夠，希望對方動作快一點時，可以說這句話。

會話練習

（レストランで）
在餐廳

欣儀：すみませんが、急いでもらえますか。

店員：なるべく 早く お持ちします*ので、
　　　盡可能　趕快　謙讓表現：我拿給您　　表示：宣言

　　　少々 お待ちください*。
　　　稍微　尊敬表現：請您等待

欣儀：はい、お願いします*。
　　　謙讓表現：我拜託您

使用文型

動詞

お＋[ます形]＋します　　謙讓表現：(動作涉及對方的) [做] ～

持ちます（拿）	→ お持ちします*	（我要拿給您）
願います（拜託）	→ お願いします*	（我要拜託您）
伺います（詢問）	→ お伺いします	（我要詢問您）

動詞

お＋[ます形]＋ください　　尊敬表現：請您[做] ～

待ちます（等待）	→ お待ちください*	（請您等待）
考えます（考慮）	→ お考えください	（請您考慮）
許します（原諒）	→ お許しください	（請您原諒）

中譯　（在餐廳）
　　　欣儀：不好意思，能不能請你再快一點？
　　服務生：我會盡快為您送上來，請您稍候。
　　　欣儀：好的，拜託您了。

我只是看看而已，謝謝。

見てるだけです。ありがとう。

| 動詞：看
（見ます
⇒て形） | 補助動詞：
（います⇒辭書形）
（口語時可省略い） | 助詞：
只是～而已、
只有 | 助動詞：
表示斷定
（現在肯定形） | 招呼用語 |

見て [い]る　だけ　です。ありがとう。

只　　是　看著　謝謝。

使用文型

動詞

[て形] ＋ います　　正在 [做] ～

見ます（看）	→ 見ています	（正在看）
書きます（寫）	→ 書いています	（正在寫）
寝ます（睡覺）	→ 寝ています	（正在睡覺）

用法　在百貨公司等賣場，遇到店員前來招呼時，可以說這句話來表達自己「只是看一下而已，沒有要買的打算」。

會話練習

店員（てんいん）：なにか、お探（さが）しですか*。
什麼東西；「か」表示「不特定」　尊敬表現：正在尋找嗎？

欣儀（きんぎ）：あ、見（み）てるだけです。ありがとう。

店員（てんいん）：はい、ごゆっくりどうぞ。
請慢慢來

使用文型

動詞

お ＋ [ます形] ＋ ですか　　尊敬表現：現在的狀態

※ 此文型有四種意思：

現在狀態	読みます（讀）	→ どの新聞（しんぶん）をお読（よ）みですか（您平常讀哪一種報紙？）
現在正在	探します（尋找）	→ お探（さが）しですか* （您正在尋找嗎？）
現在（正）要	持ち帰ります（帶回去）	→ お持（も）ち帰（かえ）りですか （您要帶回去嗎？）
現在～了	決まります（決定）	→ お決（き）まりですか （您決定了嗎？）

中譯　店員：您在找什麼東西？
　　　欣儀：啊，我只是看看而已，謝謝。
　　　店員：好的，請慢慢看。

我的預算是兩萬日圓。

予算は２万円なんですが…。
（よさん）（にまんえん）

| 助詞：
表示主題 | ２万円＋な
２万円…名詞：兩萬日圓
な…助動詞「だ」（表示斷定）
⇒名詞接續用法 | 連語：ん＋です
ん…形式名詞
（の⇒縮約表現）
です…助動詞：表示斷定
（現在肯定形） | 助詞：
表示前言 |

予算　は　　２万円な　んです　が　…。

　↓

預算　　　　　　是兩萬日圓…。

使用文型

動詞／い形容詞／な形容詞＋な／名詞＋な

[　　　　　　普通形　　　　　]＋んです　　強調

※ 此為「丁寧體文型」用法，「普通體文型」為「～んだ」，口語説法為「～の」。
※「な形容詞」、「名詞」的「普通形-現在肯定形」，需要有「な」再接續。

動	見ます（看）	→ 見たんです	（看了）
い	まずい（難吃的）	→ まずいんです	（很難吃）
な	大切（な）（重要）	→ 大切なんです	（很重要）
名	２万円（兩萬日圓）	→ ２万円なんです	（是兩萬日圓）

用法 需要店員幫忙選購東西，告知自己的預算時，可以說這句話。

會話練習

欣儀：あの…、デジタルカメラを買いたい*んですが。

喚起別人注意，　　　　　數位相機　　　　　　想要買　　　「んです」表示「強調」；
開啟對話的發語詞　　　　　　　　　　　　　　　　　　「が」表示「前言」，
　　　　　　　　　　　　　　　　　　　　　　　　　　是一種緩折的語氣

店員：はい、デジタルカメラですね。

　　　　　是要數位相機嗎？「ね」表示「再確認」

欣儀：予算は2万円なんですが…。

店員：そうしますと*…、こちらの機種はいかがでしょうか。

　　　　那樣的話，就…　　　　　　　　這個機種　　　　　覺得怎麼樣？

使用文型

動詞

[ます形] ＋ たい　　想要 [做] ～

買います（買）	→ 買いたい*	（想要買）
運動します（運動）	→ 運動したい	（想要運動）
辞めます（辭職）	→ 辞めたい	（想要辭職）

動詞／い形容詞／な形容詞／名詞

[丁寧形（限：現在形）] ＋ と　　條件表現

※ 此文型常用「普通形」，上方會話句使用「丁寧形」是為了加強「鄭重語氣」。

動	します（做）	→ そうしますと*	（那樣做的話，就～）
い	古い（老舊的）	→ 古いですと	（老舊的話，就～）
な	有名（な）（有名）	→ 有名ですと	（有名的話，就～）
名	繁忙期（旺季）	→ 繁忙期ですと	（是旺季的話，就～）

中譯　欣儀：那個…，我想要買數位相機。
　　　店員：好的，您是要買數位相機嗎？
　　　欣儀：我的預算是兩萬日圓。
　　　店員：那樣的話…，這個機種，您覺得怎麼樣？

我想要買暈車藥。

酔い止めの薬を買いたいんですが。
<ruby>酔<rt>よ</rt></ruby>い<ruby>止<rt>ど</rt></ruby>め　<ruby>薬<rt>くすり</rt></ruby>　<ruby>買<rt>か</rt></ruby>

| 助詞：
表示所屬 | 助詞：表示
動作作用對象 | 動詞：購買
（買います
⇒ます形
除去 [ます]） | 助動詞：
表示希望 | 連語：ん＋です
ん…形式名詞
（の⇒縮約表現）
です…助動詞：表示斷定
（現在肯定形） | 助詞：
表示前言 |

| 酔い止め | の | 薬 | を | 買い | たい | んです | が。 |

（我）想要 買 暈車藥。

使用文型

動詞

[ます形] ＋ たい　　想要 [做] ～

買います（買）	→ 買いたい	（想要買）
旅行します（旅行）	→ 旅行したい	（想要旅行）
やめます（放棄）	→ やめたい	（想要放棄）

動詞／い形容詞／な形容詞＋な／名詞＋な

[　　　　普通形　　　　]＋んです　　強調

※ 此為「丁寧體文型」用法，「普通體文型」為「～んだ」，口語說法為「～の」。
※「な形容詞」、「名詞」的「普通形-現在肯定形」，需要有「な」再接續。
※「動詞ます形 ＋ たい」的「たい」是「助動詞」，變化上與「い形容詞」相同。

動	間違います（搞錯）	→ 間違ったんです	（搞錯了）
い	買いたい（想要買）	→ 買いたいんです	（很想要買）
な	好き（な）（喜歡）	→ 好きなんです	（很喜歡）
名	貴重品（貴重物品）	→ 貴重品なんです	（是貴重物品）

用法　為了預防暈車，想要買暈車藥時，可以在藥局裡用這句話詢問。

會話練習

欣儀：あの、酔い止めの薬を買いたいんですが。
　　　喚起別人注意，開啟對話的發語詞

店員：はい、こちらです。

欣儀：…これとこれは 何が違うんですか*。
　　　這個和這個；　　　　　　有什麼不一樣嗎？
　　　「と」表示「並列」；
　　　「は」表示「主題」

店員：あ、そちらは子供用です。
　　　　　　　　　小孩子使用的

使用文型

> 動詞／い形容詞／な形容詞＋な／名詞＋な

[　　　　普通形　　　　]＋んですか　　關心好奇、期待回答

※ 此為「丁寧體文型」用法，「普通體文型」為「～の？」。
※「な形容詞」、「名詞」的「普通形-現在肯定形」，需要有「な」再接續。

動	違います（不一樣）	→ 何が違うんですか*	（有什麼不一樣嗎？）
い	危ない（危險的）	→ 危ないんですか	（危險嗎？）
な	複雑（な）（複雜）	→ 複雑なんですか	（複雜嗎？）
名	風邪（感冒）	→ 風邪なんですか	（是感冒嗎？）

常用藥品一覽

內服 → 頭痛薬（頭痛藥）、胃腸薬（胃腸藥）、下痢止め（の薬）（止瀉藥）、
　　　風邪薬（感冒藥）、鼻炎の薬（鼻炎藥）

外用 → 目薬（眼藥水）、絆創膏（OK蹦）、湿布（貼布）、
　　　虫さされの薬（蚊蟲叮咬藥膏）、筋肉痛の薬（肌肉痠痛藥）

中譯　欣儀：那個…，我想要買暈車藥。
　　　店員：好的，在這裡。
　　　欣儀：…這個和這個有什麼不一樣嗎？
　　　店員：啊，那個是小孩子使用的。

我正在找要送給朋友的紀念品（名產）。

友達へのお土産を探しています。

| 助詞：
表示移動方向 | 助詞：
表示所屬 | 接頭辭：
表示美化、
鄭重 | 助詞：
表示動作
作用對象 | 動詞：找
（探します
⇒て形） | 補助動詞 |

| 友達 | へ | の | お | 土産 | を | 探して | います | 。 |

給 朋友　　的　　紀念品 （我） 正在 找 。

使用文型

動詞

[て形] ＋います　　正在 [做] ～

探します（尋找）	→ 探しています	（正在尋找）
読みます（讀）	→ 読んでいます	（正在讀）
降ります（下（雨））	→ 雨が降っています	（正在下雨）

用法　想買紀念品送朋友，希望店家提供建議時，可以說這句話。

會話練習

店員（てんいん）：どのようなものをお探（さが）しですか*。
什麼樣的　　　　　　　　　尊敬表現：正在尋找嗎？

欣儀（きんぎ）：友達（ともだち）へのお土産（みやげ）を探（さが）しています。

店員（てんいん）：こちらのキーホルダーはいかがですか。
鑰匙圈　　　　　　　覺得怎麼樣？

欣儀（きんぎ）：うーん、小物入（こものい）れみたいなの*はありませんか。
像小置物盒一樣的東西；「の」表示「代替名詞」，等同「物」

使用文型

動詞

お ＋ [ます形] ＋ ですか　　尊敬表現：現在的狀態

※ 此文型有四種意思：

現在狀態	持（も）ちます（帶）	→ お持（も）ちですか	（您有帶在身上嗎？）
現在正在	探（さが）します（尋找）	→ お探（さが）しですか*	（您正在尋找嗎？）
現在（正）要	帰（かえ）ります（回去）	→ あ、お帰（かえ）りですか	（啊，您要回去嗎？）
現在～了	決（き）まります（決定）	→ お決（き）まりですか	（您決定了嗎？）

[名詞Ａ] ＋ みたいな ＋ [名詞Ｂ]　　像～一樣的～

小物入（こものい）れ（小置物盒）、の（在此指東西）	→ 小物入（こものい）れみたいなの*	（像小置物盒一樣的東西）
夏（なつ）（夏天）、天気（てんき）（天氣）	→ 夏（なつ）みたいな天気（てんき）	（像夏天一樣的天氣）
いちご（草莓）、味（あじ）（味道）	→ いちごみたいな味（あじ）	（像草莓一樣的味道）

中譯　店員：請問您在找什麼樣的東西？
　　　欣儀：我正在找要送給朋友的紀念品（名產）。
　　　店員：這個鑰匙圈您覺得怎麼樣？
　　　欣儀：嗯～，有沒有像小置物盒一樣的東西？

有沒有當地才有的名產呢？
地域限定（ちいきげんてい）のお土産（みやげ）はありませんか。

助詞： 表示所屬	接頭辭： 表示美化、 鄭重	助詞： 表示主題	動詞：有、在 （あります ⇒現在否定形）	助詞： 表示疑問

地域　限定　の　お　土産　は　ありません　か。
↓　　↓　　↓　　　　↓　　　　　↓　　　　　↓
地區　限定　的　　　名產　　　　沒有　　　　嗎？

使用文型

動詞

[辭書形／名詞＋の] ＋お土産＋は＋ありませんか　有～的名產嗎？

動	配れます（可以分配）	→ たくさんの人（ひと）に配（くば）れるお土産（みやげ）はありませんか （有可以分配給很多人的名產嗎？）
名	地域限定（地區限定）	→ 地域限定（ちいきげんてい）のお土産（みやげ）はありませんか （有地區限定的名產嗎？）
名	期間限定（期間限定）	→ 期間限定（きかんげんてい）のお土産（みやげ）はありませんか （有期間限定的名產嗎？）

用法　想詢問有沒有當地才有的特產時，可以說這句話。

會話練習

店員：<u>いらっしゃいませ</u>。<u>何をお探しですか</u>*。
　　　　　　歡迎光臨　　　　　尊敬表現：正在尋找嗎？

欣儀：あの、<u>地域限定</u>のお土産はありませんか。

店員：<u>そうですねえ</u>…、こちらの<u>ミルク生キャラメル</u>は
　　　這個嘛；「ねえ」表示「感嘆」　　　　　　　　　鮮奶糖

　　　<u>ここにしかありません</u>*よ。
　　　只有這裡才有喔；「に」表示「存在位置」；「よ」表示「提醒」

欣儀：じゃあ、<u>それを３つください</u>。
　　　　　　　　請給我三份

使用文型

動詞

お ＋ [ます形] ＋ ですか　　尊敬表現：現在的狀態

※ 此文型有四種意思：

現在狀態	読みます（讀）	→ どの新聞をお読みですか	（您平常讀哪一種報紙？）
現在正在	探します（尋找）	→ 何をお探しですか*	（您正在找什麼嗎？）
現在（正）要	持ち帰ります（帶回去）	→ お持ち帰りですか	（您要帶回去嗎？）
現在～了	決まります（決定）	→ お決まりですか	（您決定了嗎？）

動詞

[辭書形 ／ 名詞 ＋ （助詞）] ＋ しか ＋ 否定形 只（有）～而已、只好～

動	買います（買）	→ 買うしかありません	（只好買）
名	ここ（這裡）	→ ここにしかありません*	（只有在這裡才有）
名	1000円（1000日圓）	→ 財布に1000円しかありません	（錢包裡只有1000日圓）

中譯　店員：歡迎光臨。請問您在找什麼？
　　　欣儀：那個…，有沒有當地才有的名產呢？
　　　店員：這個嘛…這種鮮奶糖是本地才有的喔。
　　　欣儀：那麼，請給我三份。

これはどこ製ですか？

這是哪一國製的？
これはどこ製ですか？

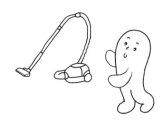

助詞： 表示主題	名詞（疑問詞）： 哪裡	接尾辭： ～製造	助動詞： 表示斷定 （現在肯定形）	助詞： 表示疑問

これ　は　どこ　製　です　か。

這個　是　　哪裡　製造（的）呢？

相關表現

「詢問商品」的常用表現

原産地 → 原産地はどこですか。
（原產地是哪裡？）

→ 国内産ですか。それとも外国産ですか。
（是國內生產的？還是國外生產的？）

品牌名 → これはどこのメーカー／ブランドですか。
（這是哪一個廠牌／品牌？）

用法 想知道產品的原產國是哪一個國家時，可以用這句話詢問。

會話練習

店員：こちらはいかがですか。今人気があります。
　　　　覺得怎麼樣？　　　　　　　　很受歡迎

欣儀（きんぎ）：これはどこ製（せい）ですか？

店員（てんいん）：えっと、デザインは日本（にほん）なんですが[※]、製造（せいぞう）はベトナムです。

嗯… ／ 設計 ／ 是日本，但是…；
「んです」表示「強調」，
前面是「名詞的普通形-現在肯定形」，
需要有「な」再接續；「が」表示「逆接」 ／ 越南

欣儀（きんぎ）：ああ、そうなんですか[※]。

是那樣啊！

使用文型

動詞／い形容詞／な形容詞＋な／名詞＋な

[　　　普通形　　　]＋んですが　　強調＋逆接

※ 此為「丁寧體文型」用法，「普通體文型」為「～んだが／～んだけど」。
※「な形容詞」、「名詞」的「普通形-現在肯定形」，需要有「な」再接續。

動	買います（買）	→ 買ったんですが	（買了，但是～）
い	危ない（危險的）	→ 危ないんですが	（危險，但是～）
な	上手（な）（擅長）	→ 上手なんですが	（擅長，但是～）
名	日本（日本）	→ 日本なんですが[※]	（是日本，但是～）

動詞／い形容詞／な形容詞＋な／名詞＋な

[　　　普通形　　　]＋んですか　　關心好奇、期待回答

※ 此為「丁寧體文型」用法，「普通體文型」為「～の？」。
※「な形容詞」、「名詞」的「普通形-現在肯定形」，需要有「な」再接續。
※「副詞」需要有「な」再接續。

動	予約します（預約）	→ 予約したんですか	（預約了嗎？）
い	多い（多的）	→ 多いんですか	（很多嗎？）
な	静か（な）（安靜）	→ 静かなんですか	（安靜嗎？）
名	日帰り（當天來回）	→ 日帰りなんですか	（是當天來回嗎？）
副	そう（那樣）	→ そうなんですか[※]	（是那樣啊！）

中譯
店員：您覺得這個怎麼樣？現在很受歡迎。
欣儀：這是哪一國製的？
店員：嗯…，是日本設計的，但是製造是在越南。
欣儀：啊～，是那樣啊！

有沒有別的顏色？

他_{ほか}の色_{いろ}はありませんか？

| 助詞：
表示所屬 | 助詞：
表示主題 | 動詞：有、在
（あります
⇒現在否定形） | 助詞：表示疑問 |

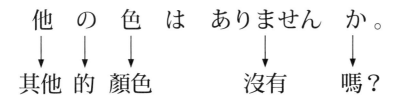

他 → 其他
の → 的
色 → 顏色
は
ありません → 沒有
か。 → 嗎？

使用文型

他＋の＋[名詞]＋は＋ありませんか　　有其他的〜嗎？

色（顏色）	→ 他_{ほか}の色_{いろ}はありませんか	（有其他顏色嗎？）
サイズ（尺寸）	→ 他_{ほか}のサイズはありませんか	（有其他尺寸嗎？）
メーカー（廠牌）	→ 他_{ほか}のメーカーはありませんか	（有其他廠牌嗎？）

用法 購買電器產品、或衣服等商品時，想要詢問有沒有其他顏色時，可以說這句話。

會話練習

（電気店で）
電器用品店

店員：こちらはいかがでしょうか。この夏からの最新モデルです。
覺得怎麼樣？「でしょうか」　　　　　這個夏天開始的　　　最新款式
表示「鄭重問法」

欣儀：他の色はありませんか。

店員：他には、レッドとホワイトがあります。
其他；　　　　　紅色和白色；「と」表示「並列」
「は」表示
「對比（區別）」

欣儀：じゃあ、レッドのを見せてもらえますか*。
紅色的機器；　　　　　可以請你給我看嗎？
「レッドの機器」
的省略說法

使用文型

動詞

[て形] ＋ もらえますか　　可以請你（為我）[做]～嗎？

見せます（出示）→ 見せてもらえますか*　　　（可以請你（為我）出示嗎？）

押します（按壓）→ ボタンを押してもらえますか（可以請你（為我）按按鍵嗎？）

来ます（來）→ 明日10時に来てもらえますか（明天可以請你（為我）10點過來嗎？）

中譯

（在電器用品店）
店員：您覺得這個怎麼樣？是這個夏天的最新款式。
欣儀：有沒有別的顏色？
店員：其他還有紅色和白色。
欣儀：那麼，可以給我看紅色的嗎？

這個可以試穿嗎？
これ試着<ruby>試着<rt>しちゃく</rt></ruby>してもいいですか。

助詞：表示	動詞：試穿	助詞：	い形容詞：	助動詞：	助詞：
動作作用對象	（試着します	表示	好、良好	表示斷定	表示
（口語時可省略）	⇒て形）	逆接		（現在肯定形）	疑問

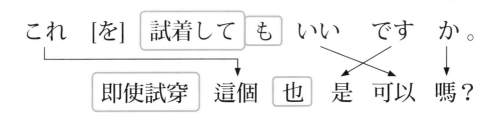

これ　[を]　試着して　も　いい　です　か。

即使試穿　這個　也　是　可以　嗎？

使用文型

| 動詞 | い形容詞 | な形容詞 |

[て形 / －い＋くて / －な＋で / 名詞＋で] ＋も　即使～，也～

動	試着します（試穿）	→ 試着<ruby><rt>しちゃく</rt></ruby>してもいいです	（即使試穿，也可以）
動	高い（貴的）	→ 高くても買います	（即使貴，也要買）
な	有名（な）（有名）	→ 有名でもおいしくないです	（即使有名，也不好吃）
名	外国人（外國人）	→ 外国人でも参加できます	（即使是外國人，也可以參加）

用法　想要試穿看看確認尺寸是否適合時，可以說這句話。

會話練習

店員(てんいん)：こちらはいかがでしょうか*。

覺得怎麼樣？「でしょうか」表示「鄭重問法」

欣儀(きんぎ)：…これ試着(しちゃく)してもいいですか。

店員(てんいん)：はい、あちらの試着室(しちゃくしつ)でどうぞ*。

試衣間　　　請用

使用文型

[名詞] ＋ は ＋ いかがでしょうか　　覺得～怎麼樣？

こちら（這個）	→ こちらはいかがでしょうか*	（覺得這個怎麼樣？）
デザート（甜點）	→ デザートはいかがでしょうか	（覺得甜點怎麼樣？）
食べ放題（吃到飽）	→ 食べ放題(たほうだい)はいかがでしょうか	（覺得吃到飽怎麼樣？）

[場所] ＋ で ＋ どうぞ　　請在某處 [做] ～

試穿	→ A：これ、試着(しちゃく)してもいいですか。	（這個可以試穿嗎？）
	B：はい、あちらの試着室(しちゃくしつ)でどうぞ。*	（請在那邊的試衣間試穿。）
抽菸	→ A：たばこは吸(す)えますか。	（可以抽菸嗎？）
	B：そちらの喫煙(きつえん)コーナーでどうぞ。	（請到那邊的吸菸區。）
寫東西	→ A：えっと、書(か)く場所(ばしょ)は…。	（嗯…寫字的地方…。）
	B：あちらの机(つくえ)でどうぞ。	（請在那邊的桌子。）

中譯　店員：您覺得這件怎麼樣？
　　　欣儀：…這個可以試穿嗎？
　　　店員：可以的，請使用那邊的試衣間。

尺寸有點不合，太大了。

ちょっとサイズが合いません。
大きすぎます。

副詞：一下、	助詞：	動詞：合適	い形容詞：大	後項動詞：
有點、稍微	表示焦點	（合います ⇒現在否定形）	（大きい除去[い]）	太〜、過於〜

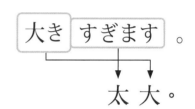

ちょっと サイズ が 合いません 。 大き すぎます 。

尺寸 有點 不合適。 太 大。

使用文型

| 動詞 | い形容詞 | な形容詞 |

[ます形／－い／－な／名詞] ＋ すぎます　太〜、過於〜

動	買います（買）	→ 買いすぎます	（買太多）
い	大きい（大的）	→ 大きすぎます	（太大）
な	簡単（な）（簡單）	→ 簡単すぎます	（太簡單）
名	いい人（好人）	→ いい人すぎます	（太好的人）

用法 試穿衣服時，發現尺寸太大，不合自己的體型時，可以跟店員說這句話。順便
整理具體說明尺寸問題的說法，如下：

ちょっとサイズが合いません。きつすぎます。（尺寸有點不合，太緊。）

ちょっとサイズが合いません。ゆるすぎます。（尺寸有點不合，太鬆。）

ちょっとサイズが合いません。大きすぎます。　（尺寸有點不合，太大。）

ちょっとサイズが合いません。長すぎます。　（尺寸有點不合，太長。）

ちょっとサイズが合いません。短すぎます。　（尺寸有點不合，太短。）

會話練習

店員：お客様、<u>いかがでしょうか</u>。
　　　　　　　　　　覺得怎麼樣？

欣儀：ちょっとサイズが合いません。大きすぎます。

店員：では、<u>一回り</u> <u>小さいの</u>をお持ちします*ね。
　　　　　尺寸差一號　小的服飾；「の」　謙讓表現：我為您拿；「ね」表示「親近・柔和」
　　　　　　　　　　表示「代替名詞」，
　　　　　　　　　　等同「衣服」

欣儀：はい、<u>お願いします</u>*。
　　　　　　　謙讓表現：我拜託您

使用文型

動詞

お＋[ます形]＋します　謙讓表現：（動作涉及對方的）[做]～

持ちます（拿）	→ お持ちします*	（我要為您拿）
願います（拜託）	→ お願いします*	（我要拜託您）
包みます（包裝）	→ お包みします	（我為您包裝）

中譯　店員：這位客人，您覺得怎麼樣？
　　　　欣儀：尺寸有點不合，太大了。
　　　　店員：那麼，我去為您拿小一號的尺寸。
　　　　欣儀：好的，拜託您了。

褲腳可以幫我弄短一點嗎？

裾を詰めてもらえますか。

助詞：表示 動作作用對象	動詞：縮短 （詰めます ⇒て形）	補助動詞： （もらいます ⇒可能形）	助詞： 表示疑問

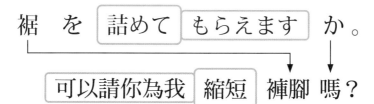

裾 を ［詰めて］ ［もらえます］ か。

［可以請你為我 ［縮短］ 褲腳 嗎？

使用文型

動詞

[て形] ＋ もらいます 　請你（為我）[做]～

詰めます（縮短）	→ 裾を詰めてもらいます	（請你（為我）縮短褲腳）
書きます（寫）	→ 書いてもらいます	（請你（為我）寫）
洗います（清洗）	→ 洗ってもらいます	（請你（為我）清洗）

用法 買長褲或裙子時，希望將長度改短一點時，可以說這句話。

會話練習

店員：サイズの方はいかがでしょうか。
　　　尺寸方面　　　　覺得怎麼樣？「でしょうか」表示「鄭重問法」

欣儀（きんぎ）：はい、サイズはいいんですけど[＊]、裾（すそ）を詰（つ）めてもらえ
可以，但是…；「んです」表示「強調」；「けど」表示「逆接」
ますか。

店員（てんいん）：かしこまりました。…この位置（いち）でよろしいですか[＊]。
謙讓表現：知道了　　　這個位置可以嗎？「で」表示「樣態」；「よろしい」是「いい」的「鄭重表現」

欣儀（きんぎ）：あ、もう少（すこ）し 長（なが）めでお願（ねが）いします。
再稍微…　　長一點；「で」表示「樣態」

使用文型

動詞／い形容詞／な形容詞＋な／名詞＋な

[　　　　　普通形　　　　　]＋んですけど　　強調＋逆接

※ 此為「丁寧體文型」用法，「普通體文型」為「〜んだけど」。
※「な形容詞」、「名詞」的「普通形-現在肯定形」，需要有「な」再接續。

動	やります（做）	→ 宿題（しゅくだい）をやったんですけど、持（も）って来（く）るのを忘（わす）れました。
		（做了功課，但是忘記帶來了。）
い	いい（好的）	→ サイズはいいんですけど、裾（すそ）を詰（つ）めてもらえますか[＊]
		（尺寸可以，但是褲腳可以幫我弄短一點嗎？）
な	暇（な）（空閒）	→ 明日（あした）は暇（ひま）なんですけど、遊（あそ）びに行（い）く気（き）がしません。
		（明天有空，但是不想去玩。）
名	独身（どくしん）（單身）	→ まだ独身なんですけど、変（か）わった性格（せいかく）の人（ひと）です。
		（還是單身，但是是個性奇怪的人。）

[名詞]＋で＋よろしいですか　　〜這樣沒問題嗎？

※ 一般説法：名詞 ＋ で ＋ いいですか

位置（位置）	→ この位置（いち）でよろしいですか[＊]	（這個位置沒問題嗎？）
これ（這個）	→ これでよろしいですか	（這個沒問題嗎？）
提出（提交）	→ 明日提出（あしたていしゅつ）でよろしいですか	（明天提交沒問題嗎？）

中譯　店員：尺寸方面您覺得怎麼樣？
　　　欣儀：嗯，尺寸可以，但是褲腳可以幫我弄短一點嗎？
　　　店員：我知道了。…到這個位置可以嗎？
　　　欣儀：啊，麻煩再稍微用長一點。

這兩個價格為什麼差這麼多？

これとこれは何でこんなに値段が
違うんですか。

助詞：	助詞：	名詞（疑問詞）：	助詞：
表示並列	表示主題	什麼、任何	表示原因

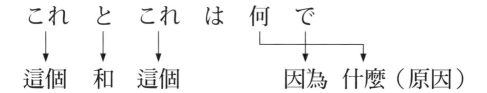

これ	と	これ	は	何	で
↓	↓	↓		↓	↓
這個	和	這個		因為	什麼（原因）

副詞：	助詞：	動詞：不一樣、不對	連語：ん＋です	助詞：
這麼	表示焦點	（違います ⇒辭書形）	ん…形式名詞 （の⇒縮約表現） です…助動詞：表示斷定 （現在肯定形）	表示疑問

こんなに	値段	が	違う	んです	か	。
↓	↓		↓		↓	
價錢	這麼		不一樣		呢？	

使用文型

動詞／い形容詞／な形容詞＋な／名詞＋な

[　　　　普通形　　　　]＋んですか　關心好奇、期待回答

※ 此為「丁寧體文型」用法，「普通體文型」為「〜の？」。
※「な形容詞」、「名詞」的「普通形-現在肯定形」，需要有「な」再接續。

動	違います（不一樣）	→ 違うんですか	（不一樣嗎？）
い	小さい（小的）	→ 小さいんですか	（很小嗎？）
な	健康（な）（健康）	→ 健康なんですか	（健康嗎？）
名	独身（單身）	→ 独身なんですか	（是單身嗎？）

用法　兩個商品的外觀類似，但是價格卻有很大的差異時，可以用這句話跟店員確認。

會話練習

欣儀：<ruby>欣<rt>きん</rt></ruby><ruby>儀<rt>ぎ</rt></ruby>：ちょっと<u>聞きたい</u>＊んですけど。
想要請問一下　　　　　　　「んです」表示「強調」；「けど」表示「前言」，是一種緩折的語氣

店員：<ruby>てんいん</ruby>はい。

欣儀：これとこれは<ruby>何<rt>なん</rt></ruby>でこんなに<ruby>値段<rt>ね だん</rt></ruby>が<ruby>違<rt>ちが</rt></ruby>うんですか。

店員：こちらは<u><ruby>純国産<rt>じゅんこくさん</rt></ruby></u>ですので、<u><ruby>高<rt>たか</rt></ruby>くなっております</u>＊。
　　　　　因為是純國產　　　　　　　　謙讓表現：價格變貴的狀態

使用文型

[動詞]

[ます形] ＋ たい　　想要 [做] ～

聞きます（詢問）	→ <ruby>聞<rt>き</rt></ruby>きたい＊	（想要詢問）
走ります（跑步）	→ <ruby>走<rt>はし</rt></ruby>りたい	（想要跑步）
調べます（調査）	→ <ruby>調<rt>しら</rt></ruby>べたい	（想要調查）

[動詞]

[て形] ＋ おります　　目前狀態（謙讓表現）

なります（變成）	→ <ruby>高<rt>たか</rt></ruby>くなっております＊	（目前是價格變貴的狀態）
届きます（送達）	→ <ruby>届<rt>とど</rt></ruby>いております	（目前是已經送達的狀態）
使われます（被～使用）	→ <ruby>牛肉<rt>ぎゅうにく</rt></ruby>が<ruby>使<rt>つか</rt></ruby>われております	（目前是有使用牛肉的狀態）

中譯　欣儀：我想要請問一下。
　　　店員：好的。
　　　欣儀：這兩個價格為什麼差這麼多？
　　　店員：因為這個是完全日本國產的，所以價格貴。

我要買這個。

これください。

助詞：表示動作作用對象　　補助動詞：請
（口語時可省略）　　　　（くださいます
　　　　　　　　　　　　⇒命令形［くださいませ］
　　　　　　　　　　　　除去［ませ]）

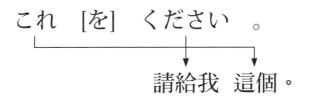

これ　[を]　ください　。

請給我　這個。

使用文型

[名詞] ＋ を ＋ ください　　請給我～

これ（這個）	→ これをください	（請給我這個）
紙（紙）	→ 紙^{かみ}をください	（請給我紙）
鉛筆（鉛筆）	→ 鉛筆^{えんぴつ}をください	（請給我鉛筆）

用法 在商店裡說「これください」，就相當於「これを買^かいます」（我要買這個）的意思。

會話練習

店員：こちらは<u>地域限定商品</u>ですよ。
てんいん　　　　　　　ちいきげんていしょうひん
　　　　　　　　　　　地區限定的商品　　　　　　表示：提醒

欣儀：<u>うーん</u>、じゃ、これください。
きんぎ　　嗯～

店員：<u>お買い上げありがとうございます</u>。
てんいん　　か　あ
　　　　　　感謝您的購買

使用文型

動詞

お ＋ [ます形] ＋ ありがとうございます　　感謝您 [做] ～

買い上げます（購買）	→ お買い上げありがとうございます* （感謝您購買）
集まります（集合）	→ お集まりありがとうございます　（感謝您們聚集而來）
知らせます（通知）	→ お知らせありがとうございます　（感謝您通知）

購物時，跟店員說的話

決定要買	→ これください。	（我要買這個。）
現在不想買	→ ちょっと考えます。	（我考慮一下。）
嫌太貴	→ もう少し安かったら、買えるんですけど。	（稍微便宜一點的話，就可以買…。）

中譯　店員：這個是地區限定商品喔。
　　　欣儀：嗯～。那麼，我要買這個。
　　　店員：謝謝惠顧。

観光客購買可以免税嗎？

観光客（かんこうきゃく）なんですけど、これは免税（めんぜい）で買（か）えますか。

観光客＋な
観光客…名詞：觀光客
な…助動詞「だ」（表示斷定）
⇒名詞接續用法）

連語：ん＋です
ん…形式名詞
（の⇒縮約表現）
です…助動詞：表示斷定
（現在肯定形）

助詞：
表示前言

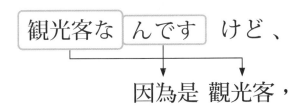

	観光客な	んです	けど、
		因為是 観光客，	

助詞：
表示主題

助詞：表示
手段、方法

動詞：買
（買います
⇒可能形）

助詞：表示疑問

これ	は	免税	で	買えます	か。
這個		用	免税	可以購買	嗎？

使用文型

動詞／い形容詞／な形容詞＋な／名詞＋な
[　　　　普通形　　　　] ＋んです　理由

※ 此為「丁寧體文型」用法，「普通體文型」為「～んだ」，口語説法為「～の」。
※「な形容詞」、「名詞」的「普通形-現在肯定形」，需要有「な」再接續。

動	行きます（去）	→ 行（い）くんです	（因為要去）
い	若い（年輕的）	→ 若（わか）いんです	（因為年輕）
な	有名（な）（有名）	→ 有名（ゆうめい）なんです	（因為有名）
名	観光客（觀光客）	→ 観光客（かんこうきゃく）なんです	（因為是觀光客）

用法 在日本，外國觀光客購買某些物品享有免税服務，可以用這句話詢問店員是否可以免税。

會話練習

欣儀：観光客なんですけど、これは免税で買えますか。

店員：はい、パスポートを見せていただけますか*。
　　　　　　護照　　　　　　　　　　　謙讓表現：可以請您出示…嗎？

（パスポートを見せる）
　　　出示護照

店員：はい、表示価格から 消費税分を値引き致します。
　　　　　　從標價　　　　消費税的部分　　　謙讓表現：為您減價

欣儀：じゃ、これをください*。
　　　　　請給我這個（＝我要買這個）

使用文型

動詞

[て形]＋いただけますか　　謙讓表現：可以請您（為我）[做]～嗎？

見せます（出示）　→ 見せていただけますか* （可以請您（為我）出示嗎？）

読みます（讀）　→ 読んでいただけますか （可以請您（為我）讀嗎？）

書きます（寫）　→ 書いていただけますか （可以請您（為我）寫嗎？）

[名詞]＋を＋ください　　請給我～

※ 此文型用於購物時，則表示「我要買～」。

これ（這個）　→ これをください* （請給我這個）

ご飯（白飯）　→ ご飯をください （請給我白飯）

新聞（報紙）　→ 新聞をください （請給我報紙）

中譯　欣儀：觀光客購買可以免税嗎？
　　　店員：是的，可以請您出示護照嗎？
　　　（出示護照）
　　　店員：好的，我會為您從標價扣除消費税。
　　　欣儀：那麼，我要買這個。

能不能再便宜一點？

もう少し<ruby>安<rt>やす</rt></ruby>くなりませんか。

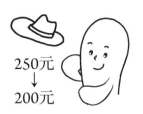

250元
↓
200元

| 副詞：
再～一些 | 副詞：
一點點 | い形容詞：便宜
（安い
⇒副詞用法） | 動詞：變成
（なります
⇒現在否定形） | 助詞：
表示疑問 |

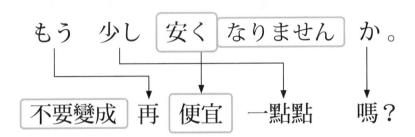

もう　少し　[安く]　[なりません]　か。

[不要變成]　再　[便宜]　一點點　　嗎？

使用文型

[動詞]　　[い形容詞]　[な形容詞]

[辭書形＋ように ／ －い＋く ／ －な＋に ／ 名詞＋に]＋なります　　變成

動	使います（使用）	→ 使うようになります	（變成有使用的習慣）
い	安い（便宜的）	→ 安くなります	（變便宜）
な	有名（な）（有名）	→ 有名になります	（變有名）
名	晴れ（晴天）	→ 晴れになります	（變成晴天）

用法　想要殺價時，可以用這句話跟店家交涉。

店員：じゃ、おまけに これもつける から*、どう？
當作贈品；「に」　　這個也加上去　　表示：宣言　　怎麼樣？
表示「名目」

欣儀：もう少し安くなりませんか。

店員：こりゃ、まいったなあ。よし、じゃ３８００円でどう？*
這樣；「これは」　傷腦筋啊；「なあ」表示　好吧　　３８００日圓，怎麼樣？此處的「で」
的口語說法　　「感嘆」　　　　　　　　　　　　　表示「樣態」

欣儀：じゃ、買います！

使用文型

動詞／い形容詞／な形容詞＋だ／名詞＋だ

[　　　　　普通形　　　　　]＋から　　表示宣言

※「な形容詞」、「名詞」的「普通形-現在肯定形」，需要有「だ」再接續。

動	つけます（附加）	→ これもつける**から***	（這個也要加上去）
い	優しい（溫柔）	→ 私のほうが優しい**から**	（我比較溫柔）
な	元気（な）（健康）	→ 私は元気**だから**	（我很健康）
名	独身（單身）	→ 私は独身**だから**	（我是單身）

[名詞]＋で＋どう？　　〜，怎麼樣？

※ 此為「口語説法」，後面省略了「ですか」。

3800円（3800日圓）	→ ３８００円でどう？*	（3800日圓，怎麼樣？）
一泊二日（兩天一夜）	→ 一泊二日でどう？	（兩天一夜，怎麼樣？）
温泉旅館（溫泉旅館）	→ 宿泊先は温泉旅館でどう？	（住宿地點選溫泉旅館，怎麼樣？）

中譯　店員：那麼，這個也加上去當作贈品，怎麼樣？
　　　　欣儀：能不能再便宜一點？
　　　　店員：這樣很傷腦筋啊。好吧，那麼就 3800 日圓，怎麼樣？
　　　　欣儀：那麼，我決定要買了！

我想要辦一張集點卡。

ポイントカードを作^{つく}りたいんですが。

集點卡

| 助詞：表示
動作作用對象 | 動詞：製作
（作ります
⇒ます形
除去［ます]) | 助動詞：
表示希望 | 連語：ん＋です
ん…形式名詞
（の⇒縮約表現）
です…助動詞：表示斷定
（現在肯定形) | 助詞：
表示
前言 |

ポイントカード を 作り たい んです が。

→（我）想要 製作 集點卡。

動詞

[ます形] ＋ たい　　想要 [做] ～

作ります（製作）→ 作^{つく}りたい　　　　　（想要製作）

選びます（選擇）→ 選^{えら}びたい　　　　　（想要選擇）

注文します（訂購）→ 注文^{ちゅうもん}したい　　　　（想要訂購）

動詞／い形容詞／な形容詞＋な／名詞＋な

[　　　　普通形　　　　] ＋んです　　強調

※ 此為「丁寧體文型」用法，「普通體文型」為「～んだ」，口語說法為「～の」。
※「な形容詞」、「名詞」的「普通形-現在肯定形」，需要有「な」再接續。
※「動詞ます形 ＋ たい」的「たい」是「助動詞」，變化上與「い形容詞」相同。

動	キャンセルします（取消）→ もうキャンセルしたんです （已經取消了）
い	作りたい（想要製作）→ 作^{つく}りたいんです （很想要製作）
な	変（な）（奇怪）→ 変^{へん}なんです （很奇怪）
名	壊れ物（易碎品）→ 壊^{こわ}れ物^{もの}なんです （是易碎品）

用法　想要申辦商店獨立發行的集點卡時，可以說這句話。

會話練習

欣儀：ポイントカードを作りたいんですが、

<u>外国人でもできますか</u>。
外國人也可以嗎？

店員：はい、<u>お作りできます</u>※よ。今、<u>作りますか</u>？
謙讓表現：可以為您製作　　　　　　　　要製作嗎？

欣儀：じゃあ、<u>お願いします</u>。
謙讓表現：我拜託您

店員：では、こちらの紙に<u>ご住所とお名前と電話番号</u>を
地址和您的大名和電話號碼

<u>記入してください</u>※。
請填寫

使用文型

動詞

お＋［ます形］＋できます　　謙讓表現：（動作涉及對方的）可以［做］～

作ります（製作）	→ お作りできます※	（我可以為您製作）
持ちます（拿）	→ お持ちできます	（我可以為您拿）
包みます（包裝）	→ お包みできます	（我可以為您包裝）

動詞

［て形］＋ください　　請［做］～

※「丁寧體文型」為「動詞て形＋ください」。
※口語時，可省略「ください」。

記入します（填寫）	→ 記入してください※	（請填寫）
置きます（放置）	→ 置いてください	（請放置）
返します（歸還）	→ 返してください	（請歸還）

中譯　欣儀：我想要辦一張集點卡，外國人也可以辦嗎？
　　　店員：是的，可以為您辦理。您要現在辦嗎？
　　　欣儀：那麼，拜託您了。
　　　店員：那麼，請在這張紙上填寫您的地址和大名和電話號碼。

可以寄送到海外嗎？

海外へ<ruby>発送<rt>はっそう</rt></ruby>できますか。

助詞： 表示移動方向	動詞：寄送 （発送します⇒可能形）	助詞： 表示疑問

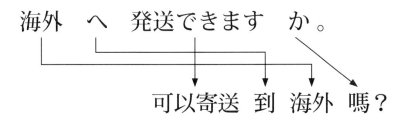

海外　へ　発送できます　か。

可以寄送　到　海外　嗎？

補充文型

[名詞] ＋ で ＋ 発送できますか　　可以用～寄送嗎？

船便（海運）	→ <ruby>船便<rt>ふなびん</rt></ruby>で<ruby>発送<rt>はっそう</rt></ruby>できますか	（可以用海運寄送嗎？）
航空便（空運）	→ <ruby>航空便<rt>こうくうびん</rt></ruby>で<ruby>発送<rt>はっそう</rt></ruby>できますか	（可以用空運寄送嗎？）
時間指定（指定時間）	→ <ruby>時間指定<rt>じかんしてい</rt></ruby>で<ruby>発送<rt>はっそう</rt></ruby>できますか	（可以指定時間寄送嗎？）

用法　想確認商品是否可以寄送到海外時，可以說這句話。

會話練習

（電話で）

店員：もしもし、オンラインショップの古亀堂です。
网路商店

欣儀：ちょっと お聞きします*が、そちらの商品は海外へ
稍微　　謙讓表現：我要詢問您；「が」表示　你們那裡
　　　　　　　　　「前言」，是一種緩折的語氣

発送できますか。

店員：ええ、送料を負担していただけるなら*、
是的　　運費　　謙讓表現：如果可以請您為我負擔的話

発送できますよ。
表示：提醒

使用文型

動詞

お＋[ます形]＋します　　謙讓表現：（動作涉及對方的）[做]～

聞きます（詢問）	→ お聞きします*	（我要詢問您）
持ちます（拿）	→ お持ちします	（我為您拿）
渡します（交付）	→ お渡しします	（我要交給您）

動詞

[て形]＋いただけるなら　　謙讓表現：如果可以請您（為我）[做]～的話

負担します（負擔）	→ 負担していただけるなら*	（如果可以請您（為我）負擔的話）
見ます（看）	→ 見ていただけるなら	（如果可以請您（為我）看的話）
書きます（寫）	→ 書いていただけるなら	（如果可以請您（為我）寫的話）

中譯　（在講電話）
　　　店員：喂喂，這裡是網路商店古龜堂。
　　　欣儀：我要請問一下，你們那裡的商品可以寄送到海外嗎？
　　　店員：是的，如果您可以負擔運費的話，可以寄送到海外喔。

可以用貨到付款寄送嗎？

ちゃくばら　おく
着払いで送れますか？

助詞：　　　　動詞：寄送　　　助詞：表示疑問
表示手段、方法　（送ります
　　　　　　　　⇒可能形）

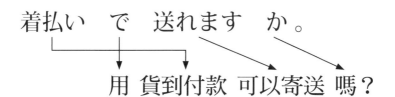

着払い　で　送れます　か。

用 貨到付款 可以寄送 嗎？

使用文型

動詞
[名詞] ＋ で ＋ [可能形] ＋ か　可以用〜[做]〜嗎？

着払い（貨到付款）、送ります（寄送） →
ちゃくばら　おく
着払いで送れますか
（可以用貨到付款寄送嗎？）

英語（英文）、話します（說） →
えいご　はな
英語で話せますか
（可以用英文說話嗎？）

ネット（網路）、調べます（查詢） →
しら
ネットで調べられますか
（可以用網路查詢嗎？）

用法　想確認是否可以採取收到商品，再支付現金的配送方式時，可以說這句話。

會話練習

欣儀：これを買いたい*んですが、これは着払いで送れますか。
想要買　　　「んです」表示「強調」；「が」表示「前言」，是一種緩折的語氣

店員：ええ、できますが、手数料が別途かかります。
是的　可以，但是…；「が」　手續費　　　　另外花費
　　　表示「逆接」

欣儀：いくらですか。
多少錢？

店員：運送料に加えて*、代引き手数料が３５０円かかります。
運費，再加上…　　　　貨到付款　　　要花費350日圓；「350円がかかります」
　　　　　　　　　　　　　　　　　　的省略說法

使用文型

動詞

[ます形] ＋ たい　　想要 [做] ～

買います（買）	→ 買いたい*	（想要買）
変更します（變更）	→ 変更したい	（想要變更）
乗ります（搭乗）	→ 乗りたい	（想要搭乘）

[名詞] ＋ に ＋ 加えて　　～，再加上～

運送料（運費）	→ 運送料に加えて*	（運費，再加上～）
ガス代（瓦斯費）	→ ガス代に加えて	（瓦斯費，再加上～）
不況（不景氣）	→ 不況に加えて	（不景氣，再加上～）

中譯　欣儀：我想要買這個，可以用貨到付款寄送嗎？
　　　店員：是的，可以的，但是要另外支付手續費。
　　　欣儀：多少錢？
　　　店員：運費再加上 350 日圓的貨到付款手續費。

可以幫我包裝成送禮用的嗎？

プレゼント用^{よう}にラッピングして
もらえますか？

接尾辭：〜用、	助詞：	動詞：包裝	補助動詞：	助詞：
供〜使用	表示名目	（ラッピングします ⇒て形）	（もらいます ⇒可能形）	表示疑問

プレゼント　用　に　｜ラッピングして｜もらえます｜か。
　↓　　　　↓　　↓　　　　　　　　　　　　　　　↓
　禮物　　用（的）　｜可以請你為我｜包裝｜　　　嗎？

使用文型

動詞

[て形] ＋ もらいます　　請你（為我）[做]〜

ラッピングします（包裝）	→ ラッピングしてもらいます（請你（為我）包裝）
運びます（搬運）	→ 運^{はこ}んでもらいます　　　　（請你（為我）搬運）
持って来ます（帶來）	→ 持^もって来^きてもらいます　　（請你（為我）帶來）

用法　希望店員將自己購買的商品包裝成禮物時，可以說這句話。

會話練習

欣儀（きんぎ）：プレゼント用（よう）にラッピングしてもらえますか？

店員（てんいん）：はい、ではこちらの紙（かみ）とこちらの紙（かみ）、二種類（にしゅるい）ございますが、
好的　　　　　　　　　　　　　　　　　　有兩種；「ございます」是
「あります」的「鄭重表現」；
「が」表示「前言」，是一種
緩折的語氣

どちらになさいますか。
尊敬表現：您要選哪一種？

欣儀（きんぎ）：じゃあ、こっちの赤（あか）いほうで。
這邊　　　紅色這種；「で」表示「樣態」；後面省略了「お願（ねが）いします」

店員（てんいん）：リボンもお付（つ）けしましょうか*。
緞帶　　　　謙讓表現：要不要為您繫上？

使用文型

動詞

お＋[ます形]＋しましょうか　謙讓表現：（動作涉及對方的）要不要為您 [做]～？

付けます（繫上）	→ お付（つ）けしましょうか*	（要不要我為您繫上？）
持ちます（拿）	→ お持（も）ちしましょうか	（要不要我為您拿？）
呼びます（呼叫）	→ お呼（よ）びしましょうか	（要不要我為您呼叫？）

「包裝禮物」的常用詞彙

包裝的物件　→ リボン（緞帶）、リボンの花（はな）（緞帶花）、包（つつ）み紙（がみ）（包裝紙）

包裝紙花樣　→ 花柄（はながら）（花紋）、水玉（みずたま）（圓點）、ストライプ（條紋）、

チェック（格子）、無地（むじ）（沒有花紋）

中譯　欣儀：可以幫我包裝成送禮用的嗎？
店員：好的，那麼，這種紙和這種紙，有兩種包裝紙，您要選哪一種？
欣儀：那麼，我要這邊的紅色這種。
店員：緞帶要不要也為您繫上？

再給我一個袋子好嗎？

もう 一つ 袋もらえますか。
（ひと）（ふくろ）

| 副詞：
再 | 名詞（數量詞）：
一個 | 名詞：
袋子 | 助詞：表示
動作作用對象
（口語時可省略） | 動詞：得到、收到
（もらいます
⇒可能形） | 助詞：
表示疑問 |

もう　一つ　袋　[を]　もらえます　か。

我可以得到 再一個袋子 嗎？

使用文型

もう＋[數量詞]＋[名詞]＋を＋もらえますか　可以再給我~份~嗎？

一つ（一個）、袋（袋子） → もう一つ袋をもらえますか
（ひと）（ふくろ）
（可以再給我一個袋子嗎？）

一足（一雙）、スリッパ（拖鞋） → もう一足スリッパをもらえますか
（いっそく）
（可以再給我一雙拖鞋嗎？）

二本（兩瓶）、ビール（啤酒） → もう二本ビールをもらえますか
（にほん）
（可以再給我兩瓶啤酒嗎？）

用法　購物時想多拿一個袋子時，可以跟店員說這句話。另一種說法是「余分に紙袋
（よぶん）（かみぶくろ）
をもらえますか」（可以多給我一個紙袋嗎？）。

會話練習

店員：5千円お預かりします*。1600円のお返しです。
> てんいん：ごせんえん　あず　　　　　　　　　　せんろっぴゃくえん　　かえ
> 謙讓表現：我收您 5000 日圓　　　　　　　　　　找零

欣儀：あの、もう一つ袋もらえますか。
> きんぎ　　　　　　ひと　ふくろ
> 喚起別人注意，開啟對話的發語詞

店員：ええ、こちらのサイズでよろしいですか*。
> てんいん
> 好的　　這個尺寸大小沒問題嗎？「で」表示「樣態」；「よろしい」是「いい」的「鄭重表現」

欣儀：はい。ありがとう。
> きんぎ
> 可以的

使用文型

動詞

お＋[ます形]＋します　　謙讓表現：(動作涉及對方的) [做]～

預かります（收存）	→ 5千円お預かりします*	（我收下您的 5000 日圓）
開けます（打開）	→ お開けします	（我為您打開）
調べます（調查）	→ お調べします	（我為您調查）

[名詞]＋で＋よろしいですか　　～這樣沒問題嗎？

※ 一般説法：名詞 ＋ で ＋ いいですか

サイズ（尺寸）	→ こちらのサイズでよろしいですか*	（這個尺寸沒問題嗎？）
これ（這個）	→ これでよろしいですか	（這個沒問題嗎？）
提出（提交）	→ 明日提出でよろしいですか	（明天提交沒問題嗎？）

中譯
店員：收您 5000 日圓。找您 1600 日圓。
欣儀：那個…，再給我一個袋子好嗎？
店員：好的，這個大小可以嗎？
欣儀：可以的，謝謝。

這個東西我想退貨，可以嗎？

これ、返品したいんですけど、
できますか。

| 動詞：退貨
（返品します
⇒ます形除去[ます]） | 助動詞：
表示希望 | 連語：ん＋です
ん…形式名詞
（の⇒縮約表現）
です…助動詞：表示斷定
（現在肯定形） | 助詞：
表示前言 |

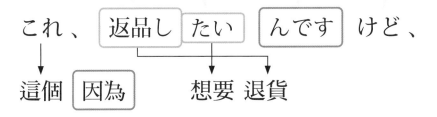

これ、 返品し たい んです けど、

↓   ↓   ↓

這個 因為   想要 退貨

| 動詞：可以、能夠、會
（します⇒可能形） | 助詞：
表示疑問 |

できます か。

↓   ↓

可以   嗎？

使用文型

動詞

[ます形] ＋ たい　　想要[做]～

返品します（退貨）	→ 返品したい	（想要退貨）
直します（修改）	→ 直したい	（想要修改）
返します（歸還）	→ 返したい	（想要歸還）

動詞／い形容詞／な形容詞＋な／名詞＋な

[　　　　普通形　　　　]＋んです　　理由

※ 此為「丁寧體文型」用法，「普通體文型」為「～んだ」，口語說法為「～の」。
※「な形容詞」、「名詞」的「普通形-現在肯定形」，需要有「な」再接續。
※「動詞ます形 + たい」的「たい」是「助動詞」，變化上與「い形容詞」相同。

動	飲めます（敢喝）	→ 飲めないんです	（因為不敢喝）
い	返品したい（想要退貨）	→ 返品したいんです	（因為想要退貨）
な	貴重（な）（珍貴）	→ 貴重なんです	（因為很珍貴）
名	有名人（名人）	→ 有名人なんです	（因為是名人）

用法　打算退回購買的東西，並希望店家退款時，可以用這句話詢問。

會話練習

欣儀：あの、ちょっとすみません。
　　　喚起別人注意，　　　　打擾一下
　　　開啟對話的發語詞

店員：はい、どうされましたか。
　　　　　　　　怎麼了嗎？

欣儀：これ、返品したいんですけど、できますか。

店員：レシートがあれば*、できますよ。
　　　發票　　　如果有的話　　　　　　表示：提醒

使用文型

動詞

[條件形（～ば）]　　如果 [做]～的話

あります（有）	→ あれば*	（如果有的話）
探します（尋找）	→ 探せば	（如果尋找的話）
悪化します（惡化）	→ 悪化すれば	（如果惡化的話）

中譯　欣儀：那個…，打擾一下。
　　　店員：是的，怎麼了嗎？
　　　欣儀：這個東西我想退貨，可以嗎？
　　　店員：如果有發票的話，就可以退貨喔。

因為尺寸不合，可以換貨嗎？

サイズが合わないので、交換して
もらえませんか。

助詞： 表示焦點	動詞：合適 （合います ⇒ない形）	助詞： 表示原因理由

サイズ　が　合わない　ので　、

因為　尺寸　不合　，

動詞：交換 （交換します ⇒て形）	補助動詞： （もらいます ⇒可能形[もらえます]的 現在否定形）	助詞： 表示疑問

交換して　もらえません　か。

不可以請你為我　更換　嗎？

※[動詞て形 ＋ もらいます]：請參考P100

使用文型

動詞／い形容詞／な形容詞+な／名詞+な

[　　　　　普通形　　　　　] ＋ので　　因為～

※「な形容詞」、「名詞」的「普通形-現在肯定形」，需要有「な」再接續。

動	合います（合適）	→ サイズが合わないので	（因為尺寸不合）
い	忙しい（忙碌的）	→ 忙しいので	（因為很忙）
な	複雑（な）（複雜）	→ 複雑なので	（因為很複雜）
名	海外旅行（國外旅行）	→ 海外旅行なので	（因為是國外旅行）

動詞／い形容詞／な形容詞／名詞

[　　　丁寧形　　　]＋ので　　因為～

動	遅れます（遲到）	→ 遅れました<u>ので</u>	（因為遲到了）
い	忙しい（忙碌的）	→ 忙しいです<u>ので</u>	（因為很忙）
な	複雑（な）（複雜）	→ 複雑です<u>ので</u>	（因為很複雜）
名	海外旅行（國外旅行）	→ 海外旅行です<u>ので</u>	（因為是國外旅行）

用法 已經購買的商品因為尺寸不合想要更換時，可以對店員說這句話。如果是其他更換原因：

傷があるので、交換してもらえませんか。

（因為有瑕疵，可以換貨嗎？）

色がちょっと合わなかったので、交換してもらえませんか。

（因為顏色有點不適合，可以換貨嗎？）

會話練習

店員：<u>いらっしゃいませ</u>。
歡迎光臨

欣儀：昨日、<u>ここで</u> <u>買ったんですが</u>、サイズが合わないので、
在這裡　　買了；「んです」表示「強調」；「が」表示「前言」，是一種緩折的語氣

交換してもらえませんか。

店員：はい。<u>レシート</u>はありますか。
發票　　　　　　　有嗎？

欣儀：はい。これです。

中譯 店員：歡迎光臨。
欣儀：我昨天在這裡買了東西，因為尺寸不合，可以換貨嗎？
店員：好的。您有發票嗎？
欣儀：有的，這是發票。

退換貨時，請在一周內攜帶發票和商品過來。

返品や交換の際は、一週間以内に 商品とこの
<ruby>返品<rt>へんぴん</rt></ruby>や<ruby>交換<rt>こうかん</rt></ruby>の<ruby>際<rt>さい</rt></ruby>は、<ruby>一週間以内<rt>いっしゅうかんいない</rt></ruby>に<ruby>商品<rt>しょうひん</rt></ruby>とこの
レシートを<ruby>持<rt>も</rt></ruby>って<ruby>お越<rt>こ</rt></ruby>しください。

助詞： 列舉（一部分）	助詞：表示所屬	助詞： 表示對比（區別）

返品	や	交換	の	際	は	、
↓	↓	↓	↓	↓		
退貨	或	換貨	的	時候		

助詞：表示 動作進行時點	助詞： 表示並列	連體詞： 這個	助詞：表示 動作作用對象

一週間	以内	に	商品	と	この	レシート	を
↓	↓		↓	↓	↓		↓
一周	內		商品	和	這個		發票

動詞：拿、帶 （持ちます ⇒て形）	接頭辭： 表示美化、 鄭重	動詞：來、過去 （越します ⇒ます形 除去［ます形]）	補助動詞：請 （くださいます ⇒命令形［くださいませ] 除去［ませ]）

持って　お　越し　ください　。

請　攜帶　過來　。

[動詞]

お ＋ [ます形] ＋ ください　　尊敬表現：請您 [做] ～

| 越します（來） | → お越_こしください | （請您來） |

越します（來）→ お越しください　　　　　（請您來）

確かめます（確認）→ お確かめください　　　（請您確認）

待ちます（等待）→ お待ちください　　　　　（請您等待）

用法 店員遇到顧客詢問商品的退換貨規則時，所使用的一句話。

會話練習

店員：…1600円のお返しです。ありがとうございました。
　　　　　　　　　找零　　　　　　　　　　謝謝

欣儀：あの、買った後で＊商品の返品や交換ができますか。
　　　　　　買了之後　　　　　　　可以退貨或換貨嗎？

店員：はい。返品や交換の際は、一週間以内に商品とこの

　　　レシートを持ってお越しください。

欣儀：わかりました。

使用文型

[動詞]

[た形 ／ 名詞 ＋ の] ＋ 後で　　～之後、～以後

[動] 買います（買）→ 買った後で＊　　　（買了之後）

[名] 授業（上課）→ 授業の後で　　　（上課結束之後）

中譯 店員：…找您 1600 日圓。謝謝惠顧。
　　　欣儀：那個…，購買之後可以退貨或換貨嗎？
　　　店員：可以的。退換貨時，請在一周內攜帶發票和商品過來。
　　　欣儀：我知道了。

請幫我分開結帳。

勘定を別々にしてください。
かんじょう　　　べつべつ

助詞： 表示動作作用對象	助詞： 表示決定結果	動詞：做 （します ⇒て形）	補助動詞：請 （くださいます ⇒命令形［くださいませ］ 除去［ませ］）

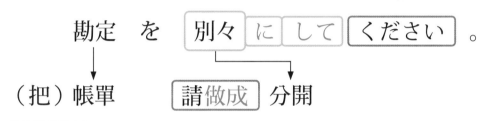

勘定　を　別々　に　して　ください　。

（把）帳單　　　請做成　分開

使用文型

動詞　　　　　　い形容詞　　　な形容詞

[辭書形＋ように ／ －い＋く ／ －な＋に ／ 名詞＋に]＋します

　　　　　　　　　　決定要〜、做成〜、決定成〜

動	食べます（吃）	→ 野菜をたくさん食べるようにします（決定（盡量）吃很多蔬菜）
い	冷たい（冷的）	→ 冷たくします（要做成冷的）
な	きれい（な）（乾淨）	→ 部屋をきれいにします（把房間弄乾淨）
名	別々（分開）	→ 別々にします（要做成分開）

動詞

[て形]＋ください　　請［做］〜

〜にします（做成〜）	→ 別々にしてください（請做成分開）
撮らせます（讓（我）拍攝）	→ 写真を撮らせてください（請讓我拍照）
開けます（打開）	→ 開けてください（請打開）

用法　用餐人數在一人以上，想要分開各自結帳時，可以說這句話。

會話練習

店員：お会計はどうしますか。
（てんいん）（かいけい）
　　　結帳　　　　　　要如何做？

欣儀：勘定を別々にしてください。
　　　（かんじょう）（べつべつ）
（きんぎ）

店員：かしこまりました。カレーライスが６８０円。
（てんいん）　　　　　　　　　　　　　　　　　　（ろっぴゃくはちじゅうえん）
　　　謙讓表現：知道了　　　　　咖哩飯

　　　てんぷら定食が９８０円です。
　　　（ていしょく）（きゅうひゃくはちじゅうえん）
　　　天婦羅定食

相關表現

「付款」的方法

別々（各自分開付） → じゃ、会計は別々で。
　　　　　　　　　　　　　（かいけい）（べつべつ）
　　　　　　　　　　　　（那麼，各付各的。）

割り勘（平均分攤） → じゃ、会計は割り勘で。
　　　　　　　　　　　　　（かいけい）（わ）（かん）
　　　　　　　　　　　　（那麼，大家平均分攤金額。）

おごり（請客） → じゃ、今日は私のおごりで。
　　　　　　　　　　（きょう）（わたし）
　　　　　　　　　（那麼，今天我請客。）

中譯　店員：請問要如何結帳？
　　　欣儀：請幫我分開結帳。
　　　店員：我知道了。咖哩飯是 680 日圓。天婦羅定食是 980 日圓。

可以使用這個折價券嗎？

この<ruby>割引券<rt>わりびきけん</rt></ruby>、<ruby>使<rt>つか</rt></ruby>えますか。

連體詞：這個

動詞：使用
（使います⇒可能形）

助詞：
表示疑問

この　　割引券、　　使えます　か。

↓　　　　↓　　　　　　↓　　　　　↓

這個　　折價券　　　可以使用　嗎？

使用文型

[名詞]、＋ 使えますか　　可以使用～嗎？

割引券（折價券）	→ <ruby>割引券<rt>わりびきけん</rt></ruby>、<ruby>使<rt>つか</rt></ruby>えますか	（可以使用折價券嗎？）
携帯電話（手機）	→ <ruby>携帯電話<rt>けいたいでんわ</rt></ruby>、<ruby>使<rt>つか</rt></ruby>えますか	（可以使用手機嗎？）
パソコン（電腦）	→ パソコン、<ruby>使<rt>つか</rt></ruby>えますか	（可以使用電腦嗎？）

用法　用餐或購物時，想要確認折價券是否能使用時，可以說這句話。

會話練習

店員：いらっしゃいませ。こちらで お召し上がりですか。
　　　　　歡迎光臨　　　　　　　在這裡　　尊敬表現：要用餐嗎？
　　　　　　　　　　　　　　　　　　　　「お＋動詞ます形＋です」在此表示
　　　　　　　　　　　　　　　　　　　　「現在（正）要」

欣儀：あ、はい。あの…、この割引券、使えますか。

店員：はい。ご利用になれます*よ。
　　　　　尊敬表現：可以利用喔；「よ」表示「提醒」

欣儀：そうですか、じゃあ…。
　　　　這樣子啊

使用文型

　　ご＋[動作性名詞]＋に＋なれます　　尊敬表現：可以[做]～

利用（利用）	→ ご利用になれます*	（您可以利用）
乗車（搭車）	→ ご乗車になれます	（您可以搭車）
見学（參觀）	→ ご見学になれます	（您可以參觀）

「消費票券」的種類

割引券（折價券）、引換券（兌換券）、商品券（禮券）、

福引券（摸彩券）、クーポン（優待券）

中譯　店員：歡迎光臨。您要在店裡用餐嗎？
　　　欣儀：啊，是的。那個…，可以使用這個折價券嗎？
　　　店員：是的，可以使用喔。
　　　欣儀：這樣子啊。那麼…。

請問您要付現還是刷卡？

お支払いは現金でなさいますか。
カードでなさいますか。

| 接頭辭：
表示美化、
鄭重 | 助詞：
表示主題 | 助詞：表示
手段、方法 | 動詞：做
（します的尊敬語） | 助詞：表示疑問 |

お	支払い	は	現金	で	なさいます	か。
	付款		用	現金	進行	嗎？

| 助詞：表示
手段、方法 | 動詞：做
（します的尊敬語） | 助詞：表示疑問 |

カード	で	なさいます	か。
用	信用卡	進行	嗎？

用法 店員替顧客結帳時，會用這句話詢問顧客要如何結帳。

會話練習

（店員が接客中）
正在接待客人

欣儀：じゃ、このコートをください*。
請給我這件大衣（＝我要買這件大衣）

店員：お買い上げありがとうございます*。お支払いは現金で
感謝您的購買

　　　なさいますか。カードでなさいますか。

欣儀：カードで。
用刷卡

店員：かしこまりました。では、こちらへどうぞ。
謙讓表現：知道了　　　　　　　　　　　　　請往這邊走

使用文型

[名詞] ＋ を ＋ ください　　請給我～

※ 此文型用於購物時，則表示「我要買～」。

コート（大衣）	→ コートをください*	（請給我大衣）
新聞（報紙）	→ 新聞をください	（請給我報紙）
ご飯（白飯）	→ ご飯をください	（請給我白飯）

動詞

お ＋ [ます形] ＋ ありがとうございます　感謝您 [做] ～

買い上げます（購買）	→ お買い上げありがとうございます*	（感謝您購買）
問い合わせます（詢問）	→ お問い合わせありがとうございます	（感謝您詢問）
知らせます（通知）	→ お知らせありがとうございます	（感謝您通知）

中譯　（店員正在接待客人）
　　　欣儀：那麼，請給我這件大衣。
　　　店員：謝謝惠顧。請問您要付現還是刷卡？
　　　欣儀：刷卡。
　　　店員：我知道了。那麼，請往這邊走。

可以用信用卡付款嗎？

カードで支払いができますか。

助詞：表示　　助詞：　　　動詞：可以、能夠、會　　助詞：
手段、方法　　表示焦點　　（します⇒可能形）　　表示疑問

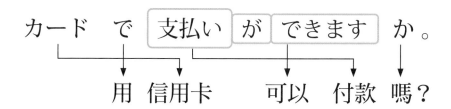

カード　で　支払い　が　できます　か。

用　信用卡　　可以　付款　嗎？

使用文型

動詞

[辭書形＋こと／名詞]＋が＋できます　可以[做]～、能夠[做]～、會[做]～

| 動 | 弾きます（彈奏） | → ピアノを弾くことができます（會彈鋼琴） |
| 名 | 支払い（付款） | → 支払いができます　　　　　　（可以付款） |

[名詞A]＋で＋[名詞B]＋が＋できますか　可以用A做B～嗎？

カード（信用卡）、支払い（付款）→ カードで支払いができますか（可以用信用卡付款嗎？）

英語（英文）、入力（輸入）→ 英語で入力ができますか（可以用英文輸入嗎？）

携帯（手機）、予約（預約）→ 携帯で予約ができますか（可以用手機預約嗎？）

用法　不想用現金，想用信用卡付款時，可以說這句話。

會話練習

店員：お会計、１８６００円でございます。
<small>てんいん　かいけい　いちまんはっせんろっぴゃくえん</small>
帳單　　是 18600 日圓；「でございます」是「です」的「鄭重表現」

欣儀：カードで支払いができますか。
<small>きんぎ　　　　　しはら</small>

店員：はい、ご利用になれます*。
<small>てんいん　　　りよう</small>
尊敬表現：可以利用

欣儀：じゃ、カードでお願いします*。
<small>きんぎ　　　　　　ねが</small>
謙讓表現：我拜託您

使用文型

ご＋[動作性名詞]＋に＋なれます　尊敬表現：可以[做]～

利用（利用）→ ご利用になれます*　　　　　　（您可以利用）
<small>りよう</small>

試着（試穿）→ ご試着になれます　　　　　　　（您可以試穿）
<small>しちゃく</small>

見学（參觀）→ ご見学になれます　　　　　　　（您可以參觀）
<small>けんがく</small>

[動詞]

お＋[ます形]＋します　謙讓表現：（動作涉及對方的）[做]～

願います（拜託）→ お願いします*　　　　　　（我要拜託您）
<small>ねが</small>

調べます（調查）→ お調べします　　　　　　　（我為您調查）
<small>しら</small>

呼びます（呼叫）→ タクシーをお呼びします　　（我為您叫計程車）
<small>よ</small>

中譯　店員：您的帳單一共是 18600 日圓。
　　　欣儀：可以用信用卡付款嗎？
　　　店員：是的，可以的。
　　　欣儀：那麼，麻煩您替我刷卡。

能不能給我收據？

りょうしゅうしょ
領収書をもらえますか。

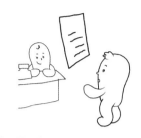

助詞：表示　　　動詞：得到、收到　　　助詞：表示疑問
動作作用對象　　（もらいます
　　　　　　　　⇒可能形）

領収書　　を　　もらえます　　か。

可以得到　收據　嗎？

使用文型

[名詞] ＋を＋もらえますか　　可以給我～嗎？

領収書（收據）	→ 領収書をもらえますか	（可以給我收據嗎？）
毛布（毯子）	→ 毛布をもらえますか	（可以給我毯子嗎？）
ビニール袋（塑膠袋）	→ ビニール袋をもらえますか	（可以給我塑膠袋嗎？）

用法　想要索取收據時，可以說這句話。

會話練習

店員：合計で１８６００円でございます。
<small>てんいん　ごうけい　いちまんはっせんろっぴゃくえん</small>
<small>總共；「で」是 18600 日圓；「でございます」是「です」的「鄭重表現」</small>
<small>表示「言及範圍」</small>

欣儀：あの、領収書をもらえますか。
<small>きんぎ　りょうしゅうしょ</small>
<small>喚起別人注意，開啟對話的發語詞</small>

店員：かしこまりました。お名前の方はどうしますか。
<small>てんいん　なまえ　ほう</small>
<small>謙讓表現：知道了　　名字方面　　要怎麼寫？</small>

欣儀：台益有限公司で お願いします*。台は台湾の台、益は
<small>きんぎ　たいえきゆうげんこうし　ねが　たい　たいわん　たい　えき</small>
<small>表示：樣態　謙讓表現：我拜託您</small>

利益の益で…
<small>りえき　えき</small>
<small>表示：單純接續</small>

使用文型

動詞

お＋[ます形]＋します　　謙讓表現：(動作涉及對方的) [做] ～

願います（拜託） → お願いします*　　　（我要拜託您）
<small>ねが</small>

包みます（包裝） → お包みします　　　（我為您包裝）
<small>つつ</small>

呼びます（呼叫） → お呼びします　　　（我為您呼叫）
<small>よ</small>

「常見證明書」一覽

レシート（發票）、領収書（收據（金錢））、受領書（收據（金錢、物品））、
<small>りょうしゅうしょ　じゅりょうしょ</small>

保証書（保證書）、診断書（診斷書）、鑑定書（鑑定書（美術品、寶石等））、
<small>ほしょうしょ　しんだんしょ　かんていしょ</small>

血統書（血統證明書（動物等））
<small>けっとうしょ</small>

中譯　店員：總共是 18600 日圓。
　　　欣儀：那個…，能不能給我收據？
　　　店員：我知道了。名字方面要怎麼寫？
　　　欣儀：麻煩您寫「台益有限公司」。「台」是「台灣」的「台」，「益」是
　　　　　　「利益」的「益」…

請幫我找開，我需要紙鈔和零錢。
<ruby>小銭<rt>こ ぜに</rt></ruby>もまぜてください。

助詞：　　　動詞：加進去　　　補助動詞：請
表示並列　　（まぜます⇒て形）　（くださいます
　　　　　　　　　　　　　　　⇒命令形 [くださいませ]
　　　　　　　　　　　　　　　除去 [ませ]）

小銭　　も　　　まぜて　ください　　。
　↓　　　↓　　　　　　　　　　　↓　　↓
　零錢　　也　　　　　　　　　　請 加進去。

使用文型

動詞

[て形] ＋ ください　　請 [做]～

まぜます（加進去）　→ まぜてください　　　　（請加進去）
開けます（打開）　→ <ruby>開<rt>あ</rt></ruby>けてください　　　　（請打開）
選びます（選擇）　→ <ruby>選<rt>えら</rt></ruby>んでください　　　　（請選擇）

用法　付錢時，希望店員也可以找回一些硬幣時，可以說這句話。

會話練習

店員：お会計、6000円ちょうどになります。
　　　帳單　　　剛好　　鄭重的斷定表現

欣儀：じゃ、これで。
　　　　　這個；「で」表示「手段、方法」

店員：1万円お預かりします*。
　　　謙讓表現：我收您一萬日圓

欣儀：すみません、小銭もまぜてください。

使用文型

動詞

お＋[ます形]＋します　謙讓表現：(動作渉及對方的)[做]～

預かります（收存）	→ 1万円お預かりします*	（我收下您的一萬日圓）
持ちます（拿）	→ お持ちします	（我為您拿）
貸します（借出）	→ お貸しします	（我借給您）

「消費金額」的相關說法

税込み（価格）（含稅價格）、税抜き（価格）（不含稅價格）、

追加料金（追加的服務項目的費用）、サービス料金込み（包含服務費）、

2割引（8折）、割増料金（加成費用）

中譯　店員：帳單剛好是六千日圓。
　　　欣儀：那麼，這個給你。
　　　店員：收您一萬日圓。
　　　欣儀：不好意思，請幫我找開，我需要紙鈔和零錢。

欸？是不是找錯錢了？

あれ？　お釣り間違っていませんか。

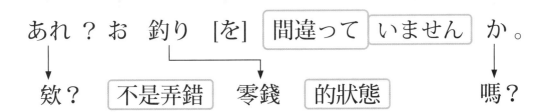

感嘆詞：	接頭辭：	助詞：表示動作	動詞：弄錯	補助動詞：	助詞：
呀、哎呀	表示美化、 鄭重	作用對象 （口語時可省略）	（間違います ⇒て形）	（います ⇒現在否定形）	表示 疑問

あれ？	お	釣り	[を]	間違って	いません	か。
欸？		不是弄錯	零錢	的狀態		嗎？

使用文型

動詞

[て形]＋います　目前狀態

間違います（弄錯）	→ 間違っています	（目前是弄錯的狀態）
届きます（送達）	→ 届いています	（目前是已經送達的狀態）
止まります（停止）	→ 止まっています	（目前是停止的狀態）

用法 店家找零的金額太多或太少時，可以用這句話跟對方確認。

會話練習

（<u>会計をしている</u>＊）
かいけい
正在結帳

店員：こちら、<u>レシートとお釣り</u>＊です。
てんいん   つ
發票和找零；「と」表示「並列」

欣儀：…あれ？　お釣り間違っていませんか。
きんぎ   つ   まちが

店員：あ、<u>申し訳ございません</u>。
てんいん   もう わけ
對不起

使用文型

動詞

[て形] ＋ いる　　正在 [做] ～

※ 此為「普通體文型」，「丁寧體文型」為「動詞て形 ＋ います」。
※ 口語時，通常採用「普通體文型」說法，並可省略「動詞て形 ＋ いる」的「い」。

します（做）	→ 会計を<u>している</u>＊	（正在結帳）
走ります（跑步）	→ <u>走っている</u>	（正在跑步）
調べます（調查）	→ <u>調べている</u>	（正在調查）

名詞 ＋ と ＋ 名詞　　～和～的並列關係

レシート（發票）、お釣り（找零）	→ レシートとお釣り＊	（發票和找零）
紙（紙）、鉛筆（鉛筆）	→ 紙と鉛筆	（紙和鉛筆）
靴（鞋子）、靴下（襪子）	→ 靴と靴下	（鞋子和襪子）

中譯　（正在結帳）
　　　店員：這個是您的發票和找零。
　　　欣儀：欸？是不是找錯錢了？
　　　店員：啊，對不起。

這是什麼的費用？
この料金は何ですか。

連體詞： 這個	助詞： 表示主題	名詞（疑問詞）： 什麼、任何	助動詞： 表示斷定 （現在肯定形）	助詞： 表示疑問

この　料金　は　何　です　か。
↓　　　↓　　　　↓　　　　　　　↓
這個　收費　是　什麼　　　　呢？

使用文型

[名詞] ＋ は ＋ 何ですか　　～是什麼？

料金（收費）	→ この料金は何ですか	（這個收費是什麼？）
マーク（記號）	→ このマークは何ですか	（這個記號是什麼？）
日本語（日文）	→ この日本語は何ですか	（這個日文是什麼？）

用法 結帳時，如果發現有不清楚的項目，可以用這句話詢問。

會話練習

欣儀（きんぎ）：あの、ちょっとすみません。

喚起別人注意，　　　　　　　打擾一下
開啟對話的發語詞

店員（てんいん）：はい。いかがなさいましたか。

尊敬表現：您怎麼了嗎？

欣儀（きんぎ）：この料金は何ですか。

店員（てんいん）：そちらはサービス料金です。

服務費

相關表現

結帳時遇到麻煩…

沒有點這個 → （レシートの項目を指して）これは注文していませんが…。
（（指著發票上的項目）我沒有點這個…。）

找錯錢 → お釣り、間違っていませんか。
（找錢是不是找錯了？）

沒有打折 → 割引されてないみたいですが…。
（好像沒有打折…。）

中譯　欣儀：那個…，打擾一下。
店員：好的，您怎麼了嗎？
欣儀：這是什麼的費用？
店員：那個是服務費。

有沒有旅遊服務中心？

<ruby>観光案内所<rt>かんこうあんないじょ</rt></ruby>がありますか。

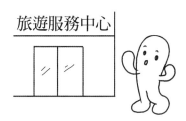

旅遊服務中心

助詞：表示焦點　　動詞：有、在　　助詞：表示疑問

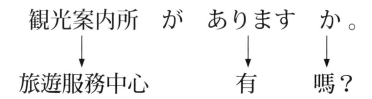

観光案内所　　が　　あります　　か。
　↓　　　　　　　　　　　↓　　　　↓
旅遊服務中心　　　　　　　有　　　嗎？

使用文型

[名詞] ＋ が ＋ ありますか　　有〜嗎？

観光案内所（旅遊服務中心）→ <ruby>観光案内所<rt>かんこうあんないじょ</rt></ruby>がありますか　　（有旅遊服務中心嗎?）

路線図（路線圖）　　　　　→ <ruby>路線図<rt>ろせんず</rt></ruby>がありますか　　　　（有路線圖嗎?）

パンフレット（手冊）　　　→ パンフレットがありますか（有手冊嗎?）

用法　想知道有沒有介紹該地觀光景點的機構時，可以用這句話詢問。

會話練習

<ruby>欣儀<rt>きんぎ</rt></ruby>：この<ruby>街<rt>まち</rt></ruby>の<ruby>観光案内所<rt>かんこうあんないじょ</rt></ruby>がありますか。
　　　這個城市

<ruby>店員<rt>てんいん</rt></ruby>：<ruby>店<rt>みせ</rt></ruby>を<ruby>出<rt>で</rt></ruby>て、<ruby>向<rt>む</rt></ruby>かい<ruby>側<rt>がわ</rt></ruby>にありますよ。
　　　走出店面；　　　　　對面
　　　「を」表示「離開點」

あそこに<ruby>見<rt>み</rt></ruby>えるのが*そうです。
　　　沒錯，看到的（建築物）就是你講的；「の」表示「代替名詞」，
　　　等同「建物」；「が」表示「焦點」

欣儀：あの<ruby>白<rt>しろ</rt></ruby>い<ruby>建物<rt>たてもの</rt></ruby>*ですね。どうも。
<ruby>欣儀<rt>きんぎ</rt></ruby>
建築物　　　　表示：再確認

動詞／い形容詞／な形容詞＋な／名詞＋な

[　　　　　　普通形　　　　　　] ＋ の ＋ [は / が / を / に 等等]
代替名詞的「の」

※「な形容詞」、「名詞」的「普通形-現在肯定形」，需要有「な」再接續。

| 動 | 見えます（看得到） | → <ruby>見<rt>み</rt></ruby>えるのがそうです（の＝建物）* |
| | | （看到的建築物就是了） |

| い | 安い（便宜的） | → <ruby>一番安<rt>いちばんやす</rt></ruby>いのはどれですか（の＝物） |
| | | （最便宜的東西是哪一個？） |

| な | 静か（な）（安靜） | → <ruby>一番静<rt>いちばんしず</rt></ruby>かなのはどこですか（の＝ところ） |
| | | （最安靜的地方是哪裡？） |

| 名 | 未婚（未婚） | → <ruby>未婚<rt>みこん</rt></ruby>なのは<ruby>誰<rt>だれ</rt></ruby>ですか（の＝人） |
| | | （未婚的人是誰？） |

[A 接續 名詞C] ＋ [B 接續 名詞C] ＝ [A＋B 接續 名詞C]
兩個單字接同一個名詞

あの（那個）、白い（白色的）

→ あの<ruby>建物<rt>たてもの</rt></ruby> ＋ <ruby>白<rt>しろ</rt></ruby>い<ruby>建物<rt>たてもの</rt></ruby>＝あの<ruby>白<rt>しろ</rt></ruby>い<ruby>建物<rt>たてもの</rt></ruby>*　　　（那棟白色的建築物）

小さな（小的）、可愛い（可愛的）

→ <ruby>小<rt>ちい</rt></ruby>さな<ruby>子<rt>こ</rt></ruby> ＋ <ruby>可愛<rt>かわい</rt></ruby>い<ruby>子<rt>こ</rt></ruby>＝<ruby>小<rt>ちい</rt></ruby>さな<ruby>可愛<rt>かわい</rt></ruby>い<ruby>子<rt>こ</rt></ruby>　　　（小小的可愛的孩子）

ハンサム（帥氣）、男性（男性）

→ ハンサムな<ruby>男性<rt>だんせい</rt></ruby>＋やさしい<ruby>男性<rt>だんせい</rt></ruby>　　　（很帥的溫柔的男性）

＝ハンサムなやさしい<ruby>男性<rt>だんせい</rt></ruby>

＝ハンサムでやさしい<ruby>男性<rt>だんせい</rt></ruby>　　　（又帥、又溫柔的男性）

中譯	欣儀：有沒有這個城市的旅遊服務中心？
	店員：走出店面後，旅遊資訊站就在對面喔。那邊看到的建築物就是了。
	欣儀：是那棟白色的建築物嗎？謝謝。

231

有這個城市的觀光導覽手冊嗎？
まち　　　かんこうあんない
この街の観光案内パンフレットは
ありますか。

觀光

連體詞：
這個　　　助詞：表示所屬　　　　　　　　　　　　助詞：表示主題

この　街　の　観光　案内　パンフレット　は

↓　　↓　↓　↓　　↓　　　　　　　　↓

這個　城市　的　觀光　導覽　　　手冊

動詞：有、在　　助詞：表示疑問

ありますか。

↓　　　↓

有　　嗎？

用法　想要詢問是否有介紹該城市的觀光導覽手冊時，可以說這句話。

會話練習

欣儀（きんぎ）：この街（まち）の観光案内（かんこうあんない）パンフレットはありますか。

係員（かかりいん）：はい、ございます。こちらです。

<u>有；「ございます」是「あります」的「鄭重表現」</u>

欣儀（きんぎ）：<u>中国語版（ちゅうごくごばん）</u> <u>もありますか。</u>

中文版 　　　　　也有嗎？

係員（かかりいん）：はい、もちろんございますよ。どうぞ。

當然有囉；「ございます」是「あります」的　　　請看
「鄭重表現」；「よ」表示「提醒」

相關表現

「觀光導覽」相關詞彙

観光案内所（かんこうあんないじょ）	（旅遊服務中心）
観光案内パンフレット（かんこうあんない）	（觀光導覽手冊）
観光案内ガイド（かんこうあんない）	（導覽人員）
観光案内地図（かんこうあんないちず）	（觀光地圖）
音声ガイド機（おんせい　き）	（語音導覽機器）

中譯

欣儀：有這個城市的觀光導覽手冊嗎？
工作人員：嗯，有的。就是這個。
欣儀：也有中文版的嗎？
工作人員：嗯，當然有囉，請看。

這附近有什麼知名景點嗎？
この<ruby>近<rt>ちか</rt></ruby>くに<ruby>有名<rt>ゆうめい</rt></ruby>な<ruby>観光地<rt>かんこう ち</rt></ruby>は
ありませんか。

連體詞： 這個	助詞：表示 存在位置	な形容詞：有名 （有名 ⇒名詞接續用法）	助詞： 表示 主題	動詞：有、在 （あります ⇒現在否定形）	助詞： 表示疑問

この	近く	に	有名な	観光地	は	ありません	か。
↓	↓		↓	↓		↓	↓
這個	附近		有名的	觀光景點		沒有	嗎？

使用文型

[地方] ＋ に ＋ [名詞] ＋ は ＋ ありませんか　某地有〜嗎？

近く（附近）、観光地（觀光景點）→ <ruby>近<rt>ちか</rt></ruby>くに<ruby>観光地<rt>かんこう ち</rt></ruby>はありませんか（附近有觀光景點嗎？）

京都（京都）、遊園地（遊樂園）→ <ruby>京都<rt>きょう と</rt></ruby>に<ruby>遊園地<rt>ゆうえん ち</rt></ruby>はありませんか（京都有遊樂園嗎？）

この町（這個城市）、スーパー（超市）→ この<ruby>町<rt>まち</rt></ruby>にスーパーはありませんか（這個城市有超市嗎？）

用法　想知道目前所在之處的附近有沒有觀光景點時，可以用這句話詢問。

會話練習

欣儀：あの、ちょっと聞きたい*ことがあるんですが。

喚起別人注意，　　　　　想要請問一下　　　　　　　　　　　　　「んです」表示「強調」；「が」
開啟對話的發語詞　　　　　　　　　　　　　　　　　　　　　　表示「前言」，是一種緩折的語氣

店員：はい。何でしょう。

什麼事情呢？

欣儀：この近くに有名な観光地はありませんか。

店員：この近くでしたら*、明治神宮などは いかがですか。

這附近的話　　　　　　明治神宮之類的；「は」表示　　覺得怎麼樣？
　　　　　　　　　　　「主題」

使用文型

動詞

[ます形] ＋ たい　　想要 [做] 〜

聞きます（詢問）	→ 聞きたい*	（想要詢問）
参加します（參加）	→ 参加したい	（想要參加）
捨てます（丟棄）	→ 捨てたい	（想要丟棄）

動詞／い形容詞／な形容詞／名詞

[　た形 ／ なかった形 　] ＋ ら　　如果〜的話

※「〜たら」的文型一般不需使用「〜ました＋ら」或「〜でした＋ら」的形式，只有想要加
強鄭重語氣時，才會使用「〜ましたら、〜ませんでしたら」或「〜でしたら、〜じゃありま
せんでしたら」。

動	寝坊します（睡過頭）	→ 寝坊したら	（如果睡過頭的話）
い	厳しい（嚴格的）	→ 厳しかったら	（如果嚴格的話）
な	有名（な）（有名）	→ 有名だったら	（如果有名的話）
名	近く（附近）	→ この近くでしたら*	（如果是這附近的話）

※ 普通形為「この近くだったら」

中譯　欣儀：那個…，我想要請問一些事情。
　　　店員：好的，什麼事情呢？
　　　欣儀：這附近有什麼知名景點嗎？
　　　店員：這附近的話，明治神宮之類的景點，您覺得怎麼樣？

這裡可以拍照嗎？

ここでは写真を撮ってもだいじょうぶですか。

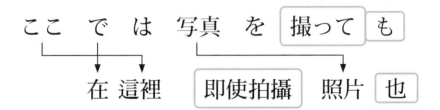

| 助詞：表示
動作進行地點 | 助詞：表示
對比（區別） | 助詞：表示
動作作用對象 | 動詞：拍攝
（撮ります
⇒て形） | 助詞：
表示逆接 |

| ここ | で | は | 写真 | を | 撮って | も |

在 這裡　　　　即使拍攝　照片　也

| な形容詞：
沒問題、沒事 | 助動詞：
表示斷定
（現在肯定形） | 助詞：表示疑問 |

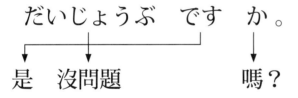

だいじょうぶ　です　か。

是　沒問題　　　　　嗎？

使用文型

| 動詞 | い形容詞 | な形容詞 |

[て形／－い＋くて／－な＋で／名詞＋で] ＋ も　即使～，也～

動	撮ります（拍攝）	→ 写真を撮っても	（即使拍照，也～）
い	高い（貴的）	→ 高くても	（即使很貴，也～）
な	上手（な）（擅長）	→ 上手でも	（即使擅長，也～）
名	国内旅行（國內旅行）	→ 国内旅行でも	（即使是國內旅行，也～）

用法　想詢問在美術館等公共場所是否可以拍照時，可以說這句話。

236

會話練習

欣儀（きんぎ）：<u>あの、</u><u>ちょっとすみません。</u>
喚起別人注意，
開啟對話的發語詞　　　　　打擾一下

係員（かかりいん）：はい。

欣儀（きんぎ）：ここでは写真（しゃしん）を撮（と）ってもだいじょうぶですか。

係員（かかりいん）：<u>かまいませんよ。</u> <u>ご自由（じゆう）に。</u>
可以喔；「よ」表示「提醒」　　　請便

相關表現

ちょっと、〜　　　「提出要求」的常用表現

※「ちょっと」（稍微）是提出要求時經常使用的開頭語，目的是為了讓對方覺得這僅是一個小小的要求。

ちょっと、いいですか。　　　　　　　　（拜託一下，可以嗎？）

ちょっと、お願（ねが）いがあるんですが。　　（拜託一下，有事情要麻煩你。）

ちょっと、聞（き）いてもいいですか。　　　（拜託一下，可以請問你嗎？）

中譯

欣儀：那個…，打擾一下。
工作人員：是的。
欣儀：這裡可以拍照嗎？
工作人員：可以喔。請便。

這裡可以使用閃光燈嗎？

ここでフラッシュを使ってもいいですか。

| 助詞：
表示動作
進行地點 | 助詞：
表示動作
作用對象 | 動詞：使用
（使います
⇒て形） | 助詞：
表示
逆接 | い形容詞
好、良好 | 助動詞：
表示斷定
（現在肯定形） | 助詞：
表示
疑問 |

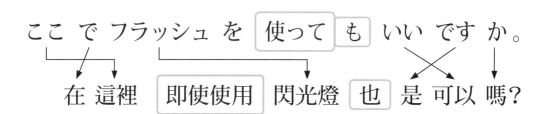

ここ で フラッシュ を 使って も いい です か。

在 這裡 即使使用 閃光燈 也 是 可以 嗎？

使用文型

動詞　　い形容詞　　な形容詞

[て形 / －い＋くて / －な＋で / 名詞＋で] ＋も　即使～，也～

動	使います（使用）	→ 使っても	（即使使用，也～）
い	短い（短的）	→ 短くても	（即使很短，也～）
な	便利（な）（方便）	→ 便利でも	（即使方便，也～）
名	免税（免税）	→ 免税でも	（即使是免税，也～）

用法　拍照時，想要確認是否可以使用閃光燈時，可以說這句話。

會話練習

欣儀：あの、ここでフラッシュを使ってもいいですか。
きんぎ
喚起別人注意，開啟對話的發語詞

係員：すみませんが、ここではフラッシュ撮影はご遠慮願います。
かかりいん
不好意思；「が」表示　　　　　　閃光燈攝影　　　　謙讓表現：我拜託您不要做
「前言」，是一種緩折的語氣

欣儀：フラッシュを使わなければ* 撮ってもだいじょうぶですか*。
きんぎ
不使用閃光燈的話　　　　　　　可以拍攝嗎？

係員：ええ、それはかまいません。
かかりいん
沒關係

使用文型

動詞

[ない形] ＋ なければ　　不 [做] ～的話

使います（使用）	→ 使わなければ*	（不使用的話）
飲みます（喝）	→ 飲まなければ	（不喝的話）
謝ります（道歉）	→ 謝らなければ	（不道歉的話）

動詞

[て形] ＋ も ＋ だいじょうぶですか　[做] ～也可以嗎？
　　　　　　　　　　　　　　　　　　　　　　[做] ～也沒問題嗎？

撮ります（拍攝）	→ 撮ってもだいじょうぶですか*	（可以拍攝嗎？）
入ります（進入）	→ 入ってもだいじょうぶですか	（可以進入嗎？）
持ち込みます（帶東西進去）	→ 持ち込んでもだいじょうぶですか	（可以帶東西進去嗎？）

中譯

欣儀：那個…，這裡可以使用閃光燈嗎？
工作人員：不好意思，這裡請不要使用閃光燈攝影。
欣儀：如果不用閃光燈的話，可以拍攝嗎？
工作人員：是的，那樣就沒關係。

不好意思，可以麻煩你幫我拍照嗎？

すみませんが、写真を撮ってもらえませんか。

招呼用語　　　助詞：
　　　　　　　表示前言

すみません　が、

↓

不好意思

助詞：表示　　　動詞：拍攝　　　補助動詞：　　　　助詞：
動作作用對象　　（撮ります　　（もらいます　　　表示疑問
　　　　　　　　⇒て形）　　　⇒可能形 [もらえます]
　　　　　　　　　　　　　　　的現在否定形）

写真　　を　　撮って　もらえません　　か。

不可以請你為我　拍攝　照片 嗎？

使用文型

動詞

[て形] ＋ もらいます　　請你（為我）[做] ～

撮ります（拍攝）	→ 撮ってもらいます	（請你（為我）拍攝）
買います（買）	→ 買ってもらいます	（請你（為我）買）
直します（修改）	→ 直してもらいます	（請你（為我）修改）

用法　想請別人幫自己拍照時，可以用這句話拜託對方。

會話練習

欣儀：すみませんが、写真を撮ってもらえませんか。

通行人：あ、いいですよ。
<u>好啊；「よ」表示「提醒」</u>

欣儀：ここを押してください*。
<u>請按壓</u>

通行人：はい。…じゃ、撮りますよー。いち、に、さん…はい*！
　　　　<u>要拍囉～；</u>　　　　　<u>一、二、三</u>　<u>好了</u>
　　　　「よ」表示「提醒」

使用文型

動詞

[て形] ＋ ください 　　請 [做] ～

※「丁寧體文型」為「動詞て形 + ください」。
※ 口語時，可省略「ください」。

押します（按壓） → 押してください* 　　　　（請按壓）

塗ります（塗抹） → 塗ってください 　　　　（請塗抹）

急ぎます（趕快） → 急いでください 　　　　（請趕快）

A幫B拍照

要拍囉 → A：いち、に、さん…はい！* （一、二、三…好了！）

來，笑一個 → A：はい、チーズ。 　　　　（來，笑一個。起～士。）

　　　　※ 説「チーズ」時，發「チー」這個長音會帶動嘴角，讓嘴形呈現微笑的樣子。
　　　　　所以日本人在拍照時，要對方笑一個，會説「チーズ」。

來，笑一個 → A：1たす1は？ 　　　　（1加1等於多少？）

　　　　　　 B：2！ 　　　　　　　　（2！）

　　　　※「2」的發音為「ni」，會帶動嘴角呈現微笑的樣子。

中譯　欣儀：不好意思，可以麻煩你幫我拍照嗎？
　　　路人：啊，好啊。
　　　欣儀：請按這裡。
　　　路人：好的。…那麼，我要拍囉～。一、二、三…好了！

241

只要按一下這個快門鍵就好。

このシャッターボタンを押_おす
だけです。

連體詞： 這個	助詞：表示 動作作用對象	動詞：按、推 （押します ⇒辭書形）	助詞： 只是～而已、 只有	助動詞：表示斷定 （現在肯定形）

この　シャッターボタン　を　 押す 　 だけ 　 です 。

只是 　 按壓 　 這個 快門按鈕 　 而已 　。

動詞／い形容詞／な形容詞＋な／名詞

[　　　　普通形　　　　] ＋ だけ 　 只是～而已、只有

※「な形容詞」的「普通形-現在肯定形」，需要有「な」再接續。

動	押します（按壓）	→ 押_おすだけ	（只是按壓而已）
い	安い（便宜的）	→ 安_{やす}いだけ	（只是便宜而已）
な	綺麗（な）（漂亮）	→ 綺麗_{きれい}なだけ	（只是漂亮而已）
名	朝（早上）	→ 朝_{あさ}だけ	（只有早上而已）

用法　請別人幫忙拍照，要說明相機的操作方法時，可以說這句話。

會話練習

欣儀（きんぎ）：あの、ちょっとすみません。
打擾一下

写真（しゃしん）を撮（と）っていただけませんか*。
謙讓表現：可以請您為我拍照嗎？

通行人（つうこうにん）：ああ、いいですよ。
可以喔；「よ」表示「提醒」

欣儀（きんぎ）：このシャッターボタンを押（お）すだけです。

通行人（つうこうにん）：わかりました。
知道了

使用文型

動詞

[て形] ＋ いただけませんか　　謙讓表現：可以請您（為我）[做] ～嗎？

撮ります（拍攝） → 撮（と）っていただけませんか* （可以請您（為我）拍攝嗎？）

持ちます（拿） → 持（も）っていただけませんか （可以請您（為我）拿嗎？）

見ます（看） → 見（み）ていただけませんか （可以請您（為我）看嗎？）

告訴別人如何操作相機

對焦 → ボタンを半押（はんお）しでピント合（あ）わせます。
（半按按鈕來對焦。）

拍照 → 画面（がめん）を押（お）せば撮（と）れます。
（按壓畫面的話，就可以拍照了。）

→ 画面（がめん）を押（お）してピント合（あ）わせてから、ここのボタンを押（お）します。
（按壓畫面，對焦之後，再按這邊的按鈕。）

中譯　欣儀：那個…，打擾一下，可以請您為我拍照嗎？
路人：啊～，可以喔。
欣儀：只要按一下這個快門鍵就好。
路人：我知道了。

可以把東京鐵塔也一起拍進去嗎？
東京タワーもバックに入れて
写してもらえますか。

| 助詞：
表示並列 | 助詞：表示
動作歸著點 | 動詞：放入
（入れます⇒て形） |

| 東京タワー | も | バック | に | 入れて |
| 東京鐵塔 | 也 | | | 放入 背後 |

| 動詞：拍攝
（写します⇒て形） | 補助動詞：
（もらいます
⇒可能形） | 助詞：
表示疑問 |

| 写して | もらえます | か。 |
| 可以請你為我 | 拍攝 | 嗎？ |

使用文型

動詞

[て形] ＋ もらいます 請你（為我）[做]～

写します（拍攝）	→ 写してもらいます	（請你（為我）拍攝）
開けます（打開）	→ 開けてもらいます	（請你（為我）打開）
見せます（出示）	→ 見せてもらいます	（請你（為我）出示）

用法 想把建築物當作相片的背景拍照時，可以說這句話。

會話練習

欣儀：<u>すみません</u>。<u>写真を撮ってもらえませんか</u>*。
不好意思　　　　　　　　　　　　　可以請你為我拍照嗎？

通行人：ああ、<u>いいですよ</u>。
可以喔；「よ」表示「提醒」

欣儀：東京タワーもバックに入れて写してもらえますか。

通行人：<u>全体ですね</u>。わかりました。じゃ、<u>撮りますよー</u>。
全部嗎？「ね」表示「再確認」　　　　　　　　　要拍囉～；「よ」表示「提醒」

使用文型

動詞

[て形] ＋ もらえませんか　　可以請你（為我）[做]～嗎？

撮ります（拍攝）	→ <u>写真を撮って</u>もらえませんか*	（可以請你（為我）拍照嗎？）
直します（修改）	→ <u>直して</u>もらえませんか	（可以請你（為我）修改嗎？）
貸します（借出）	→ <u>お金を貸して</u>もらえませんか	（可以請你借我錢嗎？）

「拍照的人」的常用表現

靠近一點	→ もう少し寄ってください。	（請稍微靠近一點。）
稍微蹲下	→ 前の人はちょっとしゃがんでください。	（前面的人請稍微蹲下。）
再拍一張	→ もう一枚撮りますよ。	（再拍一張喔。）

中譯　欣儀：不好意思，可以請你為我拍照嗎？
　　　路人：啊～，可以喔。
　　　欣儀：可以把東京鐵塔也一起拍進去嗎？
　　　路人：整個拍進去嗎？我知道了。那麼，我要拍囉～。

我想要體驗一下茶道。

茶道（さどう）を体験（たいけん）してみたいんですが。

助詞： 表示動作 作用對象	動詞：體驗 （体験します ⇒て形）	補助動詞： [做]～看看 （みます⇒ます形 除去[ます]）	助動詞： 表示 希望	連語：ん＋です ん…形式名詞 （の⇒縮約表現） です…助動詞：表示斷定 （現在肯定形）	助詞： 表示 前言

茶道　を　│体験して│み│たい│ んです │ が 。

　　　　　　│想要│ 體驗看看 │ 茶道。

使用文型

[動詞]

[て形] ＋ みます　　[做]～看看

体験します（體驗）	→ 体験（たいけん）してみます	（體驗看看）
使います（使用）	→ 使（つか）ってみます	（使用看看）
考えます（考慮）	→ 考（かんが）えてみます	（考慮看看）

[動詞]

[ます形] ＋ たい　　想要[做]～

体験してみます（體驗看看）	→ 体験（たいけん）してみたい	（想要體驗看看）
旅行します（旅行）	→ 旅行（りょこう）したい	（想要旅行）
やめます（放棄）	→ やめたい	（想要放棄）

動詞／い形容詞／な形容詞＋な／名詞＋な

[　　　　　普通形　　　　　]＋んです　　強調

※ 此為「丁寧體文型」用法，「普通體文型」為「〜んだ」，口語説法為「〜の」。
※「な形容詞」、「名詞」的「普通形-現在肯定形」，需要有「な」再接續。
※「動詞ます形＋たい」的「たい」是「助動詞」，變化上與「い形容詞」相同。

動	わかります（懂）	→ わからないんです	（不懂）
い	体験してみたい（想要體驗看看）	→ 体験してみたいんです	（很想要體驗看看）
な	上手（な）（擅長）	→ 上手なんです	（很擅長）
名	事実（事實）	→ 事実なんです	（是事實）

用法　想要體驗一下日本的特別文化時，可以說這句話。

會話練習

欣儀：茶道を体験してみたいんですが。

知人：じゃあ、京都上京区にある茶道資料館で体験できますよ。
可以體驗喔；「よ」表示「提醒」

欣儀：予約するんですか。
要預約嗎？「んですか」表示「關心好奇、期待回答」

知人：ええ、この電話番号にかけてみたらどうですか*。
是的　　　　　　　　　　打看看的話，如何？「かけてみます＋たら＋どうですか」的用法

使用文型

動詞

[た形]＋ら＋どうですか　　[做]〜的話，如何？

※「普通體文型」為「動詞た形＋ら＋どう？」。
※「丁寧體文型」為「動詞た形＋ら＋どうですか」。
※ 口語時，可省略「どうですか」。

かけてみます（打看看）	→ かけてみたらどうですか*	（打看看的話，如何？）
聞きます（詢問）	→ 電話で聞いたらどうですか	（用電話詢問的話，如何？）
食べます（吃）	→ もっと食べたらどうですか	（多吃一點的話，如何？）

中譯　欣儀：我想要體驗一下茶道。
　　　熟人：那麼，你可以到京都上京區的茶道資料館體驗喔。
　　　欣儀：要預約嗎？
　　　熟人：是的，你打看看這個電話，如何？

如果你要來台灣玩，請務必和我聯絡。

台灣

たいわん　あそ　く　　　　　　れんらく
台湾に遊びに来るならぜひ連絡して
くださいね。

| 助詞：
表示到達點 | 動詞：玩
（遊びます
⇒ます形
除去［ます]） | 助詞：
表示
目的 | 動詞：來
（来ます
⇒辭書形） | 助動詞：表示斷定
（だ⇒條件形） |

台湾　に　遊び　に　来る　なら

來　台灣　玩　的話

| 副詞：
務必 | 動詞：連絡
（連絡します
⇒て形） | 補助動詞：請
（くださいます
⇒命令形［くださいませ]
除去［ませ]） | 助詞：
表示親近・柔和 |

ぜひ　連絡して　ください　ね。

務必　　　　　　請　聯絡（我）喔。

使用文型

動詞
[ます形/動作性名詞]＋に＋行きます/来ます/帰ります　去/來/回去［做]～

動	遊びます（玩）	→	あそ き 遊びに来ます	（來玩）
動	取ります（拿）	→	かね と かえ お金を取りに帰ります	（回去拿錢）
名	見物（參觀）	→	けんぶつ い 見物に行きます	（去參觀）

動詞

[て形] + ください　　請 [做] 〜

連絡します（聯絡）	→	連絡してください	（請聯絡）
謝ります（道歉）	→	謝ってください	（請道歉）
入れます（放進去）	→	入れてください	（請放進去）

用法　希望外國朋友來台灣時能和自己聯絡，可以說這句話。

會話練習

欣儀：今回の旅行は本当に 楽しかったです。いろいろ
　　　 這次　　　　　　 真的　　　　 開心　　　　　　　 各個地方

案内してくれて*ありがとう。
因為你為我導覽；　　　　　 謝謝
「案内してくれる」的
字尾變成「て形」表示「原因」

知人：一緒に いろいろな所へ行けて 楽しかったね。
　　　 一起　 各個地方　　 因為可以去； 很開心對吧；「ね」表示「要求同意」
　　　　　　　　　　　　　　「て形」表示
　　　　　　　　　　　　　　「原因」

欣儀：台湾に遊びに来るならぜひ連絡してくださいね。

知人：うん、その時は連絡するから、よろしくね。
　　　　　　　　 那時候　 會聯絡；「から」表示　 請多多關照喔；
　　　　　　　　　　　　　 「宣言」　　　　　　 「ね」表示「親近・柔和」

使用文型

動詞

[て形] + くれる　　別人為我 [做] 〜

※ 此為「普通體文型」用法，「丁寧體文型」為「動詞て形 + くれます」。
※ 會話練習中，將「〜てくれる」的字尾變成「て形」，用來表示「原因」。

案内します（導覽）	→	案内してくれる*	（別人為我導覽）
説明します（說明）	→	説明してくれる	（別人為我說明）
開けます（打開）	→	開けてくれる	（別人為我打開）

中譯　欣儀：這次的旅行真的很開心。謝謝你為我導覽各個地方。
　　　熟人：可以一起去各地遊玩，很開心對吧？
　　　欣儀：如果你要來台灣玩，請務必和我聯絡。
　　　熟人：嗯，到時候我會跟你聯絡，請多多關照喔。

開演時間是幾點？

開場は何時ですか。

助詞：	名詞（疑問詞）：	助動詞：表示斷定	助詞：
表示主題	幾點	（現在肯定形）	表示疑問

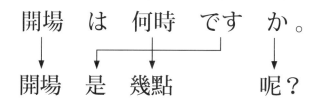

開場　は　何時　です　か。
↓　　　　↓　　↓　　　　　　↓
開場　是　幾點　　　　　　呢？

使用文型

[名詞] ＋ は ＋ 何時ですか　　〜是幾點？

開場（開場）	→ 開場は何時ですか	（開場是幾點？）
チェックイン（報到）	→ チェックインは何時ですか	（報到是幾點？）
次の便（下一班飛機）	→ 次の便は何時ですか	（下一班飛機是幾點？）

用法 想要確認開場時間時，可以用這句話詢問。

會話練習

欣儀：あの、開場は何時ですか。
<small>きんぎ　　　　　　　　かいじょう　なんじ</small>
喚起別人注意，開啟對話的發語詞

係員：次の回は18時45分から*です。
<small>かかりいん　つぎ　かい　ろくじ よんじゅうごふん</small>
下一場　晚上6點通常寫成「18時」，　表示：起點
但唸成「ろくじ」較多

欣儀：そうですか。じゃ、次の回のチケットを2枚ください*。
<small>きんぎ　　　　　　　　　　　　　つぎ　かい　　　　　　　　　　　　　にまい</small>
這樣子啊　　　　　　　　　　　　　　　　　　　　　　　請給我兩張票

使用文型

[時間詞]＋から　　從〜開始、從〜起

18時45分（晚上6點45分）	→ 18時45分から*	（從晚上6點45分開始）
明日（明天）	→ 明日から	（從明天開始）
朝（早上）	→ 朝から	（從早上開始）

[名詞]＋を＋[數量詞]＋ください　　請給我〜份〜某物

チケット（票）、2枚（兩張）	→ チケットを2枚ください*	（請給我兩張票）
ガイドブック（導覽手冊）、3冊（三本）	→ ガイドブックを3冊ください	（請給我三本導覽手冊）
鉛筆（鉛筆）、1本（一枝）	→ 鉛筆を1本ください	（請給我一枝鉛筆）

中譯

欣儀：那個…，開演時間是幾點？
工作人員：下一場是從晚上6點45分開始。
欣儀：這樣子啊。那麼，請給我兩張下一場的票。

可以買今天晚上的票嗎？

今晩^{こんばん}のチケットを購入^{こうにゅう}できますか。

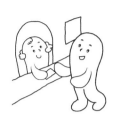

名詞： 今晩	助詞： 表示所屬	名詞： 票	助詞： 表示動作 作用對象	動詞：購買 （購入します ⇒可能形）	助詞： 表示 疑問

今晩　の　チケット　を　購入できます　か。

可以購買　今晩的票　嗎？

相關表現

「賽事」的類別

ナイター	（晚上的比賽）
デーゲーム	（白天的比賽）
ホーム	（主場的比賽）
アウェイ	（客場的比賽）

用法　想買當天晚上的票券時，可以說這句話。

會話練習

係員^{かかりいん}：いらっしゃいませ。
歡迎光臨

欣儀：あの、西武ライオンズ対日本ハムの試合、今晩の
　　　　　西武獅　　　　日本火腿　比賽

　　　チケットを購入^{こうにゅう}できますか。

係員：はい、外野席と内野席*、どちらになさいますか。
外野座位　内野座位　　　　　尊敬表現：您要選哪一個？

欣儀：外野席をお願いします。
請給我外野座位

名詞 ＋ と ＋ 名詞　〜和〜的並列關係

外野席（外野座位）、内野席（内野座位）　→ 外野席と内野席* （外野座位和內野座位）

コーヒー（咖啡）、お茶（茶）　→ コーヒーとお茶 （咖啡和茶）

英語（英文）、日本語（日文）　→ 英語と日本語 （英文和日文）

目前日本職棒隊伍名稱

セントラル（リーグ）　：中央聯盟

読売ジャイアンツ（讀賣巨人）、阪神タイガース（阪神虎）

中日ドラゴンズ（中日龍）、横浜DeNAベイスターズ（横濱 DeNA 海灣之星）

広島東洋カープ（廣島東洋鯉魚）、東京 ヤクルトスワローズ（東京養樂多燕子）

パシフィック（リーグ）　：太平洋聯盟

埼玉西武ライオンズ（埼玉西武獅）、東北楽天ゴールデンイーグルス（東北樂天金鷹）

北海道日本ハムファイターズ（北海道日本火腿鬥士）、福岡ソフトバンクホークス（福岡軟體銀行鷹）

千葉ロッテマリーンズ（千葉羅德海洋）、オリックス・バファローズ（歐力士野牛）

中譯　工作人員：歡迎光臨。
　　　　欣儀：那個…，西武獅隊對日本火腿隊的比賽，可以買今天晚上的票嗎？
　　　　工作人員：可以的，外野座位和內野座位，您要選哪一個？
　　　　欣儀：請給我外野座位。

可以的話，我想要最前排的座位。
できれば最前列（さいぜんれつ）のチケットが
欲（ほ）しいのですが。

| 動詞：可以、能夠、會
（します⇒可能形 [できます]
的條件形） | 助詞：
表示所屬 | 助詞：
表示焦點 |

できれば	最前列	の	チケット	が
↓	↓	↓		↓
可以的話	最前排	的		票

| い形容詞：
想要 | 連語：の＋です＝んです
の…形式名詞
です…助動詞：表示斷定
（現在肯定形） | 助詞：
表示前言 |

| 欲しい | のです | が 。 |

↓

想要。

使用文型

動詞／い形容詞／な形容詞＋な／名詞＋な

[　　　　　　普通形　　　　　　]＋んです　　強調

※「んです」是「のです」的「縮約表現」。
※「な形容詞」、「名詞」的「普通形-現在肯定形」，需要有「な」再接續。

動	遅れます（遲到）	→ 遅（おく）れたんです	（遲到了）
い	欲しい（想要）	→ 欲（ほ）しいんです	（很想要）
な	綺麗（な）（漂亮）	→ 綺麗（きれい）なんです	（很漂亮）
名	貴重品（貴重物品）	→ 貴重品（き ちょうひん）なんです	（是貴重物品）

用法　想購買最前排的座位時，可以說這句話。

會話練習

係員：お席の位置はどの辺になさいますか。
座位的位置　　　　　　　　尊敬表現：您要選擇哪一帶？

欣儀：できれば最前列のチケットが欲しいのですが。

係員：最前列はもう 埋まってしまって*…、
已經　　因為坐滿了；「埋まってしまって」是「埋まってしまいます」的「て形」，
表示「原因」

前から2番目の席はいかがでしょう。
從前面數來的第二個　　　　　　　覺得怎麼樣？

欣儀：じゃ、そこで お願いします*。
那裡；「で」　　謙讓表現：我拜託您
表示「樣態」

使用文型

動詞

[て形] ＋ しまって　　因為（無法挽回的）遺憾

※ 此文型是「動詞て形 ＋ しまいます」的「て形」。

埋まります（填滿）→ 埋まってしまって*　　（因為很遺憾填滿了）

忘れます（忘記）→ 忘れてしまって　　（因為不小心忘記了）

寝坊します（睡過頭）→ 寝坊してしまって　　（因為不小心睡過頭）

動詞

お ＋ [ます形] ＋ します　　謙讓表現：（動作涉及對方的）[做] ～

願います（拜託）→ お願いします*　　（我要拜託您）

持ちます（拿）→ 荷物をお持ちします　　（我為您拿行李）

呼びます（呼叫）→ タクシーをお呼びします　　（我為您叫計程車）

中譯　工作人員：您要選擇哪一帶的座位？
　　　欣儀：可以的話，我想要最前排的座位。
　　　工作人員：因為最前排的座位已經坐滿了…從前面數來的第二個座位，您覺得
　　　　　　　怎麼樣？
　　　欣儀：那麼，拜託您給我那裡的位子。

這個座位是在哪裡呢？

この<ruby>座席<rt>ざせき</rt></ruby>はどの<ruby>辺<rt>へん</rt></ruby>の<ruby>席<rt>せき</rt></ruby>ですか。

連體詞：	助詞：	名詞（疑問詞）：	助詞：	助動詞：表示斷定	助詞：
這個	表示	哪邊、哪一帶	表示	（現在肯定形）	表示
	主題		所屬		疑問

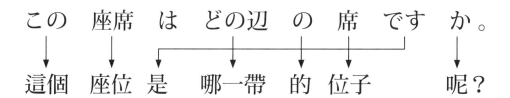

この　座席　は　どの辺　の　席　です　か。

這個　座位　是　哪一帶　的　位子　　　呢？

相關表現

「各種座位席」的名稱

依價錢區分（最便宜到最貴）	→ Ｂ席（最便宜的座位）、Ａ<ruby>席<rt>せき</rt></ruby>（次便宜的座位）、Ｓ<ruby>席<rt>せき</rt></ruby>（次次便宜的座位）、ＳＳ<ruby>席<rt>せき</rt></ruby>（最貴的座位）
棒球比賽	→ <ruby>外野席<rt>がいやせき</rt></ruby>（外野座位）、<ruby>内野席<rt>ないやせき</rt></ruby>（內野座位）
其他	→ <ruby>二階席<rt>にかいせき</rt></ruby>（二樓座位）、<ruby>立ち見席<rt>たちみせき</rt></ruby>（站票）、かぶり<ruby>席<rt>せき</rt></ruby>（比賽或活動現場最靠近賽事或舞台的座位）

用法　拿到票券時，如果不知道座位的位置在哪裡，可以用這句話詢問工作人員。

會話練習

欣儀：あの、<u>ちょっと聞きたい</u>*<u>んです</u>が、この座席はどの
　　　　想要問一下　　　　　　　　「んです」表示「強調」；
　　　　　　　　　　　　　　　　　「が」表示「前言」，是一種緩折的語氣

　　　辺の席ですか。

係員：<u>ちょっと拝見します</u>。…この座席は<u>右奥</u>の、
　　　　我看一下　　　　　　　　　　　　右邊最裡面

　　　<u>あちらのほう</u>の座席です。
　　　　那個方向

欣儀：<u>そうですか</u>。<u>どうも</u>。
　　　　這樣子啊　　謝謝

使用文型

動詞

[ます形] ＋ たい　　想要 [做] ～

聞きます（詢問）	→ 聞きたい*	（想要詢問）
乗ります（搭乗）	→ 乗りたい	（想要搭乗）
予約します（預約）	→ 予約したい	（想要預約）

「位置」的說法

左奥（左邊最裡面）、右奥（右邊最裡面）、
～の先（～離自己較遠的那一側）、～の手前（～靠近自己的這一側）、
斜め左（左斜前方）、斜め右（右斜前方）、
向かい（對面）、斜め向かい（斜對面）、
最前列（最前排）、最後列／最後尾（最後排）、
真ん中（中間）、真ん中よりちょっと前（中間再前面一點）

中譯　　欣儀：那個…，我想要問一下，這個座位是在哪裡呢？
　　　　工作人員：我看一下。…這個座位是右邊最裡面的那個方向的座位。
　　　　欣儀：這樣子啊。謝謝。

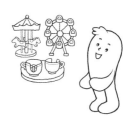

可以整個承租包下來嗎？

貸_かし切_きりができますか？

| 助詞：
表示焦點 | 動詞：可以、能夠、會
（します⇒可能形） | 助詞：
表示疑問 |

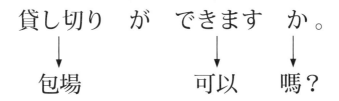

貸し切り　が　できます　か。
　↓　　　　　　　　↓　　　　↓
　包場　　　　　　可以　　嗎？

使用文型

動詞

[辭書形＋こと／名詞]＋が＋できます　可以[做]～、能夠[做]～、會[做]～

| 動 | キャンセルします（取消） | → キャンセルすることができます | （可以取消） |
| 名 | 貸し切り（包場） | → 貸_かし切_きりができます | （可以包場） |

用法　想要使用某個場地或交通工具，並且希望完全屬於自己使用時，可以用這句話詢問。

欣儀：あの、こちらの店は貸し切りができますか。
喚起別人注意，開啟對話的發語詞

店員：はい、平日の午後5時前までなら、できますが。
如果是在下午五點之前的話　　可以；「が」表示「前言」，是一種緩折的語氣

欣儀：あ、土日はだめですか。
星期六、日　　不行嗎？

店員：申し訳ございません。土日はできない
很抱歉　　　　　　　　　不可以

ことになっておりまして*…。
鄭重謙讓表現：因為按照規定是…；「おりまして」是「おります」的「て形」，表示「原因」

使用文型

動詞　　　動詞

[辭書形 ／ ない形] ＋ こと ＋ に ＋ なっております
鄭重謙讓表現：按照規定 [做]、不 [做] ～

辭書　脱ぎます（脱掉）　→ ここでは靴を脱ぐことになっております
（這裡按照規定是要脱鞋）

ない　できます（可以）　→ できないことになっております*
（按照規定是不可以）

比較：「決定」的表現方式

	當下要決定	過去的決定目前仍持續
自己一個人決定	～ことにします	～ことにしています ～ことにしております （下方為鄭重謙讓表現）
別人或大家一起決定	～ことになります	～ことになっています ～ことになっております （下方為鄭重謙讓表現）

中譯　欣儀：那個…，這家店可以整個承租包下來嗎？
　　　店員：可以的，平日下午五點之前的話，可以包場。
　　　欣儀：啊，星期六、日不行嗎？
　　　店員：很抱歉。因為星期六、日按照規定是不行的…。

跨年晚會的會場在哪裡？

年越しカウントダウン会場は
どこですか。

助詞：	名詞（疑問詞）：	助動詞：	助詞：
表示主題	哪裡	表示斷定 （現在肯定形）	表示 疑問

年越し　カウントダウン　会場　は　どこ　です　か。
　↓　　　　↓　　　　　↓　　　↓　↓　　　↓
跨年　　　倒數　　　　會場　在　哪裡　　　呢？

使用文型

[活動的舉行地點] ＋ は ＋ どこですか　　〜在哪裡？

年越しカウントダウン会場（跨年倒數會場）→ 年越しカウントダウン会場 はどこですか
（跨年倒數會場在哪裡？）

花火大会の会場（煙火大會會場）→ 花火大会の会場 はどこですか
（煙火大會會場在哪裡？）

雪祭りの会場（雪祭的會場）→ 雪祭りの会場 はどこですか
（雪祭的會場在哪裡？）

用法　想知道哪裡有慶祝跨年的會場時，可以說這句話。

會話練習

欣儀：すみません。年越しカウントダウン会場はどこですか。
　　　_{不好意思}

通行人：うーん、ちょっとわからないですね。あそこの交番で
　　　　_{有點不清楚；「ね」表示「親近・柔和」}　　　　　　_{派出所}

聞いてみ*たらどうですか*。
_{問看看的話，如何？「聞いてみます＋たら＋どうですか」的用法}

欣儀：わかりました。聞いてみます*。
　　　_{知道了}　　　_{問看看}

ありがとうございました。

使用文型

[動詞]

［て形］＋ みます　　［做］〜看看

聞きます（詢問）	→ 聞いてみます*	（問看看）
書きます（寫）	→ 書いてみます	（寫看看）
洗います（清洗）	→ 洗ってみます	（洗看看）

[動詞]

［た形］＋ ら ＋ どうですか　　［做］〜的話，如何？

※「普通體文型」為「動詞た形 ＋ ら ＋ どう？」。
※「丁寧體文型」為「動詞た形 ＋ ら ＋ どうですか」。
※ 口語時，可省略「どうですか」。

聞いてみます（問看看）	→ 聞いてみたらどうですか*	（問看看的話，如何？）
出発します（出發）	→ 早く出発したらどうですか	（早一點出發的話，如何？）
買います（買）	→ もっと買ったらどうですか	（再多買一點的話，如何？）

中譯　欣儀：不好意思，請問跨年晚會的會場在哪裡？
　　　　路人：嗯～我有點不清楚。你去那邊的派出所問看看，如何？
　　　　欣儀：我知道了。我去問看看。謝謝。

這個位子沒人坐嗎？

この席、空いていますか？

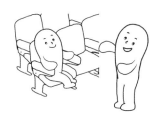

| 連體詞：
這個 | 動詞：空
（空きます⇒て形） | 補助動詞 | 助詞：
表示疑問 |

この　席、　空いて　います　か。

這個　位子　目前是空著的狀態　嗎？

使用文型

動詞

[て形] ＋います　　目前狀態

空きます（空）	→ 空いています	（目前是空著的狀態）
知ります（知道）	→ 知っています	（目前是知道的狀態）
消えます（（燈）關）	→ 電気が消えています	（電燈目前是關著的狀態）

用法　想要確認座位是否空著時，可以用這句話詢問附近的人。

會話練習

欣儀（きんぎ）：あの、この席（せき）、空（あ）いていますか？
喚起別人注意，開啟對話的發語詞

隣（となり）の人（ひと）：ええ、どうぞ。
是的　　　　請坐

欣儀（きんぎ）：あ、そうですか、どうも。
這樣子啊　　　謝謝

相關表現

「座位」的常用表現

坐旁邊	→ 隣（となり）よろしいですか。
	（旁邊的位子可以坐嗎？）

坐一起 → 相席（あいせき）、いいですか。
（可以跟你併桌嗎？）

請坐過去 → ちょっと席（せき）を詰（つ）めてもらえますか。
（可以稍微擠一下（坐過去一點）嗎？）

想放下椅背 → ちょっと席（せき）を倒（たお）してもいいですか。
（我可以把椅子稍微往後倒嗎？）

位子被坐走了 → （指定席（していせき）で）すみません、ここは私（わたし）の席（せき）なんですが…。
（（在對號入座的座位）不好意思，這是我的位子…。）

中譯

欣儀：那個…，這個位子沒人坐嗎？
旁邊的人：是的，請坐。
欣儀：啊，這樣子啊。謝謝。

這附近有吸菸區嗎？
この近くに喫煙所はありますか。

| 連體詞：這個 | 助詞：表示
存在位置 | 助詞：
表示主題 | 動詞：有、在 | 助詞：
表示疑問 |

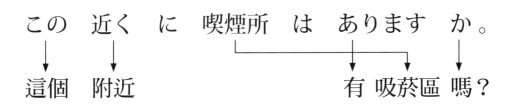

この　近く　に　喫煙所　は　あります　か。

這個　附近　　　　　　　　有 吸菸區 嗎？

使用文型

この近く＋に＋[名詞]＋は＋ありますか　這附近有～嗎？

喫煙所（吸菸區）　→ この近くに喫煙所はありますか（這附近有吸菸區嗎？）

銀行（銀行）　→ この近くに銀行はありますか（這附近有銀行嗎？）

デパート（百貨公司）　→ この近くにデパートはありますか（這附近有百貨公司嗎?）

用法 想詢問附近有沒有可以抽菸的場所時，可以說這句話。

會話練習

欣儀（きんぎ）：<u>ちょっとすみません</u>。
打擾一下

係員（かかりいん）：<u>はい</u>。
是的

欣儀（きんぎ）：この近（ちか）くに喫煙所（きつえんじょ）はありますか。

係員（かかりいん）：えっと、<u>ここを出（で）て</u>＊<u>左（ひだり）にまっすぐ行（い）くと</u>＊ありますよ。
嗯…　　離開這裡；「を」表示　　往左直走的話，就…
「離開點」；「て形」
表示「動作順序」

使用文型

［地點］＋を＋出て　　離開～

※ 此文型是「地點＋を＋出ます」的「て形」。

ここ（這裡）	→ ここを出（で）て＊	（離開這裡）
ホテル（飯店）	→ ホテルを出（で）て	（離開飯店）
空港（機場）	→ 空港（くうこう）を出（で）て	（離開機場）

動詞／い形容詞／な形容詞＋だ／名詞＋だ

［　　普通形（限：現在形）　　］＋と、～　　順接恆常條件表現

※「な形容詞」、「名詞」的「普通形-現在肯定形」，需要有「だ」再接續。

動	行きます（去）	→ 行（い）くと＊	（去的話，就～）
い	危ない（危險的）	→ 危（あぶ）ないと	（危險的話，就～）
な	格安（な）（非常便宜）	→ 格安（かくやす）だと	（非常便宜的話，就～）
名	夏（夏天）	→ 夏（なつ）だと	（是夏天的話）

中譯
　　欣儀：打擾一下。
工作人員：是的。
　　欣儀：這附近有吸菸區嗎？
工作人員：嗯…，從這裡走出去，往左直走就有囉。

附近有網咖嗎？

近くにネットカフェはありませんか。

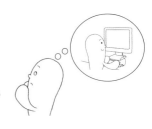

| 助詞：表示存在位置 | 助詞：表示主題 | 動詞：有、在
（あります
⇒現在否定形） | 助詞：表示疑問 |

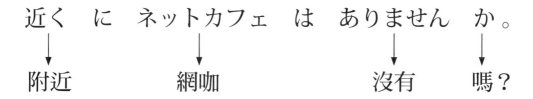

近く	に	ネットカフェ	は	ありません	か。
↓		↓		↓	↓
附近		網咖		沒有	嗎？

相關表現

「在網咖」的常用表現

客人

ちょっとプリントアウトしたいものがあるんですが…。

（我有一些東西想要列印…。）

パソコンの調子が悪いんですが、見てもらえますか。

（電腦的狀況怪怪的，可以請你幫我看嗎？）

店員

他のお客様のご迷惑になりますので、ちょっとボリュームを下げていただけませんか。

（因為會對其他顧客造成困擾，可以請您把音量調小一點嗎？）

ドリンクはセルフサービスです。

（飲料是自取的。）

用法 要確認附近有沒有可以上網的咖啡廳時，可以用這句話詢問。

會話練習

（コンビニで 尋ねる）
在便利商店　　詢問

欣儀：あの、ちょっと お聞きします*が。
　　　　　　稍微　　　　謙讓表現：我要詢問您　　表示「前言」，是一種緩折的語氣

店員：はい。何でしょうか*。
　　　　　　　什麼事情呢？「でしょうか」表示「鄭重問法」

欣儀：近くにネットカフェはありませんか。

店員：向かいのビルの２階にありますよ。
　　　對面　　大樓　　　　表示：存在位置

　　　ほら、あそこに看板が…、
　　　你看　　　　　　招牌

使用文型

動詞

お＋[ます形]＋します　　謙讓表現：（動作涉及對方的）[做]～

聞きます（詢問）	→ お聞きします*	（我要詢問您）
届けます（送去）	→ お届けします	（我為您送去）
渡します（交付）	→ お渡しします	（我交付給您）

動詞／い形容詞／な形容詞／名詞

[　　　普通形　　　]＋でしょうか　　表示鄭重問法

動	予約できます（可以預約）	→ 予約できるでしょうか	（可以預約嗎？）
い	安い（便宜的）	→ 安いでしょうか	（便宜嗎？）
な	簡単（な）（簡單）	→ 簡単でしょうか	（簡單嗎？）
名	何（什麼）	→ 何でしょうか*	（什麼事情呢？）

中譯　（在便利商店詢問）
　　　欣儀：那個…，請問一下。
　　　店員：是的，什麼事情呢？
　　　欣儀：附近有網咖嗎？
　　　店員：對面大樓的２樓有喔。你看，那邊有招牌…

有可以上網的電腦嗎？

インターネットにアクセスできる
パソコンはありませんか？

助詞：　　　　　動詞：連結　　　　助詞：
表示到達點　　　（アクセスします　表示對比（區別）
　　　　　　　　⇒可能形）

インターネット　に　アクセスできる　パソコン　は

可以連結　網路（的）　電腦

動詞：有、在　　　助詞：
（あります　　　　表示疑問
⇒現在否定形）

ありません　か。

沒有　　　　嗎？

使用文型

[名詞] ＋ は ＋ ありませんか　　有〜嗎？

パソコン（電腦）	→ パソコンはありませんか	（有電腦嗎？）
紙袋（紙袋）	→ 紙袋はありませんか	（有紙袋嗎？）
アイロン（熨斗）	→ アイロンはありませんか	（有熨斗嗎？）

用法　想使用網路時，可以用這句話詢問。

會話練習

（ホテルのフロント<u>で</u>）
櫃台

欣儀（きんぎ）：あの、<u>ちょっと</u> <u>お聞きしますが</u>。
稍微　　　　謙讓表現：我要詢問您；「が」表示「前言」，是一種緩折的語氣

係員（かかりいん）：<u>はい</u>。
好的

欣儀（きんぎ）：インターネットにアクセスできるパソコンは

ありませんか？

係員（かかりいん）：はい。あちらの<u>ラウンジの奥（おく）</u> <u>にございます</u>＊。
休息室的最裡面　　　　在…；「に」表示「存在位置」；
「にございます」是「にありあす」的「鄭重表現」

使用文型

[地點] ＋ に ＋ ございます　　鄭重表現：在～某地

※ 一般説法：地點 ＋ に ＋ あります

奥（最裡面）	→ ラウンジの奥（おく）にございます＊	（在休息室的最裡面）
二階（二樓）	→ 二階（にかい）にございます	（在二樓）
ロビー（大廳）	→ ロビーにございます	（在大廳）

中譯　（在飯店的櫃台）
　　　欣儀：那個…，我要請問一下。
　　工作人員：好的。
　　　　欣儀：有可以上網的電腦嗎？
　　工作人員：有的，在那邊的休息室的最裡面。

什麼時候可以取件？

仕上がりはいつになりますか。
しあ

助詞： 表示主題	名詞（疑問詞）： 什麼時候	助詞： 表示變化結果	動詞： 變成	助詞： 表示疑問

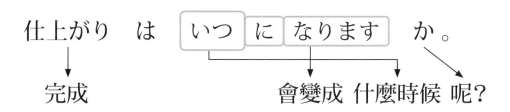

仕上がり　は　いつ　に　なります　か。

完成　　　　　　　　　　　會變成 什麼時候 呢?

使用文型

動詞　　　　い形容詞　　　な形容詞

[辭書形＋ように／－い＋く／－な＋に／名詞＋に]＋なります　變成

動	運動します（運動）	→ 運動するようになります	（變成有運動的習慣）
い	まずい（難吃的）	→ まずくなります	（變難吃）
な	安全（な）（安全）	→ 安全になります	（變安全）
名	いつ（什麼時候）	→ いつになります	（變成什麼時候）

用法　在相館、或是洗衣店詢問取件時間時，可以說這句話。

會話練習

（写真館で）
　　しゃしんかん
　　相館

欣儀：じゃ、お願いします。あ、そうだ。仕上がりはいつに
　きんぎ　　　　ねが　　　　　　　　　　　　　　　　　しあ
　　　　　謙讓表現：我拜託您　　　　　　　　　對了

　　　なりますか。

店員：明日の夜6時以降*にいらっしゃってください*。
てんいん　あした　よるろくじ　いこう　　　　　　　　　　　　　　　
　　　　　　　　6點以後　　　　　　　　　請過來

欣儀：わかりました。営業時間は何時までですか。
きんぎ　　　　　　　えいぎょうじかん　なんじ
　　　　　　　　　　　　　　　到幾點為止？

店員：夜9時までです。
てんいん　よるくじ

使用文型

[時間詞] ＋ 以降　　〜以後

6時（6點）	→ 6時以降*	（6點以後）
来月（下個月）	→ 来月以降	（下個月以後）
来週（下周）	→ 来週以降	（下周以後）

動詞

[て形] ＋ ください　　請[做]〜

いらっしゃいます（來）	→ いらっしゃってください*	（請來）
書きます（寫）	→ 書いてください	（請寫）
決めます（決定）	→ 決めてください	（請決定）

中譯

（在相館）
欣儀：那麼，拜託您了。啊，對了。什麼時候可以取件？
店員：請在明天晚上6點以後過來取件。
欣儀：我知道了。請問你們營業到幾點？
店員：到晚上9點。

PM 11:00

現在還在營業嗎？

まだやってますか。

副詞： 還、尚未	動詞：做 （やります ⇒て形）	補助動詞： （口語時可省略い）	助詞： 表示疑問

まだ　| やって | [い]ます |　か。

↓　　　　　↓　　　　　　　　↓

還有　　　　在做的狀態　　　　嗎？

使用文型

動詞

[て形] ＋ います　　目前狀態

やります（做）	→ やっています	（目前是有在做的狀態）
閉まります（關閉）	→ 閉まっています	（目前是關閉的狀態）
つきます（點燃）	→ 電気がついています	（電燈目前是亮著的狀態）

用法　想確認店家現在時段是否還在營業時，可以用這句話詢問。

會話練習

店員：<ruby>店員<rt>てんいん</rt></ruby>：<u>いらっしゃいませ</u>。
歡迎光臨

<ruby>欣儀<rt>きんぎ</rt></ruby>：あの、まだやってますか。
喚起別人注意，開啟對話的發語詞

<ruby>店員<rt>てんいん</rt></ruby>：ええ、<u><ruby>本日<rt>ほんじつ</rt></ruby></u>は<u><ruby>夜<rt>よる</rt>１１時<rt>じゅういちじ</rt></ruby>まで</u>の<ruby>営業<rt>えいぎょう</rt></ruby>です。
今天　　　　到晚上 11 點為止

使用文型

[時間詞] ＋ まで　　到～為止

11時（11點）	→	１１時まで*	（到11點為止）
朝（早上）	→	<ruby>朝<rt>あさ</rt></ruby>まで	（到早上為止）
明日（明天）	→	<ruby>明日<rt>あした</rt></ruby>まで	（到明天為止）

「商家營業時間」的相關用語

<ruby>２４時間営業<rt>にじゅうよじかんえいぎょう</rt></ruby>　　　　　　　（24 小時營業）

<ruby>年中無休<rt>ねんじゅうむきゅう</rt></ruby>　　　　　　　　　　（全年無休）

ラストオーダー　　　　　　　　　（最後的點餐時間）

中譯　店員：歡迎光臨。
　　　欣儀：那個…，現在還在營業嗎？
　　　店員：是的，今天營業到晚上11點為止。

営業時間是幾點到幾點呢？

營業時間は何時から何時までですか。

助詞： 表示 主題	名詞（疑問詞）： 幾點	助詞： 表示 起點	名詞（疑問詞）： 幾點	助詞： 表示 終點	助動詞： 表示斷定 （現在肯定形）	助詞： 表示 疑問

営業時間 は 何時 から 何時 まで です か。

營業時間 是 從 幾點 到 幾點 呢？

使用文型

[名詞A]＋から＋[名詞B]＋まで　　從A～到B

何時（幾點）	→ 何時から何時まで	（從幾點到幾點）
大阪（大阪）、京都（京都）	→ 大阪から京都まで	（從大阪到京都）
月曜日（星期一）、金曜日（星期五）	→ 月曜日から金曜日まで	（從星期一到星期五）

用法　想確認店家的營業時間時，可以用這句話詢問。

會話練習

<ruby>電話<rt>でん わ</rt></ruby>で

<ruby>店員<rt>てんいん</rt></ruby>：はい、ロイヤルホスト<ruby>新宿駅前店<rt>しんじゅくえきまえてん</rt></ruby>でございます。
您好　　　　　這裡是 Royal Host 新宿站前店；「でございます」是「です」的「鄭重表現」

<ruby>欣儀<rt>きん ぎ</rt></ruby>：すみません、そちらの<ruby>営業時間<rt>えいぎょうじ かん</rt></ruby>は<ruby>何時<rt>なん じ</rt></ruby>から<ruby>何時<rt>なん じ</rt></ruby>までですか。
你們那裡

<ruby>店員<rt>てんいん</rt></ruby>：<ruby>朝<rt>あさ</rt></ruby>6<ruby>時半<rt>じ はん</rt></ruby>から<ruby>深夜<rt>しん や</rt></ruby>2<ruby>時<rt>に じ</rt></ruby>までででございます。
是從早上六點半到深夜兩點；「でございます」是「です」的「鄭重表現」

<ruby>欣儀<rt>きん ぎ</rt></ruby>：わかりました。どうも。
謝謝

相關表現

でございます　　　　　　「です」的「鄭重表現」
でいらっしゃいます　　　「です」的「尊敬表現」

でございます　→ <ruby>私<rt>わたし</rt></ruby>の<ruby>出身<rt>しゅっしん</rt></ruby>は<ruby>福岡<rt>ふくおか</rt></ruby>でございます。
（我的故鄉是福岡。）

でいらっしゃいます　→ こちらは<ruby>田中先生<rt>た なかせんせい</rt></ruby>でいらっしゃいます。
（這位是田中老師。）

<ruby>先生<rt>せんせい</rt></ruby>の<ruby>出身<rt>しゅっしん</rt></ruby>はどちらでいらっしゃいますか。
（老師的故鄉是哪裡呢？）

※ 但是對尊重對象的所有物不需要使用「でいらっしゃいます」

これは<ruby>先生<rt>せんせい</rt></ruby>の<ruby>傘<rt>かさ</rt></ruby>でございますか。　　　　（這是老師的傘嗎？）
これは<ruby>先生<rt>せんせい</rt></ruby>の<ruby>傘<rt>かさ</rt></ruby>ですか。　　　　　　　　（這是老師的傘嗎？）

中譯　（在講電話）
店員：您好，這裡是 Royal Host 新宿站前店。
欣儀：不好意思，你們那裡的營業時間是幾點到幾點呢？
店員：是從早上六點半到深夜兩點。
欣儀：我知道了，謝謝。

公休日是哪一天？
定休日（ていきゅうび）はいつですか？

助詞： 表示主題	名詞（疑問詞）： 什麼時候	助動詞：表示斷定 （現在肯定形）	助詞： 表示疑問

定休日　は　いつ　です　か。
→　　　↓　　↓　　↓　　　↓
公休日　是　什麼時候　　　呢？

[名詞] ＋は＋いつですか　　～是什麼時候？

定休日（公休日）	→ 定休日（ていきゅうび）はいつですか	（公休日是什麼時候？）
次回（下次）	→ 次回（じかい）はいつですか	（下次是什麼時候？）
誕生日（生日）	→ 誕生日（たんじょうび）はいつですか	（生日是什麼時候？）

用法　想知道沒有營業的日子是什麼時候，可以用這句話詢問。

會話練習

欣儀（きんぎ）：すみません、そちらの定休日（ていきゅうび）はいつですか。
　　　　　　不好意思　　　　你們那裡

店員（てんいん）：月曜日（げつようび）です。
　　　　　　星期一

欣儀（きんぎ）：そうですか、どうも。
　　　　　　這樣子啊　　　謝謝

相關表現

「商店營業狀況」的相關詞彙

営業中（えいぎょうちゅう）　　　　　（營業中）

準備中（じゅんびちゅう）　　　　　　（準備中）

臨時休業（りんじきゅうぎょう）　　　（臨時休息）

定休日（ていきゅうび）　　　　　　　（公休日）

昼休み（ひるやすみ）　　　　　　　　（午休）

中譯　欣儀：不好意思，請問你們的公休日是哪一天？
　　　　店員：是星期一。
　　　　欣儀：這樣子啊，謝謝。

這附近晚上的治安沒問題嗎？

この辺りの夜の治安はだいじょうぶですか。

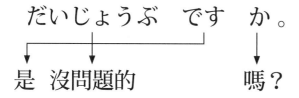

連體詞：這個		助詞： 表示所屬	助詞： 表示所屬		助詞： 表示主題

この	辺り	の	夜	の	治安	は
↓	↓	↓	↓	↓	↓	
這個	附近	的	晚上	的	治安	

な形容詞： 沒問題、沒事	助動詞：表示斷定 （現在肯定形）	助詞： 表示疑問

だいじょうぶ	です	か。
↓	↓	↓
是 沒問題的		嗎？

用法 想要確認治安狀況好不好時，可以說這句話。

會話練習

知人：王さんは新宿は初めて？
第一次

欣儀（きんぎ）：ええ、そうです。この辺（あた）りの夜（よる）の治安（ちあん）はだいじょうぶ
　　　　　　對　　　　是那樣沒錯

ですか。

知人（ちじん）：うーん、歌舞伎町（かぶきちょう）へは一人（ひとり）で行（い）かないほうがいい*よ。
　　　　　　嗯～　　　　　　　　　不要一個人去…比較好喔；「へ」表示「移動方向」；「は」表示
　　　　　　　　　　　　　　　　　「對比（區別）」；「よ」表示「提醒」

客引（きゃくひ）き とか 多（おお）いからね*。
拉客的人　　之類的　因為很多的緣故；「ね」表示「親近・柔和」

欣儀（きんぎ）：そうですか、気（き）をつけます。
　　　　　　這樣子啊　　　　　小心

使用文型

| 動詞 | 動詞 | 動詞 |

[辭書形／た形／ない形]＋ほうがいい　[做]／[不做]～比較好

辭書	やめます（放棄）	→ やめるほうがいい	（放棄比較好）
た形	買います（買）	→ 買（か）ったほうがいい	（買比較好）
ない	行きます（去）	→ 行（い）かないほうがいい	（不要去比較好）

*

| 動詞／い形容詞／な形容詞＋だ／名詞＋だ |

[　　　　　普通形　　　　　]＋からね　因為～的緣故

※「な形容詞」、「名詞」的「普通形-現在肯定形」，需要有「だ」再接續。

動	徹夜します（熬夜）	→ 徹夜（てつや）したからね	（因為熬夜的緣故）
い	多い（多的）	→ 多（おお）いからね*	（因為很多的緣故）
な	安全（な）（安全）	→ 安全（あんぜん）だからね	（因為很安全的緣故）
名	独身（單身）	→ 独身（どくしん）だからね	（因為是單身的緣故）

中譯　熟人：王小姐第一次來新宿嗎？
　　　　欣儀：對，是那樣沒錯。這附近晚上的治安沒問題嗎？
　　　　熟人：嗯～，不要一個人去歌舞伎町比較好喔。因為有很多拉客的人。
　　　　欣儀：這樣子啊，我會小心的。

方便的話，能不能告訴我你的 e-mail 呢？

よかったら、メールアドレスを教えて
くれませんか。

い形容詞：好
（よい⇒た形+ら）

助詞：表示動作作用對象

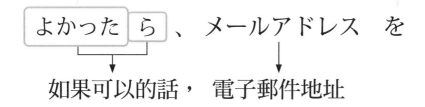

よかった　ら　、　メールアドレス　を

如果可以的話，　電子郵件地址

動詞：告訴、教
（教えます⇒て形）

補助動詞：
（くれます
⇒現在否定形）

助詞：
表示疑問

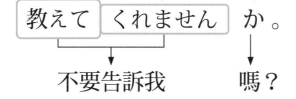

教えて　くれません　か。

不要告訴我　　　　　嗎？

使用文型

動詞／い形容詞／な形容詞／名詞

[　た形／なかった形　]＋ら　　如果～的話

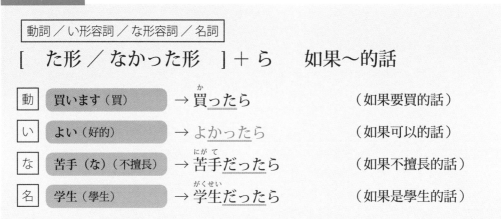

動	買います（買）	→ 買ったら	（如果要買的話）
い	よい（好的）	→ よかったら	（如果可以的話）
な	苦手（な）（不擅長）	→ 苦手だったら	（如果不擅長的話）
名	学生（學生）	→ 学生だったら	（如果是學生的話）

[て形] ＋ くれます　　別人為我 [做]〜

| 教えます（告訴） | → 教えてくれます | （別人告訴我） |
| 運びます（搬運） | → 運んでくれます | （別人為我搬運） |

用法 認識新朋友，詢問對方的聯絡方式時，可以說這句話。

會話練習

（旅行先で知り合う）
　旅遊地　　　　認識

欣儀：高橋さんと知り合えて*、本当に良かったです。
　　　　　因為可以和…認識；「て形」　　　　　真是太好了
　　　　　表示「原因」

高橋：私も外国人の友達ができて*、うれしいですよ。
　　　　　也　　　因為交到朋友；「て形」　　很高興耶；「よ」表示「提醒」
　　　　　　　　　表示「原因」

欣儀：よかったら、メールアドレスを教えてくれませんか。

高橋：ええ、もちろん。
　　　　　　　　　當然

使用文型

| 動詞 | い形容詞 | な形容詞 |

[て形 ／ −い ＋ くて ／ −な ＋ で ／ 名詞 ＋ で]、〜　因為〜，所以〜

動	知り合えます（可以認識）	→ 知り合えて*	（因為可以認識，所以〜）
動	できます（結交）	→ できて*	（因為結交，所以〜）
い	辛い（痛苦的）	→ 辛くて	（因為很痛苦，所以〜）
な	独特（な）（獨特）	→ 独特で	（因為很獨特，所以〜）
名	定休日（公休日）	→ 定休日で	（因為是公休日，所以〜）

中譯 （在旅遊地認識）
　　　欣儀：可以和高橋先生認識，真是太好了。
　　　高橋：我也很高興交到外國朋友耶。
　　　欣儀：方便的話，能不能告訴我你的 e-mail 呢？
　　　高橋：嗯，當然可以。

（拿出一千日圓鈔票）可以請你幫我換成 500 日圓銅板一個、100 日圓的銅板五個嗎？

ごひゃくえんだまいちまい　　ひゃくえんだま ご まい
500円玉 1 枚と100円玉 5 枚にくずしてもらえますか。

助詞：	助詞：
表示並列	表示變化結果

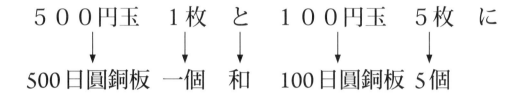

５００円玉　　１枚　　と　　１００円玉　　５枚　　に
↓　　　　　　↓　　　↓　　　　↓　　　　　↓
500 日圓銅板　一個　　和　　100 日圓銅板　5 個

動詞：換成零錢	補助動詞：	助詞：
（くずします⇒て形）	（もらいます ⇒可能形）	表示疑問

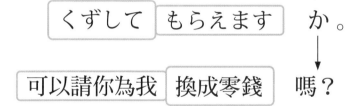

くずして　もらえます　　か。
↓
可以請你為我　換成零錢　嗎？

使用文型

動詞

[て形] ＋ もらいます　請你（為我）[做]～

くずします（換成零錢）→ くずしてもらいます　（請你（為我）換成零錢）

しゃしん と
撮ります（拍攝）→ 写真を撮ってもらいます（請你（為我）拍照）

か
買います（買）→ 買ってもらいます　（請你（為我）買）

用法 想把大鈔換成零錢時，可以說這句話。

會話練習

欣儀(きんぎ)：あの、すみませんが…。
不好意思；「が」表示「前言」，是一種緩折的語氣

店員(てんいん)：はい。

欣儀(きんぎ)：500円玉(ごひゃくえんだまいちまい)1枚と100円玉(ひゃくえんだまごまい)5枚にくずしてもらえますか。

店員(てんいん)：はい、では千円お預かりします(せんえん あず)*。
謙讓表現：我收您一千日圓

使用文型

動詞

お＋[ます形]＋します　謙讓表現：(動作涉及對方的) [做] ～

預かります（收存）	→ 千円お預(せんえん あず)かりします*	（我收下您的一千日圓）
手伝います（幫忙）	→ お手伝(てつだ)いします	（我幫忙您）
返します（歸還）	→ お返(かえ)しします	（我要還給您）

「換錢、加值」的常用表現

換成紙鈔 → 小銭(こぜに)をお札(さつ)に換(か)えてもらえますか。
（可以請你幫我把零錢換成紙鈔嗎？）

加值 → カードにチャージしてください。
（請幫我加值卡片。）

→ （一万円(いちまんえん)を出(だ)して）千円分(せんえんぶん)チャージしてください。
（（拿出一萬日圓）請加值一千日圓。）

中譯
欣儀：那個…，不好意思…。
店員：是。
欣儀：（拿出一千日圓鈔票）可以請你幫我換成500日圓銅板一個、100日圓的銅板五個嗎？
店員：好的，那麼，我收下您的一千日圓。

這附近有沒有可以換外幣的地方？

この辺で外貨を両替できるところは
どこでしょうか。

助詞：表示	助詞：表示	動詞：換（錢）	助詞：
動作進行地點	動作作用對象	（両替します ⇒可能形 [両替できます] 的辭書形）	表示主題

この辺　で　外貨 を 両替できる　ところ　は

↓　　↓　　　　　　　↓　　　↓　　　　　↓

在 這附近　　　　　可以兌換 外幣（的）地方

名詞（疑問詞）：	助動詞：表示斷定	助詞：
哪裡	（です⇒意向形）	表示疑問

どこ でしょう か 。

↓　　　　↓

（是）哪裡　　　呢？

使用文型

動詞／い形容詞／な形容詞／名詞

[　　　普通形　　　]＋でしょうか　　表示鄭重問法

動	降ります（下（雨））	→ 雨が降るでしょうか	（會下雨嗎？）
い	難しい（困難的）	→ 難しいでしょうか	（困難嗎？）
な	安全（な）（安全）	→ 安全でしょうか	（安全嗎？）
名	どこ（哪裡）	→ どこでしょうか	（是哪裡呢？）

用法　想要兌換外幣時，可以用這句話詢問哪裡可以兌換。

會話練習

欣儀：この辺で外貨を両替できるところはどこでしょうか。

係員：ここを出て[*]、斜め向かいにみずほ銀行がありますので[*]、
　　　離開這裡；「を」表示　　　　　　　斜對面　　　　　　　　　　因為有…
　　　「離開點」；「て形」表示
　　　「動作順序」

　　　そちらで両替ができます。
　　　　　　　可以兌換

欣儀：わかりました。どうもありがとうございます。
　　　知道了

使用文型

[地點] ＋ を ＋ 出て　　離開～

※ 此文型是「地點 ＋ を ＋ 出ます」的「て形」。

ここ（這裡）	→ ここを出て[*]	（離開這裡）
学校（學校）	→ 学校を出て	（離開學校）
教室（教室）	→ 教室を出て	（離開教室）

動詞／い形容詞／な形容詞／名詞

[　　　丁寧形　　　] ＋ ので　　因為～

動	あります（有）	→ 銀行がありますので[*]	（因為有銀行）
い	少ない（少的）	→ 少ないですので	（因為很少）
な	複雑（な）（複雜）	→ 複雑ですので	（因為很複雜）
名	独身（單身）	→ 独身ですので	（因為是單身）

中譯　　欣儀：這附近有沒有可以換外幣的地方？
　　　工作人員：從這裡出去，斜對面有一家 MIZUHO 銀行，可以在那邊兌換外幣。
　　　欣儀：我知道了，謝謝你。

今天台幣對日幣的匯率是多少？
今日の台湾ドル対円の為替レートは
いくらですか。

	助詞： 表示所屬				助詞： 表示所屬		助詞： 表示主題

今日	の	台湾ドル	対	円	の	為替レート	は
今天	的	台幣	對	日幣	的	匯率	

名詞（疑問詞）： 多少錢	助動詞： 表示斷定 （現在肯定形）	助詞： 表示疑問

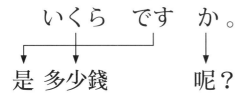

いくら	です	か。
是 多少錢		呢？

補充

貨幣的種類

ドル（美金）、香港ドル（港幣）、台湾元（台幣）、人民元（人民幣）、
ユーロ（歐元）、ポンド（英鎊）、ウォン（韓圓）、バーツ（泰銖）

用法 想知道金錢的兌換匯率時，可以說這句話。

會話練習

欣儀：今日の台湾ドル対円の為替レートはいくらですか。

銀行員：今日は1台湾ドル、3．12円です。
_{台幣1元}

欣儀：そうですか。じゃあ、2万台湾元分日本円
這樣子啊　　　　那麼　　　　　　　　前述的份量

に換えてください*。
請替換成…；「に」表示「變化結果」

銀行員：はい。…こちら6万2400円です。

使用文型

動詞

[て形] ＋ ください　　請 [做] ～

換えます（替換）	→ 換えてください*	（請替換）
確認します（確認）	→ 確認してください	（請確認）
払います（付錢）	→ 払ってください	（請付錢）

中譯　欣儀：今天台幣對日幣的匯率是多少？
　　　銀行員：今天台幣1元是3.12日圓。
　　　欣儀：這樣子啊。那麼，請幫我把2萬元的台幣兌換成日幣。
　　　銀行員：好的。…這裡是6萬2400日圓。

我想把台幣換成日幣。

たいわんげん に ほんえん りょうがえ
台湾元を日本円に両替したいんですが。

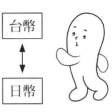

| 助詞：
表示動作
作用對象 | 助詞：
表示變化
結果 | 動詞：換（錢）
（両替します
⇒ます形
除去［ます]） | 助動詞：
表示
希望 | 連語：ん＋です
ん…形式名詞
（の⇒縮約表現）
です…助動詞：表示斷定
（現在肯定形） | 助詞：
表示
前言 |

台湾元 を ┆ 日本円 に ┆ 両替し たい ┆ んです ┆ が。

（把）台幣　　　　　（我）想要 兌換 ┆ 成為 日幣 ┆。

使用文型

動詞

［ます形］＋たい　　想要［做]〜

両替します（換錢）	→ 両替したい	（想要換錢）
走ります（跑步）	→ 走りたい	（想要跑步）
会います（見面）	→ 会いたい	（想要見面）

動詞／い形容詞／な形容詞＋な／名詞＋な

［　　　　普通形　　　　]＋んです　　強調

※ 此為「丁寧體文型」用法，「普通體文型」為「〜んだ」，口語說法為「〜の」。
※「な形容詞」、「名詞」的「普通形-現在肯定形」，需要有「な」再接續。
※「動詞ます形 ＋ たい」的「たい」是「助動詞」，變化上與「い形容詞」相同。

動	発表します（發表）	→ 発表したんです	（發表了）
い	両替したい（想要換錢）	→ 両替したいんです	（很想要換錢）
な	大切（な）（重要）	→ 大切なんです	（很重要）
名	嘘（謊話）	→ 嘘なんです	（是謊話）

用法　想把外幣兌換成日幣時，可以說這句話。

會話練習

欣儀：台湾元を日本円に両替したいんですが。
きん ぎ　　たいわんげん　　にほんえん　　りょうがえ

銀行員：本日のレートは、こちらの通り*ですが、
ぎんこういん　ほんじつ　　　　　　　　　　　　　　とお
　　　　今天　　　　匯率　　　　　按照這個；「が」表示「前言」，是一種緩折的語氣

　　　　よろしいですか*。
　　　　可以嗎？

欣儀：ええ、いいです。
きん ぎ

使用文型

　　　動詞　　　　動詞

[辭書形／た形／名詞＋の]＋通（とお）り　　按照〜、正如〜
　　　　　　　[特定名詞]＋通（どお）り　　按照〜、正如〜

辭書	おっしゃいます（說）	→ おっしゃる通り	（按照／正如你說的）
た形	聞きます（聽）	→ 聞いた通り	（按照／正如聽到的）
名詞	こちら（這個）	→ こちらの通り*	（按照／正如這個）
名詞	予想（預期）	→ 予想通り	（按照／正如預期）

動詞／い形容詞／な形容詞／名詞

[　　　　丁寧形　　　　]＋が、よろしいですか　　徵詢同意的問法

動	なります（變成）	→ ラストオーダーになりますが、よろしいですか。（最後點餐時間要到了，可以嗎？）
い	狭い（狹窄）	→ ちょっと狭いですが、よろしいですか。（有點狹窄，可以嗎？）
な	地味（な）（樸素）	→ デザインは地味ですが、よろしいですか。（設計是樸素的，可以嗎？）
名	〜通り（按照〜）	→ こちらの通りですが、よろしいですか。（按照這個，可以嗎？）

中譯　　欣儀：我想把台幣換成日幣。
　　　　銀行員：今天的匯率是按照這個，可以嗎？
　　　　　欣儀：嗯，可以。

我把東西遺忘在電車裡了。

でんしゃ　なか　わす　もの
電車の中に忘れ物をしてしまったんですが。

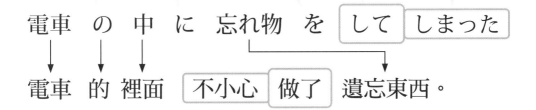

| 助詞：
表示所在 | 助詞：表示
動作歸著點 | 助詞：表示
動作作用對象 | 動詞：做
（します
⇒て形） | 補助動詞：
無法挽回的遺憾
（しまいます⇒た形） |

電車　の　中　に　忘れ物　を　 して しまった

電車　的　裡面　 不小心 做了 遺忘東西。

連語：ん+です
ん…形式名詞
（の⇒縮約表現）
です…助動詞：表示斷定
（現在肯定形）

助詞：表示前言

 んです が 。

使用文型

動詞

[て形] ＋ しまいます　　（無法挽回的）遺憾

します（做）　→ 忘れ物_{わす}をしてしまいます　　（會不小心遺忘東西）

わす　もの
→ 忘れ物をしてしまいます　　（會不小心遺忘東西）

汚れます（弄髒）　→ 汚れてしまいます　　（很遺憾會弄髒）

よご
→ 汚れてしまいます　　（很遺憾會弄髒）

言います（說）　→ 言ってしまいます　　（會不小心說出口）

い
→ 言ってしまいます　　（會不小心說出口）

動詞／い形容詞／な形容詞＋な／名詞＋な

[　　　　　普通形　　　　　]＋んです　　強調

※ 此為「丁寧體文型」用法，「普通體文型」為「～んだ」，口語說法為「～の」。

※「な形容詞」、「名詞」的「普通形-現在肯定形」，需要有「な」再接續。

動	～てしまいます（會不小心做～）	→ 忘れ物をしてしまったんです（不小心遺忘東西了）
い	明るい（明亮的）	→ 明るいんです （很明亮）
な	贅沢（な）（奢侈）	→ 贅沢なんです （很奢侈）
名	無料送迎（免費接送）	→ 無料送迎なんです （是免費接送）

用法 把東西遺忘在電車上時，可以用這句話跟車站的工作人員求助。

會話練習

（忘れ物預り所で）
失物招領處

欣儀：あの、電車の中に忘れ物をしてしまったんですが。
喚起別人注意，開啟對話的發語詞

係員：どのような物ですか。
什麼樣的東西

欣儀：赤い傘です。白い取っ手の。
紅色的傘　　　白色把手的傘；「白い取っ手の傘」的省略說法

係員：いつ、どの電車に乗っていた時か、覚えています*か。
什麼時候　搭乘哪一班電車的時候？「か」表示「疑問」　還記得嗎？

使用文型

動詞

[て形]＋います　目前狀態

| 覚えます（記得） | → 覚えています* | （目前是記得的狀態） |
| 外れます（鬆開） | → 外れています | （目前是鬆開的狀態） |

中譯 （在失物招領處）
欣儀：那個…，我把東西遺忘在電車裡了。
工作人員：是什麼東西？
欣儀：是紅色的傘。把手是白色的。
工作人員：是什麼時候？是搭乘哪一班電車的時候？你還記得嗎？

我掉了東西，請問有被送到這裡來嗎？

落し物したんですが、こちらに届いていませんか。

| 動詞：遺失東西
（落し物します
⇒た形） | 連語：ん＋です
ん…形式名詞（の⇒縮約表現）
です…助動詞：表示斷定（現在肯定形） | 助詞：
表示前言 |

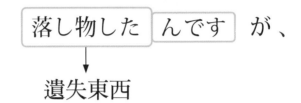

落し物した んです が、
↓
遺失東西

| 助詞：
表示到達點 | 動詞：送到
（届きます
⇒て形） | 補助動詞：
（います
⇒現在否定形） | 助詞：
表示疑問 |

こちら に 届いて いません か。

没有（東西）送達 到 這裡 嗎？

使用文型

動詞／い形容詞／な形容詞＋な／名詞＋な

[普通形]＋んです 強調

※ 此為「丁寧體文型」用法，「普通體文型」為「～んだ」，口語說法為「～の」。
※「な形容詞」、「名詞」的「普通形-現在肯定形」，需要有「な」再接續。

動	落し物します（遺失東西）	→ 落し物したんです	（遺失了東西）
い	寂しい（寂寞的）	→ 寂しいんです	（很寂寞）
な	熱心（な）（熱心）	→ 熱心なんです	（很熱心）
名	芸能人（藝人）	→ 芸能人なんです	（是藝人）

$\boxed{動詞}$

[て形] ＋ います　　目前狀態

$\boxed{届きます（送達）}$ → 届いています　　　　　　（目前是已經送達的狀態）

$\boxed{着ます（穿）}$ → 着物を着ています　　　　（目前是穿著和服的狀態）

$\boxed{用法}$　遺失東西，到失物招領處或管理處詢問時，可以說這句話。

會話練習

（忘れ物預り所）
失物招領處

欣儀：落し物したんですが、こちらに届いていませんか。

係員：どのような物を落としたんですか。
　　　什麼樣的　　　　　遺失了嗎？「んですか」表示「關心好奇、期待回答」

欣儀：白いhtcのスマートフォンです。
　　　白色的　　　　　　智慧型手機

係員：どの辺で落としたか[*]わかりますか。
　　　遺失在哪邊呢？　　　　　　　知道嗎？

$\boxed{使用文型}$

$\boxed{動詞／い形容詞／な形容詞／名詞}$		
疑問詞 ＋ [　　　　普通形　　　　] [　　　　疑問詞　　　　] ‖ ＋ か〜		疑問句的名詞節

動	落とします（遺失）	→ どの辺で落としたかわかりますか[*]	（知道在哪邊遺失嗎？）
い	暑い（炎熱的）	→ 何月が一番暑いか知っていますか	（知道幾月是最熱的嗎？）
な	綺麗（な）（漂亮）	→ 誰が一番綺麗か投票します	（投票誰是最漂亮的。）
名	山田さん（山田先生）	→ 誰が山田さんかわかりますか	（知道誰是山田先生嗎？）
疑	何曜日（星期幾）	→ 今日は何曜日かわかりますか	（知道今天是星期幾嗎？）

$\boxed{中譯}$　（失物招領處）
　　　　欣儀：我掉了東西，請問有被送到這裡來嗎？
　　工作人員：你遺失了什麼東西呢？
　　　　欣儀：白色的 htc 智慧型手機。
　　工作人員：你知道在哪邊遺失的嗎？

請幫我叫救護車。

きゅうきゅうしゃ　よ
救急車を呼んでください。

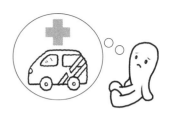

助詞：表示　　　動詞：呼喚、叫來　　補助動詞：請
動作作用對象　　（呼びます⇒て形）　（くださいます
　　　　　　　　　　　　　　　　　　⇒命令形［くださいませ］
　　　　　　　　　　　　　　　　　　除去［ませ］）

救急車　　を　　呼んで　くださいませ　。

請 叫 救護車。

使用文型

動詞

[て形] + ください　　請 [做] ～

呼びます（呼叫）　→　呼んでください　　　　（請呼叫）

入ります（進入）　→　入ってください　　　　（請進入）

試します（嘗試）　→　試してください　　　　（請嘗試）

用法　受傷或有突發疾病等嚴重狀況時，可以說這句話向別人求救。

會話練習

通行人：どうしましたか。
（つうこうにん）
怎麼了嗎？

欣儀：急に お腹が痛くなって…、救急車を呼んでください。
（きんぎ）（きゅう）（なか）（いた）（きゅうきゅうしゃ）（よ）
突然　因為肚子痛；「て形」表示「原因」

通行人：今すぐ呼びますから＊、じっとしてて。
（つうこうにん）（いま）（よ）
馬上　　　　　　　　　　表示：宣言　請忍耐著；「じっとしていてください」的省略説法

欣儀：すみません…。
（きんぎ）
不好意思

使用文型

動詞／い形容詞／な形容詞／名詞

[　　　　丁寧形　　　　]＋から　　表示宣言

動	呼びます（呼叫）	→ 今すぐ呼びますから＊	（我馬上去叫）
い	可愛い（可愛的）	→ 私のほうが可愛いですから	（我比較可愛）
な	不器用（な）（不擅交際）	→ 僕は不器用ですから	（我是不擅交際的）
名	有名人（名人）	→ 私はもう有名人ですから	（我已經是名人了）

動詞／い形容詞／な形容詞＋だ／名詞＋だ

[　　　　普通形　　　　]＋から　　表示宣言

※「な形容詞」、「名詞」的「普通形-現在肯定形」，需要有「だ」再接續。

動	呼びます（呼叫）	→ 今すぐ呼ぶから	（我馬上去叫）
い	可愛い（可愛的）	→ 私のほうが可愛いから	（我比較可愛）
な	不器用（な）（不擅交際）	→ 僕は不器用だから	（我是不擅交際的）
名	有名人（名人）	→ 私はもう有名人だから	（我已經是名人了）

中譯　路人：你怎麼了嗎？
欣儀：因為肚子突然好痛…，請幫我叫救護車。
路人：我馬上叫，請你忍耐著。
欣儀：不好意思…。

不好意思，能不能拜託你帶我到附近的醫院。

すみませんが、私を近くの病院まで連れて行ってくれませんか。

招呼用語	助詞： 表示前言	助詞：表示 動作作用對象	助詞： 表示所屬	助詞： 表示到達點

すみません　が、　私　を　近く　の　病院　まで

不好意思　　　（帶）我　　到 附近 的　醫院

動詞：帶去 （連れて行きます ⇒て形）	補助動詞： （くれます ⇒現在否定形）	助詞： 表示疑問

連れて行って　くれません　か。

不幫忙 帶我去 嗎？

使用文型

動詞

[て形] ＋ くれます　別人為我 [做] ～

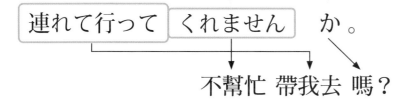

連れて行きます（帶去）→ 連れて行ってくれます　（別人帶我去）

電話します（打電話）→ 電話してくれます　（別人打電話給我）

持ちます（拿）→ 持ってくれます　（別人幫我拿）

用法　生病或受傷，希望別人帶自己去醫院時，可以說這句話。

會話練習

知人（ちじん）：どうしたんですか※。だいじょうぶですか？
怎麼了嗎？「んですか」表示　　　　　　　還好嗎？
「關心好奇、期待回答」

欣儀（きんぎ）：すみませんが、私（わたし）を近（ちか）くの病院（びょういん）まで連れて行（い）ってくれませんか。

知人（ちじん）：ええ、でも救急車（きゅうきゅうしゃ）呼（よ）びましょうか※。
可是　　要不要叫救護車？「救急車を呼びましょか」的省略説法

欣儀（きんぎ）：だいじょうぶです。歩（ある）けますから…。
沒關係　　　　　因為可以走

使用文型

動詞／い形容詞／な形容詞＋な／名詞＋な

[　　　　普通形　　　　]＋んですか　　關心好奇、期待回答

※ 此為「丁寧體文型」用法，「普通體文型」為「〜の？」。
※「な形容詞」、「名詞」的「普通形-現在肯定形」，需要有「な」再接續。

動　どうします（怎麼了）　→　どうしたんですか※　　（怎麼了嗎？）

い　寂（さび）しい（寂寞的）　→　寂（さび）しいんですか　　（寂寞嗎？）

な　重要（じゅうよう）（な）（重要）　→　重要（じゅうよう）なんですか　　（重要嗎？）

名　家族旅行（かぞくりょこう）（家族旅行）　→　家族旅行（かぞくりょこう）なんですか　　（是家族旅行嗎？）

動詞

[ます形]＋ましょうか　　要不要[做]〜？

呼（よ）びます（呼叫）　→　救急車（きゅうきゅうしゃ）[を]呼（よ）びましょうか※　　（要不要叫救護車？）

貸（か）します（借出）　→　貸（か）しましょうか　　（要不要借你？）

送（おく）ります（送行）　→　送（おく）りましょうか　　（要不要送你去？）

中譯　熟人：你怎麼了嗎？還好嗎？
欣儀：不好意思，能不能拜託你帶我到附近的醫院。
熟人：好的，可是，需要我叫救護車嗎？
欣儀：沒關係，因為我還可以走…。

可以開立診斷書嗎？

診断書を書いてもらえますか。

診断書

助詞：表示 動作作用對象	動詞：寫 （書きます⇒て形）	補助動詞： （もらいます ⇒可能形）	助詞：表示疑問

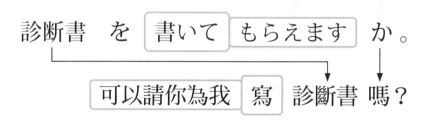

診断書　を　書いて　もらえます　か。

可以請你為我　寫　診斷書　嗎？

使用文型

動詞

[て形] ＋もらいます　　請你（為我）[做] ～

書きます（寫）	→ 書いてもらいます	（請你（為我）寫）
予約します（預約）	→ 予約してもらいます	（請你（為我）預約）
教えます（告訴）	→ 教えてもらいます	（請你告訴我）

用法　在日本看醫生時，如果需要診斷書時，可以說這句話。

會話練習

（病院で）
在醫院

医者：…じゃ、お大事に。
請保重身體

欣儀：あの、すみませんが、診断書を書いてもらえますか。
不好意思；「が」表示「前言」，是一種緩折的語氣

医者：ええ、日本語でいいですか*。
好的　　用日文沒問題嗎？「で」表示「手段、方法」

欣儀：できれば英語で書いていただけないでしょうか*。
如果可以的話　用英文　謙讓表現：可以請您為我寫嗎？「でしょうか」表示「鄭重問法」

使用文型

[名詞] ＋ で ＋ いいですか　　用～沒問題嗎？

※「丁寧體」是「～でいいですか」，「普通體」是「～でいい？」。

日本語（日文）	→ 日本語でいいですか*	（用日文沒問題嗎？）
分割払い（分期付款）	→ 分割払いでいいですか	（用分期付款沒問題嗎？）
船便（海運）	→ 船便でいいですか	（用海運沒問題嗎？）

[動詞]

[て形] ＋ いただけないでしょうか　　謙讓表現：可以請您（為我）[做]～嗎？

書きます（寫）	→ 書いていただけないでしょうか*	（可以請您（為我）寫嗎？）
包みます（包裝）	→ 包んでいただけないでしょうか	（可以請您（為我）包裝嗎？）
運びます（搬運）	→ 運んでいただけないでしょうか	（可以請您（為我）搬運嗎?）

中譯　（在醫院）
醫生：…那麼，請保重身體。
欣儀：那個…，可以開立診斷書嗎？
醫生：好的，用日文可以嗎？
欣儀：如果可以的話，可以請您用英文寫嗎？

我現在在地圖上的什麼位置，可以請你告訴我嗎？

今、私はこの地図のどこにいるのか教えてもらえますか。

| 助詞：
表示
主題 | 連體詞：
這個 | 助詞：
表示
所在 | 名詞（疑問詞）：
哪裡 | 助詞：
表示
存在
位置 | 動詞：有、在
（います
⇒辭書形） | 形式名詞：
＝んです | 助詞：
表示
疑問 |

今、	私	は	この	地図	の	どこ	に	いる	の	か
現在	我	在	這個	地圖	的	哪裡				呢？

| 動詞：告訴、教
（教えます⇒て形） | 補助動詞：
（もらいます
⇒可能形） | 助詞：
表示疑問 |

教えて	もらえます	か。
可以請你	告訴我	嗎？

使用文型

動詞／い形容詞／な形容詞＋な／名詞＋な

[　　　　普通形　　　　]＋んですか　　　關心好奇、期待回答

※ 此為「丁寧體文型」用法，「普通體文型」為「～の？」。
※「な形容詞」、「名詞」的「普通形-現在肯定形」，需要有「な」再接續。

動	います（在）	→ どこにいるんですか	（在哪裡呢？）
い	多い（多的）	→ 多いんですか	（很多嗎？）
な	上手（な）（擅長）	→ 上手なんですか	（擅長嗎？）
名	本音（真心話）	→ 本音なんですか	（是真心話嗎？）

[て形] ＋ もらいます　　請你（為我）[做]〜

教えます（告訴）	→ 教え<u>て</u>もらいます	（請你告訴我）
拭きます（擦拭）	→ 拭いてもらいます	（請你（為我）擦拭）
拾います（撿拾）	→ 拾ってもらいます	（請你（為我）撿拾）

用法　想要詢問自己目前是在地圖上的哪個地方時，可以說這句話。

會話練習

（路上で）
在路上

欣儀：あの、すみません。
　　　喚起別人注意，　　不好意思
　　　開啟對話的發語詞

通行人：はい？
　　　　什麼事？

欣儀：今、私はこの地図のどこにいるのか教えてもらえますか。

通行人：えっとですね。……あ、ここですよ。
　　　　嗯；「ね」表示「留住注意」；　　　　　在這裡喔；「よ」表示「提醒」
　　　　要避免太親近的語感，則用「ですね」

相關表現

「問路」的常用表現

車站	→ 駅はどの方角ですか。	（車站在哪個方向？）
路名	→ この道は何通りですか。	（這條路是什麼路？）
派出所	→ この近くに交番はありますか。	（這附近有派出所嗎？）

中譯　（在路上）
　　　　欣儀：那個…，不好意思。
　　　　路人：什麼事？
　　　　欣儀：我現在在地圖上的什麼位置，可以請你告訴我嗎？
　　　　路人：嗯。……啊，在這裡喔。

我跟朋友走散了。

友達と離れ離れになってしまったんですが…。
ともだち　はな　ばな

| 助詞：
表示
動作夥伴 | 助詞：
表示
變化結果 | 動詞：變成
（なります
⇒て形） | 補助動詞：
無法挽回的遺憾
（しまいます
⇒た形） | 連語：ん＋です
ん…形式名詞
（の⇒縮約表現）
です…助動詞：表示斷定
（現在肯定形） | 助詞：
表示
前言 |

友達　と　離れ離れ　に　| なって |　| しまった |　| んです |　が　…。

和　朋友　| 不小心　變成 |　走散。

動詞

[て形] ＋ しまいます　　（無法挽回的）遺憾

なります（變成）	→ なってしまいます	（會不小心變成～）
遅れます（遲到）	→ 遅れてしまいます	（很遺憾會遲到）
失くします（遺失）	→ 失くしてしまいます	（會不小心遺失）

動詞／い形容詞／な形容詞＋な／名詞＋な

[　　　　普通形　　　　] ＋んです　　強調

※ 此為「丁寧體文型」用法，「普通體文型」為「～んだ」，口語説法為「～の」。
※「な形容詞」、「名詞」的「普通形-現在肯定形」，需要有「な」再接續。

動	～なってしまいます（會不小心變成～）	→ 離れ離れになってしまったんです （不小心變成走散了）
い	つまらない（無聊的）	→ つまらないんです	（很無聊）
な	贅沢（な）（奢侈）	→ 贅沢なんです	（很奢侈）
名	事実（事實）	→ 事実なんです	（是事實）

用法　本來在一起行動的朋友走散時，可以用這句話求助。

會話練習

欣儀：あの、友達と離れ離れになってしまったんですが…。
きんぎ　　　　ともだち　はな　ばな
喚起別人注意，開啟對話的發語詞

係員：そうですか、では園内放送いたしましょうか。
かかりいん　　　　　　　　えんないほうそう
這樣子啊　　　　　　　謙讓表現：要不要幫您做園內廣播？

欣儀：お願いします。
きんぎ　　　ねが
謙讓表現：我拜託您

係員：では、お友達のお名前は何とおっしゃいますか。
かかりいん　　　　ともだち　　なまえ　なん
大名　　　　　　　尊敬表現：怎麼稱呼呢？

相關表現

旅行時遇到麻煩

票不見 → 切符をなくしてしまったんですが…。
きっぷ
（我的票不見了…。）

忘記帶鑰匙 → （オートロックの時）鍵を部屋の中に忘れてしまったんですが…。
とき　かぎ　へや　なか　わす
（（房門自動上鎖的時候）我把鑰匙放在房間忘記帶出來…。）

手機不見 → 携帯電話をどこかに置き忘れてしまったんですが…。
けいたいでんわ　　　　　　お　わす
（我把手機遺忘在某個地方了…。）

迷路 → 道に迷ってしまったんですが…。
みち　まよ
（我迷路了…。）

生病 → 急に体の具合が悪くなってしまったんですが…。
きゅう　からだ　ぐあい　わる
（我的身體突然很不舒服…。）

中譯　　欣儀：那個…，我跟朋友走散了。
工作人員：這樣子啊，那麼，需要我幫您做園內廣播嗎？
欣儀：拜託您了。
工作人員：那麼，請問您的朋友貴姓大名？

要怎麼撥打國際電話呢？

国際電話はどうやってかけますか。

日本 → 台灣

助詞： 表示主題	連語（疑問詞）： 怎麼	動詞：打（電話）	助詞： 表示疑問

国際電話　は　どうやって　かけます　か。
↓　　　　　　　　↓　　　　↓　　　↓
國際電話　　　　　怎麼　　　撥打　　呢？

使用文型

どうやって ＋ [ます形] ＋ か　　怎麼 [做] ～？

かけます（打（電話））	→ どうやってかけますか	（怎麼打（電話）？）
行きます（去）	→ どうやって行きますか	（怎麼去？）
使います（使用）	→ どうやって使いますか	（怎麼使用？）

用法　想詢問國際電話的打法時，可以說這句話。

會話練習

欣儀：すみません、国際電話はどうやってかけますか。
　　　不好意思

係員：まず、0033を押して、それから010を押します*。
　　　首先　　　　　　　按壓　　　　然後

欣儀（きんぎ）：はい。

係員（かかりいん）：次（つぎ）に、台湾（たいわん）でしたら*886を押（お）して相手先（あいてさき）の電話番号（でんわばんごう）
接下來　　　　　如果是台灣的話　　　　　　　　　　　　　　　　　對方

の頭（あたま）のゼロを取（と）ってかけます。
　　開頭的0　　　　　　去掉後再撥打

※「0」也有人會唸「ゼロ」

動詞　　　　　　　　　　　　　　　動詞
[て形A]、＋ それから ＋ [ます形B]　　[做] A，然後 [做] B

押します（按壓）　→ ００３３を押（お）して、それから０１０を押（お）します*
　　　　　　　　　　（按 0033，然後按 010）

食べます（吃）、見ます（看）→ ご飯（はん）を食（た）べて、それからテレビを見（み）ます
　　　　　　　　　　　　　（吃飯，然後看電視）

磨きます（刷）、寝ます（睡覺）→ 歯（は）を磨（みが）いて、それから寝（ね）ます
　　　　　　　　　　　　　　（刷牙，然後睡覺）

動詞／い形容詞／な形容詞／名詞
[　た形 ／ なかった形 　]＋ ら　　如果〜的話

※「〜たら」的文型一般不需使用「〜ました＋ら」或「〜でした＋ら」的形式，只有想要加
　強鄭重語氣時，才會使用「〜ましたら、〜ませんでしたら」或「〜でしたら、〜じゃありま
　せんでしたら」。

動	飲みます（喝）	→ 飲（の）んだら	（如果喝的話）
い	難しい（困難的）	→ 難（むずか）しかったら	（如果很難的話）
な	上手（な）（擅長）	→ 上手（じょうず）だったら	（如果擅長的話）
名	台湾（台灣）	→ 台湾（たいわん）でしたら*	（如果是台灣的話）

※ 普通形為「台湾だったら」

　　　　欣儀：不好意思，要怎麼撥打國際電話呢？
　　工作人員：先按 0033，然後再按 010。
　　　　欣儀：好的。
　　工作人員：接下來，如果要打到台灣，就按 886，再將對方的電話號碼開頭的
　　　　　　　0 去掉後再撥打（後面的數字）。

可以借個廁所嗎？

トイレをお借りできますか。

| 助詞：表示
動作作用對象 | 接頭辭：
表示美化、
鄭重 | 動詞：借入
（借ります
⇒ます形
除去[ます]） | 動詞：
可以、能夠、會
（します⇒可能形） | 助詞：
表示疑問 |

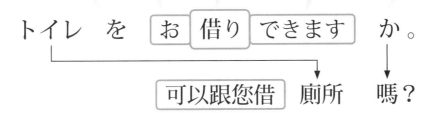

トイレ　を　[お[借り]できます]　か。

可以跟您借　廁所　嗎？

使用文型

[動詞]

お＋[ます形]＋します　　謙讓表現：(動作涉及對方的) [做] ～

借ります（借入）→ お借りします　　　　（我跟您借入）

送ります（送行）→ お送りします　　　　（我給您送行）

待ちます（等待）→ お待ちします　　　　（我等待您）

[動詞]

お＋[ます形]＋できますか　謙讓表現：(動作涉及對方的) 可以[做] ～嗎？

借ります（借入）→ お借りできますか　　　　（我可以跟您借入嗎？）

願います（拜託）→ お願いできますか　　　　（我可以拜託您嗎？）

渡します（交付）→ 直接会ってお渡しできますか（我可以直接見面交給您嗎？）

用法　想借廁所時，可以說這句話。

會話練習

<ruby>店員<rt>てんいん</rt></ruby>：<u>いらっしゃいませ</u>。
　　　　　歡迎光臨

<ruby>欣儀<rt>きんぎ</rt></ruby>：あの、すみませんが、トイレをお<ruby>借<rt>か</rt></ruby>りできますか。
　　　喚起別人注意，不好意思；「が」表示「前言」，是一種緩折的語氣
　　　開啟對話的發語詞

<ruby>店員<rt>てんいん</rt></ruby>：はい、あちらの<ruby>奥<rt>おく</rt></ruby>にございます[*]。
　　　　　在那裡的最裡面；「に」表示「存在位置」；「にございます」是「にあります」的「鄭重表現」

<ruby>欣儀<rt>きんぎ</rt></ruby>：<u>どうもすみません</u>。
　　　　　謝謝

使用文型

[地點] ＋ に ＋ ございます 　　鄭重表現：在～某地

※ 一般説法：地點 ＋ に ＋ あります

奥（最裡面）	→ あちらの<ruby>奥<rt>おく</rt></ruby>にございます[*]	（在那裡的最裡面）
教室（教室）	→ <ruby>教室<rt>きょうしつ</rt></ruby>にございます	（在教室）
右側（右側）	→ ここを<ruby>出<rt>で</rt></ruby>て<ruby>右側<rt>みぎがわ</rt></ruby>にございます	（從這裡出去後，在右側）

中譯　店員：歡迎光臨。
　　　　欣儀：那個…，不好意思，可以借個廁所嗎？
　　　　店員：可以的，就在那裡的最裡面。
　　　　欣儀：謝謝。

我有麻煩，你能幫我嗎？

困<ruby>困<rt>こま</rt></ruby>っています。<ruby>助<rt>たす</rt></ruby>けてもらえませんか。

| 動詞：困擾 | 補助動詞 | 動詞：幫助、救 | 補助動詞： | 助詞： |
| （困ります⇒て形） | | （助けます ⇒て形） | （もらいます ⇒可能形[もらえます] 的現在否定形） | 表示疑問 |

| 困って | います | 。 | 助けて | もらえません | か。 |

| 目前處於困擾的狀態 | 不可以請你 | 幫助我 | 嗎？ |

使用文型

動詞

[て形] ＋います　目前狀態

困ります（困擾）	→ <ruby>困<rt>こま</rt></ruby>っています	（目前是困擾的狀態）
間違います（搞錯）	→ <ruby>間違<rt>まちが</rt></ruby>っています	（目前是搞錯的狀態）
届きます（送達）	→ <ruby>届<rt>とど</rt></ruby>いています	（目前是已經送達的狀態）

動詞

[て形] ＋もらいます　請你（為我）[做] ～

助けます（幫助）	→ <ruby>助<rt>たす</rt></ruby>けてもらいます	（請你幫助我）
直します（修改）	→ <ruby>直<rt>なお</rt></ruby>してもらいます	（請你（為我）修改）
説明します（說明）	→ <ruby>説明<rt>せつめい</rt></ruby>してもらいます	（請你（為我）說明）

用法　有麻煩需要別人幫忙時，可以說這句話求助。

會話練習

欣儀：あの、ちょっとすみません。
喚起別人注意，　　　　　打擾一下
開啟對話的發語詞

通行人：はい。
嗯

欣儀：困っています。助けてもらえませんか。

通行人：どうしたんですか*。
怎麼了嗎？「んですか」表示「關心好奇、期待回答」

使用文型

動詞／い形容詞／な形容詞＋な／名詞＋な

[　　　　普通形　　　　]＋んですか　　關心好奇、期待回答

※ 此為「丁寧體文型」用法，「普通體文型」為「～の？」。
※「な形容詞」、「名詞」的「普通形-現在肯定形」，需要有「な」再接續。

動	どうします（怎麼了）	→ どうしたんですか*	（怎麼了嗎？）
い	悲しい（悲傷的）	→ 悲しいんですか	（很悲傷嗎？）
な	簡単（な）（簡單）	→ 簡単なんですか	（簡單嗎？）
名	繁忙期（旺季）	→ 繁忙期なんですか	（是旺季嗎？）

中譯
欣儀：那個…，打擾一下。
路人：嗯。
欣儀：我有麻煩，你能幫我嗎？
路人：怎麼了嗎？

不好意思，請再稍等一下。

すみません、もうちょっと待^まってください。

| 招呼用語 | 副詞：
再〜一些 | 副詞：一下、
有點、稍微 | 動詞：等待
（待ちます
⇒て形） | 補助動詞：請
（くださいます
⇒命令形［くださいませ］
除去［ませ］） |

すみません 、 もう ちょっと 待って ください 。

不好意思 請 再 稍微 等待 。

使用文型

動詞

[て形] ＋ ください 　 請 [做] 〜

待ちます（等待） → 待^まってください 　 （請等待）

教えます（告訴） → 教^{おし}えてください 　 （請告訴我）

考えます（考慮） → 考^{かんが}えてください 　 （請考慮）

用法　參加團體旅行，在團體活動時間希望大家可以稍等一下時，可以說這句話。

會話練習

ガイド：次の場所へ移動しますので、お集まりください*。
往下一個地點　　　　　　　　　因為　　　　　尊敬表現：請大家集合

欣儀：すみません、もうちょっと待ってください。

ガイド：そうですか、では、あと五分ほどで*
這樣子啊　　　　　　　再5分鐘左右；「ほど」表示「大約」；「で」表示「限度」

バスに乗りますよー。
要搭乘巴士囉；「に」表示「進入點」；「よ」表示「提醒」

使用文型

動詞

お ＋ [ます形] ＋ ください　　尊敬表現：請您 [做] ～

集まります（集合）→ お集まりください*　　　（請您集合）

決めます（決定）→ お決めください　　　　　（請您決定）

使います（使用）→ お使いください　　　　　（請您使用）

あと ＋ [數量詞]　　再～數量

五分（5分鐘）→ あと五分*　　　　　　　　（再5分鐘）

1メートル（1公尺）→ あと1メートル　　　（再1公尺）

二日（兩天）→ あと二日　　　　　　　　　（再兩天）

中譯　導遊：因為我們要移動到下一個地點，所以請大家集合。
　　　欣儀：不好意思，請再稍等一下。
　　　導遊：這樣子啊，那麼，再5分鐘左右就要上巴士囉。

這個人就是嫌犯。
この人が犯人です。

連體詞：	助詞：	助動詞：表示斷定
這個	表示主體	（現在肯定形）

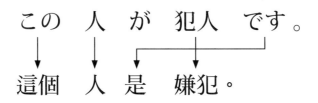

この　人　が　犯人　です。

這個　人　是　嫌犯。

使用文型

この人 ＋ が ＋ [名詞] ＋ です　　這個人就是～

犯人（嫌犯）	→ この人が犯人です	（這個人就是嫌犯）
私の兄（我哥哥）	→ この人が私の兄です	（這個人就是我哥哥）
ガイド（導遊）	→ この人がガイドです	（這個人就是導遊）

用法　目擊到犯罪現場，如果知道犯人身份時，可以跟警察說這句話。

會話練習

警官：犯人を見たとのことです*が、どの人かわかりますか*。
據說看到了；「が」表示「前言」，是一種　　　　　　知道是哪一個人嗎？
緩折的語氣

欣儀：はい。この人が犯人です。

警官：間違いはありませんか。
確定嗎？

欣儀：はい。確かに この目で見ました。
確實　　　　　親眼看到了

使用文型

動詞／い形容詞／な形容詞+[だ]／名詞+[だ]

[　　　　普通形　　　　] ＋ とのことです　據說～、聽說～

※「な形容詞」、「名詞」的「普通形-現在肯定形」，有沒有「だ」都可以。
※ 此為較正式說法，通常「～そうです」即可。

動	見ます（看）	→ 見たとのことです*	（據說看到了）
1	新しい（新的）	→ 新しいとのことです	（據說是新的）
な	有名（な）（有名）	→ 有名[だ]とのことです	（據說很有名）
名	限定品（限量商品）	→ 限定品[だ]とのことです	（據說是限量商品）

[疑問詞] ＋ か＋ わかりますか　知道是～嗎？

どの人（哪個人）	→ どの人かわかりますか*	（知道是哪一個人嗎？）
何曜日（星期幾）	→ 何曜日かわかりますか	（知道是星期幾嗎？）
いつ（什麼時候）	→ いつかわかりますか	（知道是什麼時候嗎？）

中譯　警察：據說你看到嫌犯了，你知道是哪一個人嗎？
　　　欣儀：是的。這個人就是嫌犯。
　　　警察：確定嗎？
　　　欣儀：是的。我確實親眼看到了。

大家學日語系列 15

大家學標準日本語【每日一句：旅行會話篇】行動學習新版
：書＋APP（書籍內容＋隨選即聽 MP3）iOS / Android 適用

初版 1 刷　2014 年 7 月18日
初版11刷　2022 年 6 月30日

作者	出口仁
封面設計	陳文德
版型設計	洪素貞
插畫	劉鵑菁・出口仁・許仲綺
責任主編	黃冠禎
協力編輯	簡子媛

發行人	江媛珍
社長・總編輯	何聖心
出版發行	檸檬樹國際書版有限公司
	lemontree@treebooks.com.tw
	電話：02-29271121　傳真：02-29272336
	地址：新北市235中和區中安街80號3樓
法律顧問	第一國際法律事務所 余淑杏律師
	北辰著作權事務所 蕭雄淋律師

全球總經銷	知遠文化事業有限公司
	電話：02-26648800　傳真：02-26648801
	地址：新北市222深坑區北深路三段155巷25號5樓

港澳地區經銷	和平圖書有限公司
	電話：852-28046687　傳真：850-28046409
	地址：香港柴灣嘉業街12號百樂門大廈17樓

定價	台幣549元／港幣183元
劃撥帳號	戶名：19726702・檸檬樹國際書版有限公司
	・單次購書金額未達400元，請另付60元郵資
	・ATM・劃撥購書需7-10個工作天

大家學標準日本語（每日一句）．旅行會話篇
/ 出口仁著. -- 初版. -- 新北市：檸檬樹國際
書版有限公司, 2022.06 印刷
面；　公分. -- (大家學日語系列；15)
行動學習新版
ISBN 978-986-94387-5-9(平裝)
1. CST:日語　2. CST:會話
803.188　　　　　　　　　　111007512

檸檬樹

檸檬樹